폭풍의 넬

Hell of storm

유성우 판타지 장편 소설

FANTASY EXCITING STYLE

폭풍의 넬 5

유성우 판타지 장편 소설

초판 1쇄 찍은 날 § 2007년 9월 27일
초판 1쇄 펴낸 날 § 2007년 10월 8일

지은이 § 유성우
펴낸이 § 서경석

편집장 § 문혜영
편집책임 § 이재권
편집 § 이환진 · 조수희

펴낸곳 § 도서출판 청어람
등록번호 § 제1081-1-89호
등록일자 § 1999. 5. 31
어람번호 § 제1-0888호

주소 § 경기도 부천시 원미구 심곡1동 350-1 남성B/D 3F (우) 420-011
전화 § 032-656-4452 팩스 § 032-656-4453
http://cyworld.nate.com/bluebook_
E-mail § blue_book@hanmail.net

ISBN 978-89-251-0924-4 04810
ISBN 978-89-251-0781-3 (세트)

폭풍의 별

5

유성우 판타지 장편 소설 [완결]

Dueling swords

FANTASY EXCITING STYLE

Hell of storm

BLUE K
도서출판

Hell of storm

CONTENTS

CHAPTER 1

마음이 통하다

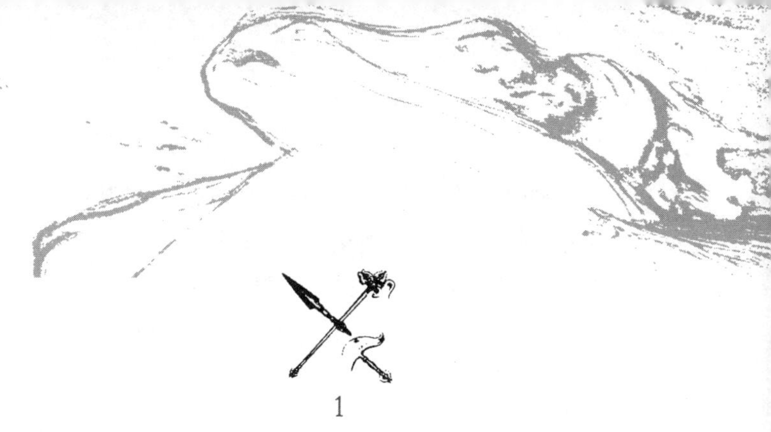

1

은빛 머리카락이 날아올랐다.

투구를 잃어버리고 철갑옷을 벗은 그는 얇고 가늘었다. 두터운 철갑옷을 어찌 입고 다녔나 싶을 정도였다.

그는 누구보다 강력한 적과 싸웠고, 밀리지 않았다. 오히려 적을 몰아붙였다.

결국, 적이 당황하여 검을 놓치고 도망쳤다. 상대편이 기사의 예의를 저버렸는데도 그는 적의 등 뒤에 칼을 던지지 않았다.

바람을 가르던 그의 검이 멈췄다.

그가 검을 거두고 다가왔을 때, 넬은 뒤통수를 얻어맞은 충격과 공포에 더는 제정신을 유지하지 못했다.

그는 훼이나였다. 아니, 그녀는 훼일카드민이었다.
'무슨, 이런… 거지깽깽이 같은 일이…….'
넬은 큰 덩치가 민망할 정도로 힘없이 쓰러졌다.

2

깜깜한 커튼은 무거웠다. 어렵사리 들어 올리자 익숙한 목소리들이 떼거지로 귓전에 울렸다.

"대장, 정신이 좀 들어?"

"대체 뭘 하다 덩치 값도 못하고 자기 반쪽도 안 되는 훼이 나한테 업혀 와?"

"공녀님, 설마 그날이십니까? 빈혈?"

"그럴 리가 없잖아!"

"말이 되는 소리 좀 하소, 여장 기사 양반."

새치름한 물음에 사방에서 그럴 리 없다는 강력한 부정이 쏟아졌다. 그 소리 덕분에 머리가 윙윙 울려 정신이 좀 들었다.

"어라? 대장이 정신이 드나 본데?"

"대장, 대장! 정신이 들어? 어서 일어나 봐!"

사방에서 들리는 응원에 힘입어 넬은 눈을 깜박였다. 첫 번에 흐릿했던 앞이 점점 밝아지고 선명해졌다. 곧, 자신을 배꼼이 내려다보고 있는 여러 얼굴들을 확인할 수 있었다.

"대가리들 치워."

넬이 쉰 목소리로 말했다.

"쳇, 정신 들자마자 하는 소리 좀 보래요."

"저러니까 덩치 값도 못하고 쓰러지는 거야."

그들은 투덜거리면서도 얼른 머리를 치웠다. 레니언은 얼른 넬의 곁으로 가 넬을 일으켜 세웠다.

"여기가 어디야?"

넬이 한껏 인상을 찌푸리고 묻자 지나가 툴툴거리며 대답해 주었다.

"어디긴 어디야? 잠 퍼 자는 곳이지."

"......"

"기억 안 나? 훼이나한테 업혀서 돌아왔어. 올 때가 됐는데도 안 와서 뭔 일인가 싶어, 찾으러 나가 보려 했는데. 내 참, 기가 막혀서."

넬은 지나의 설명을 들으며 주변을 둘러보았다. 확실히, 주변 풍경이 눈에 익숙했다.

좀 쪽팔려 하는 척이라도 하라고, 악을 쓰는 지나의 얼굴을 손으로 덮어버리고 레니언에게 물었다.

"훼… 이나는?"

그녀가 누군지 알기에 이름을 부르는 것이 쉽지 않았다.

"공녀님을 여기 눕히시고 바로 나가셨어요. 밖에 어디서 서성거리고 있겠지요, 뭐."

레니언은 자신이 상관할 일이 아니라는 듯 대수롭지 않게 대답했다.

'이 녀석은 오, 라버니를 좋아한다고 그랬으면서, 알아보지도 못하나? 사랑하게 되면 뭔가 꽂혀서 멀리서도 단번에 알아볼 수 있다더니만, 헛말이었군.'

레니언이 태연한 얼굴로 훼이나에게 전혀 관심을 가지지 않자, 괜한 심술이 솟았다. 훼이나의 정체를 알게 되면 레니언의 얼굴이 어떻게 변할까. 하얗게 질린 레니언의 얼굴을 떠올리자 기분이 조금 나아졌다.

'아니지. 이미 알고 있는 거 아냐?

둘이 한패일지 모른다는 아니, 한패라는 생각이 이어 들며 다시 울적해지긴 했다.

그와는 별개로 가슴 한구석에 얹혀 있던 돌덩이가 새삼 묵직하게 넬을 짓눌렀다.

후우, 넬은 한숨을 푹 내쉬며 손으로 얼굴을 쓸어내렸다. 손이 얼굴에 난 땀으로 축축해졌다.

넬은 천천히 기억을 더듬어보았다. 훼이나, 아니, 훼일카드민이 서한 1세와 싸우다가 서한 1세가 도망치고, 훼일카드민이 자신에게 다가오고…… 여기까지 기억이 났다.

'그렇다는 건 내가 그 즈음에 꼬꾸라졌다는 건가?

사람이 정신적으로 큰 충격을 받아도 기절할 수 있다는 것을 몸으로 체험해 본 넬은 자신의 한심함에 질려 버렸다.

넬이 정신을 차리자 안심한 펠트 하르그와 레니언은 넬을 놓고 시끄럽게 떠들어댔다. 적당히 넬의 반응도 유도해 내려는 노력이 엿보였지만 넬은 그들의 농담에 끼어들지 않았다. 대신 딱딱하게 굳은 얼굴을 풀지 않고, 레니언의 부축을 뿌리치고 비틀비틀 문으로 걸어갔다. 커다란 덩치가 휘청이니 심히 위험스러워 보여 모두의 표정이 뜨악해졌다.

"어라, 어딜 가시려고 그러십니까?"

레니언이 유일하게 걱정스러운 표정을 지으며 따라붙었다.

"얼레, 여장 기사 나으리, 너무 걱정 마소. 어서 쌈질하다가 얻어터져 업혀온 것도 아니고. 그냥 지 풀에 꺾여 쓰러진 거 같은데, 뭘."

"하지만, 그래도 걱정을 안 할 순 없잖습니까."

레니언이 배배 몸을 꼬며 말하자 지나가 픽 웃었다.

"대장 좋겠네?"

지나는 계속해서 잔뜩 꼬인 목소리로 넬을 부추겼다.

넬이 기절해 창백한 얼굴로 업혀 돌아온 건 펠트 하르그의 동료들에게도 꽤나 큰 충격이었다. 그들의 걱정 어린 마음을 받아 들어 먼저 검을 뽑은 지나는 쉽게 물러서지 않았다.

지나는 평소 넬이 싫어했던 욕도 하고 쓸데없는 이야기를 하고 소문 유포 협박도 했다. 하나 넬은 그마저 무시했다. 평소라면 하극상이라고 칼이든 몽둥이든 두 손에 들고 펄펄 날

뛰었을 텐데, 조용해도 너무 조용했다.

'머리를 심하게 부딪친 건가?

'아니면 어떤 실력 좋은 놈이 겉에 표시나지 않고 골병들 게 때린 건지도 몰라.'

펠트 하르그는 서로 의견을 나누며 넬을 관찰했다. 동료들에게 관찰당하는 것도 알아채지 못한 넬은 밖으로 나갔다. 펠트 하르그의 동료들과 레니언에겐 절대 따라 나오지 말라고 말했다.

이마에 송글송글 맺힌 식은땀을 한 번 더 훔치고 나서야, 허리를 펴고 앞을 바라보았다. 그리고 훼이나를 발견했다.

레니언의 말마따나 훼이나는 근처를 어슬렁거리고 있었다.

넬은 훼이나, 아니, 훼일카드민에게 다가갔다. 넬의 기척을 알아챈 훼일카드민이 몸을 돌려 넬을 마주했다.

"……."

"……."

넬은 쉽게 말문을 열지 못했고, 훼일카드민도 넬에게 먼저 말을 걸지 않았다.

한참을 물끄러미 훼이나를 바라보며 그녀에게서 훼일카드민의 모습을 찾아보려 애썼다. 정신을 잃을 정도로 충격이었던 자신의 생각이 확신으로 굳어지기 전, 어떻게 해서든 되돌리고 싶었다.

훼일카드민을 잘 알지 못할뿐더러 훼이나에 대해서도 잘 알지 못한다. 하지만 둘을 엮고 싶진 않았다.

"젠장!"

넬은 욕설을 내뱉으며 등을 보였다.

제정신으로 지금의 상황을 이해할 자신이 없었다. 혹여나 한마디라도, 어지러운 머릿속의 말을 꺼내면 모든 게 정말 현실이 될 것만 같아 두려웠다.

이건 꿈이라고 꿈일지도 모른다고. 한숨 거방지게 자고 나면 모든 게 원상복귀 되어 있을 거라고. 넬은 스스로를 달랬다.

훼일카드민은 여전히 갑옷을 입은 채 느끼한 말이나 해댈 것이고, 황태자 클라이츠는 훼일카드민이 싫다고 징징대면서 별 시답잖은 음모를 꾸며댈 것이고, 레나는 황태자비가 될 공녀님으로서의 자세가 어쩌고저쩌고 떠들어댈 것이다. 자신은 밤마다 펠트 하르그의 동료들과 함께 탈출을 기원할 것이고.

이런 평범한 세계로 돌아가기 위해서는 일단 자야 한다. 넬은 억지로 졸음을 끌어당기며, 동료들이 있는 곳으로 돌아갔다.

"묻다 만 철투구는 내가 마저 묻었다."

우뚝, 넬이 멈춰 섰다.

억지로 불러들였던 평범한 세계가 신기루처럼 스르르 사라졌다.

넬이 다시 뒤를 돌아보았다. 그, 아니, 그녀가 서 있었다. 꿈이 아니었다. 환상이나 신기루도 아니었다.

"빌어먹을!"

3

훼일카드민이 넬 앞에 나타나지 않았다. 이대로 영영 사라져 버리는 게 아닐까, 기대했지만 그건 또 아니었다.

넬이 동료들과 간단히 저녁 식사를 마치고 막사로 돌아왔을 때, 훼일카드민이 넬의 자리에 앉아 넬을 기다리고 있었다.

미리 훼일카드민과 얘기를 해둔 것인지, 레니언이 펠트 하르그의 동료들을 데리고 나가 자리를 비켜주었다.

넬은 당장이라도 눈앞의 천적의 목을 물어뜯을 기회를 노리는 사자처럼 눈을 부라렸다. 그의 적은 컴컴한 막사 안에서도 자신의 존재를 알렸다. 그 잘난 핏줄을 상징하는 은발이 찬란하게 빛났다.

"네가 이곳에 올 줄은 몰랐다."

훼일카드민이 복잡한 표정으로 넬을 바라보았다.

"원래 계획대로라면 내가 이곳에 오면 안 되는 거였나 보지?"

"어째서 온 거지? 정말로……."

훼일카드민이 그답지 않게 말끝을 흐렸다. 어둠 속에서도 훼일카드민이 꽤나 난감해하고 있다는 기색이 역력했지만 넬은 보지 않았다. 느껴도 외면했다.

"아직 리 공작이 살아 있다. 이곳은 위험해. 윈즈 성으로 가거라."

동제후령의 가장 비옥한 윈즈 지방 위에 우뚝 선 윈즈 성은 데카리온 가문의 본성이다. 똑같은 동제후령이어도 이곳 국경에 비하면 철옹성 같은 그곳이 안전하기는 더 안전할 터였다.

"계획대로라면 내가 이곳이 아니라 윈즈 성에 갔어야 하는 건가?"

'이딴 곳, 오고 싶지 않았어! 오는 게 아니었어. 빌어먹을.'

한순간의 치기 어린 판단이었을까. 국경으로 가겠다고 결심한 그때의 자신이 후회스러웠다.

"이곳은 네가 있어야 할 곳이 아니다."

"그래서? 다급한 김에 자기 자신이 갑옷을 벗고, 용병인 척 접근한 건가? 날 또 자기 마음대로 휘두르려는 계획을 잡고?"

"앞선 전투로 갑옷은 산산조각이 났고, 투구는 네가 들어 보았 듯 그리 망가졌지. 나는 폭발에서 겨우 몸만 빼내 피할 수 있었다. 네 앞에 나타나기 위해 일부러 투구와 갑옷을 벗은 건

아니다.”

네까짓 것을 속이기 위해 갑주를 벗은 건 아니라는 뜻으로 들려, 주먹이 부르르 떨렸다.

“또, 네 앞엔… 나타나지 않을 생각이었다.”

“죽은 척, 아무도 모르게 나와 제국을 멋대로 주무를 생각이었나 보지?”

“…….”

“그런데 어째? 내가 그 잘나신 계획대로 움직여 주지 않아서?”

“너를 이용하려는 생각은 없다. 처음부터 그런 생각은 하지 않았다.”

“웃기지마!”

넬이 씩씩대며 버럭 소리를 질렀다.

“앞으로 어떻게 할 거지?”

훼일카드민은 넬이 흥분한 것이 자신과는 상관없다는 듯 담담하기 이를 데 없는 목소리로 물었다.

“뭘?”

넬은 여차하면 밖으로 뛰쳐나갈 생각으로, 문 가까이에 서서 퉁명스럽게 대답했다. 안이 어둡다하여 넬의 껄렁한 태도가 안 보일 리 없지만, 훼일카드민은 굳이 지적하지 않았다.

“데카리온 동제후의 대리로서 이 안팎의 어지러운 상황을 정리해야 할 거 아닌가. 언제까지 여기에서 시간을 낭비할 거지?”

“무슨 소리를 하는 거야!”

상처 입은 맹수가 천적을 만난 듯, 넬이 으르렁거렸다.

훼일카드민은 손을 들었다. 넬은 훼일카드민의 손을 따라 고개를 숙였다. 반짝, 넬의 손가락에 끼여 있던 반지가 두 사람 분의 시선을 받고 빛났다.

훼일카드민이 가리킨 것은 데카리온 동제후의 증표인 붉은 보석 반지였다.

“제기랄, 이런 거 달라고 한 적 없어. 마음대로 줬으면서 또 이걸로 날 멋대로 움직이려고 하지 마!”

넬이 벌컥 화를 내며 단숨에 반지를 빼 훼일카드민에게 내던졌다. 훼일카드민은 그것을 받아 채 다시 넬에게 내밀었다.

“가져가! 그거 가져가서 내 눈앞에서 사라져 버려!”

“이것의 주인은 이제 너다.”

“내가 왜!”

“이제 데카리온 가문의 핏줄을 이은 적통 후계자는 너뿐이니까.”

“……!”

넬이 부르르, 몸을 떨었다.

“무슨 소리를 하는 거야. 바로 내 눈앞에 오, 라버니가 있는데.”

“지금의 나를 데카리온 동제후라 믿을 사람이 누가 있을까.”

쇳소리가 섞이지 않았지만 고저없는 목소리는 듣건데 훼일카드민이라 생각할 수 있다. 이처럼 감정없는 사람이 세상에

또 있다는 것 자체가 재앙일 테니. 하지만 만약 이 안이 밝았고 넬이 훼일카드민의 모습을 본다면, 결코 훼일카드민과 눈앞의 훼이나를 연결하지 못할 것이다.

넬은 지금도 믿어지지 않았다. 훼이나가 훼일카드민이라는 것. 어쩌면 오, 라버니 훼일카드민이 여자일지도 모른다는 것을. 아니, 여자라는 것을.

"도대체 왜 이러는 거야!"

넬이 두 주먹을 불끈 쥐며 말했다.

"널 위해서다."

"천만에! 날 이용하려는 것뿐이잖아!"

"그런 게 아니⋯⋯."

훼일카드민은 채 말을 끝맺지 못했다.

견디다 못한 넬이 악 소리를 내며 훼일카드민에게 덤벼들었다.

여자에게 자상하다는 유쾌한 폭풍 넬 에이어라지만, 그에게 훼일카드민은 결코 여자가 아니었다. 설사 여자의 몸, 여자의 모습을 하고 있더라도.

넬과 훼일카드민은 어둠 속에서 엎치락뒤치락 싸웠다. 강철을 벗은 훼일카드민은 넬과 비교도 안 될 만치 작고 가늘었다. 때문에 넬은 훼일카드민을 손쉽게 제압할 수 있으리라고 감히 자신했다. 단단히 붙잡아서 주먹으로 몇 대 갈겨 제정신이 번쩍 들게 하리라.

하지만 훼일카드민은 생각 이상으로 만만치 않은 상대였다.

날래게 넬의 공격을 피하고, 의외로 강한 악력으로 넬의 짓누르는 힘을 막아섰다.

한참을 뒹굴었다. 막사 안은 엉망이 되었고, 훼일카드민도 넬도 거친 숨을 억누르지 못했다.

"젠장!"

제일 자신 있었던 힘으로도 훼일카드민을 누르지 못한다는 데 절망한 넬이 비명을 지르듯 소리치며 그 자리에 벌렁 드러누웠다. 반쯤 몸을 일으킨 훼일카드민이 그런 넬을 내려다보았다.

"제기랄! 제기랄! 제기랄!"

쾅쾅, 넬은 주먹으로 바닥을 내려치며 몸부림쳤다. 카악! 끓어오르는 가래침을 뱉고 눈을 부라렸다.

갓 바다에서 잡아 올린 고래처럼 파닥이는 모습은 공포심을 불러일으키기에 충분했다. 하지만 훼일카드민은 특별히 겁먹거나 달래는 모습을 보이지는 않았다.

"진정해라, 에일린."

"에일린이 아니야! 난 에일린이 아니란 말이다!"

잠시나마 훼일카드민을 동정한 자신을 저주했다.

훼일카드민이 자신에게 나름의 최선을 다했다는 걸 알고 있었다. 정말 마음에 들지는 않지만, 싫지만, 무섭지만, 두렵지만 훼일카드민의 마지막은 자신이 마무리 지어주고 싶었다. 훼일카드민의 죽음을 믿을 수 없었기에 두 눈으로 현장을 직접 보고 실감하자는 생각도 없잖았지만. 훼일카드민의 철투구를 화

려하기만 할 뿐 진정한 애도가 없는 황실의 장례식장에 덩그마니 두고 올 수는 없었다.

그런데 훼일카드민이 전혀 예상치 못한 모습으로 살아남아 자신의 곁에 있었다. 복잡한 애수에 젖은 자신을 옆에서 지켜보며 얼마나 비웃고 경멸했을까. 아직 더 이용해 먹을 수 있다는 생각이 들지는 않았을까? 넬은 모멸감에 몸을 떨었다.

"진정해라. 귀족은 함부로 자신의 분노를 보이면 안 된다."

"여기까지 와서도 그놈의 귀족 타령! 난 귀족이 아니야. 귀족이 아니라고!"

"네 피의 반쪽을 외면하는가?"

어둠 속에서 울리는 무뚝뚝한 목소리에 넬이 차게 웃었다.

"그쪽이야말로, 내 피의 반쪽이 천하다는 걸 외면하고 있는 거 아냐?"

"아니다."

"맞아."

"그렇지 않다."

"맞다니까! 지금 내게, 반쪽 피를 버리고 귀족 피만을 보고 귀족 피를 가진 놈답게 행동하라고 말하고 있는 거잖아!"

"비뚤게 보지 마라, 에일린."

훼일카드민이 대뜸 손을 내밀었다. 누워 있는 채로 한 대 맞는 건 아닐까, 넬은 눈을 질끈 감았다.

하지만 예상했던 충격은 느껴지지 않았다. 대신 찡그린 눈 위로 훼일카드민의 손바닥이 고르게 닿았다.

“……!”

맞았다 하더라도 이만큼 놀라지는 않았으리라. 넬이 기겁하며 고개를 돌렸지만 훼일카드민은 넬을 놓치지 않았다.

얼음으로 만들어 차갑기 이를 데 없고, 바늘로 찔러도 피 한 방울 나지 않을 것 같았던 훼일카드민의 손은 의외로 따뜻했다.

“뭐, 뭐 하는 짓이야.”

“진정해라.”

낮지도 높지도 않은 목소리가 손바닥의 온기를 통해 넬의 눈가에 닿았다.

씩씩거리던 넬은 더 이상 소리치지 않고, 훼일카드민의 말마따나 흥분을 가라앉히려 노력했다. 여기서 흥분하고 날뛰었다간 또 훼일카드민의 뜻대로 끌려가 버릴지도 모른다는 생각이 들었다.

훼일카드민은 씩씩, 거칠던 넬의 숨이 차분히 가라앉을 때까지 기다려 주었다.

“너와 나 사이에는 대화가 많이 부족하다.”

“그거 말고도 부족한 거 많아.”

넬이 퉁명스럽게 말하자 피식, 바람 새는 소리가 들렸다.

‘설마 웃은 건 아니겠지?

넬은 문득 떠오른 말도 안 되는 생각을 얼른 지워 버렸다.

“이야기를 나누자. 네가 궁금한 것, 내가 알려주고 싶은 것을 모두 말해주마. 네가 원한다면.”

“…….”

"원하지 않는가?"

"그런다고 뭐가 달라져?"

"지금처럼 네가 내게 달려드는 일은 없어지겠지."

훼일카드민의 말에 넬은 살짝 고개를 끄덕였다. 툴툴거리긴 했지만, 넬도 그 대화라는 것이 필요하다는 생각은 들었다. 속 내를 툭 터놓고 이야기할 수 있을 정도는 아니더라도 지금 상 황에 대해 무슨 이야기든 들어야 했다.

넬은 무엇보다 궁금한 것이 있었다. 죽었다는 훼일카드민이 어떻게 여자가 되어 나타난 건지. 도대체 이러고 있는 이유가 뭔지. 또 왜 이렇게 자신을 휘두르는 건지.

그동안, 훼일카드민에게 끌려 다니며 그 부분을 토해내긴 했어도 이렇게 조용하게 서로에게 묻고 답해본 적은 없다. 칼 밥 먹고 다니는 용병답게 시비가 붙으면 주먹으로 해결한다는 신념을 가지고 있긴 하지만, 그 신념이 훼일카드민과의 사이 에서까지 통하리란 생각은 하지 않았다.

"정말 오, 라버니 맞지?"

"새삼 묻는가."

"……."

"확인인가, 확신인가."

"둘 다."

"그렇다면 지금 내가 무슨 대답을 하듯 무의미하겠군."

넬이 말했다.

"너무 뻔한 이름이었어, 훼이나. 물론 지금까지 눈치 채진 못했지만.”

“훼일카드민에서 따와서 훼이나다. 이리저리 궁리해 봤지만, 훼일카드민에서 만들 수 있는 여자 이름으로는 훼이나가 제일 낫더군.”

넬은 슬쩍, 새 이름을 짓는 훼일카드민을 상상해 보았다. 훼일카드민이라 쓰인 종이를 앞에 두고 고민하는 훼일카드민이라니……. 상상이 되지 않았다.

“나는 훼일카드민이다. 훼일카드민으로 살아왔고 훼일카드민으로 자랐지. 지금 네 앞에 서 있는 훼이나도 훼일카드민의 일부일 뿐이다.”

눈앞에 있는 훼일카드민, 훼이나의 목소리는 훼일카드민의 목소리와 다르다. 쇳소리가 섞이지 않았다. 남자의 저음도 아니었다. 보통 여자의 목소리보다 조금 낮을 뿐이다.

하지만 같았다. 엉터리 용사 리 공작이 말했던 것처럼 희로애락을 잊은 목소리 자체는 변하지 않았다. 거칠거칠한 포장만, 한 꺼풀 벗겨졌을 뿐이다.

“자기 이름을 다른 사람 부르듯 그렇게 말해도 되는 거야?”

넬이 계속 질문을 던졌지만 훼일카드민은 자신이 질문할 권리를 내세우지 않고, 넬의 쏟아지는 질문을 모두 받아주었다.

“지금 네 앞에 서 있는 나는, 훼일카드민인가? 아니면 나인가?”

“난 귀족이 아니라 용병이야. 단순하게 말해줘.”

“나는 훼일카드민이다. 훼일카드민은 나고. 하지만 나와 훼

일카드민은 다르다."

훼이나의 목소리는 담담하니 흔들림이 없었다. 책을 읽듯 무감각했다.

"갑자기 웬 말장난?"

혹시나 이야기가 어려운 쪽으로 흘러가지 않을까, 넬이 인상을 팍 찡그리며 걱정했다.

"말장난이라. 그럴지도 모르지."

훼일카드민이 넬의 눈가에서 손을 거두었다. 차가운 공기가 따뜻하게 달궈진 눈꺼풀 위로 몰려오면서 등골이 싸늘해졌다. 그리 달갑지 않은 손길이었지만 막상 사라지니 아쉬웠다.

"훼일카드민은 의무다. 제국과 황실, 가문과 사람들을 등에 지는. 그 모든 걸 가득 담은 바구니다. 나는 그 바구니를 지고 쉼없이 걷는 노예다. 의무에 미친."

푹 삭힌 절임처럼 시큼털털한 냄새가 코를 찔렀다. 정말 그런 냄새가 아니라, 훼일카드민의 목소리에서 그런 느낌이 났다.

여전히 담담하고 고저없는 목소리건만 어찌 이리도 팍 삭게 들릴 수 있는 걸까.

만일 훼일카드민이 표정으로 자신의 생각을 나타내는데 익숙한 사람이라면, 지금 굉장히 의미심장한 웃음을 짓고 있었을지도 모른다는 생각이 들었다.

"내가, 정말 여자로 보이쇼?"

"여자가 아닌가?"

훼일카드민이 되물었다. 넬은 인상을 팍 찡그리며, 아니라고 대답했다.

"여자가 아니라면, 뭐지?"

그 긴 사연을 다 풀어낼 자신이 없었다. 넬이 아무 말도 하지 않고 가만히 있자 훼일카드민이 그 침묵을 깨뜨렸다.

"네가 어디서 어떤 모습을 하고 있든, 너는 데카리온의 에일린이다. 세상이 아니라고 해도 나만은 믿어주겠다고 그리 맹세했었지."

'그때, 빗속으로 사라지는 널 보면서.'

어떤 모습이든 받아들일 수 있다. 살아 있어 준 것이 고마울 뿐이다. 열 살 아이에게 세상이 그리 호락호락할 리 없었다. 그걸 알고 있었기에 도망치는 넬의 뒷모습을 보며 그리 맹세했었다.

언젠가 에일린을 찾게 되는 날이 오면, 그때는 결코 에일린을 부정하지 않겠다고. 어떤 모습으로 있든 에일린이 에일린임을 인정하고 받아들이겠다고.

다시 만난 넬은 산처럼 우람하고, 곰처럼 거칠고, 바람처럼 종잡을 수가 없어보였다. 하지만 훼일카드민은 그런 넬을 에일린으로 받아들였다.

"난 남자야."

넬이 진지하게 말했다.

"네 스스로 말했다. 너는 마법에 걸렸다고."

훼일카드민 또한 진지하게 답했다.

"그건……."

"네가 그렇게 말했기에 나는 그 말을 믿은 것이다."

책임을 넬에게 전가하거나 그런 것은 아니었다.

"나, 나는……."

넬은 주저하며 말을 열었다. 이렇게 가까이에 앉아 친하다는 듯 말을 주고받고 있지만, 훼일카드민에 대한 본능적인 두려움은 남아 있었다. 그것들이 말하려는 넬의 목을 막으려 안간힘을 썼다.

"나는 말이야."

넬은 안간힘을 쓰고 말하려 했다. 훼일카드민은 재촉하지도, 외면하지도 않고 넬을 기다려 주었다.

"나는 마법에 걸리지 않았어."

쥐어짜 내는 듯한 목소리에 훼일카드민의 눈동자가 흔들렸다.

"나는 여자가 아니야. 여동생이, 아니야. 정말이야."

진작 이렇게 말해야 했다. 그래야 했다.

"나는 에일린 데카리온이 아니야. 나는, 넬 에이어야."

장황한 부연 설명은 하지 않았다. 그저, 진지하게 말했다.

"……."

"……."

"……."

"……."

뭔가 엄청난 후 폭풍을 기대하며 잔뜩 움츠린 넬의 귓가에 담담한 목소리가 들렸다.

"그런가."

"미, 믿어주는 거야!"

너무 차분한 대답이라 넬이 자리에서 벌떡 일어나 훼일카드 민과 눈을 마주했다.

훼일카드민이 빙긋 웃고 있었다. 지금까지 어색한 미소만 보여줬던 터라, 이 사람은 웃을 줄 모른다고 생각했었던 넬을 비웃기라도 하듯 정상적이었다.

"나도 귀족이지만 인간이다."

"그, 그렇지."

"너를 여자라고 믿는 건 어려운 일이었다. 하지만 네가 스스 로 여자라고 마법에 걸렸다고 말해줬기에 그리 믿었다. 그뿐 이다."

넬이 할 말을 잃고 입을 쩍 벌리자, 훼일카드민이 손을 높이 들어 넬의 머리를 쓱쓱 문질러 주었다. 자신보다 덩치 큰 여동 생, 아니, 남동생에게 할 수 있는 자연스러운 행동이었다.

'오라버니, 오라버니. 책을 읽어주세요!'

훼일카드민은 아주 잠깐, 추억에 젖어들었다. 어린 종달새 처럼 재잘재잘, 그 어린 목소리로 오라버니라 부르며 졸졸 따 라다녔던 어린 에일린이 생각났다. 눈앞의 듬직한 사내와는 전혀 비슷하지도 같지도 않지만, 그 작은 종달새가 무럭무럭 자라 이런 곰이 된 것만은 분명하다.

'이제 다시는 그 오라버니란 소리도 듣지 못하겠구나.'

아쉬웠다.

‘계획도 많이 수정해야 되겠어.’

틀어진 계획도 걱정됐다.

하지만 자신을 피하지 않고 당당히 말하는 넬의 모든 것을 훼일카드민은 믿었다. 믿어주어야 했다. 지금으로서 훼일카드민이 넬에게 해줄 수 있는 건 그것뿐이었다.

“그럼 오, 라버니는 왜… 여자가 된 거요?”

“아마, 너와 비슷한 이유가 아닐까 생각되는데.”

“나와 비슷한 이유?”

훼일카드민에게 왜 자신이 여자가 됐어야 했는지 이유를 말했던 적이 있나 생각해 봤다.

‘없는데?’

넬이 눈을 가늘게 뜨고 훼일카드민을 올려다보았다.

“짐작일 뿐이지만 사실과 다르지는 않을 것 같구나.”

훼일카드민은 추궁하는 듯한 넬의 눈초리에 무심히 답했다.

“내 어머니가 네게도, 네 어머니에게도 그리 좋은 기억이 될 수 없다는 건 안다. 지금 와서 대신 용서를 빌고 싶지도 않다. 그 당시 내 어머니를 위해 방관하고 있던 나도 같은 죄를 지고 있으니.”

넬은 아무 말도 하지 않았다.

“하지만 조금은 알아주었으면 한다. 너와 네 어머니가 굴곡진 삶을 버텨온 만큼이나 나와 내 어머니도 꽤나 쉽지 않은 하루하루를 보냈다는 걸.”

이제야 말해봤자 비겁한 변명에 불과하다고, 그렇게 소리치고 싶었지만 말할 수 없었다. 귀 기울이지 않으면 알 수 없을 법한 떨리는 목소리에 목이 콱 막혔다.

남자지만 여자로 살아야 했던 나날들이 얼마나 무서웠는지 모른다. 억지로 세상에 내동댕이쳐져 여자에서 남자로 되돌아가는 일도 쉽지 않았다.

갑주를 두르고 평생을 남자로 살아야 하는 여자의 삶도 그만큼 고달플까. 고달프겠지. 고달플 수밖에 없겠지…….

"나는 네가 무슨 말을 하든 너를 믿을 것이다. 네가 그렇다면 그런 거겠지."

훼일카드민이 다시 말했다.

"너는, 나를 믿어줄 수 있는가?"

손에 쥐고 있던 붉은 보석 반지를 넬에게 내밀었다. 넬의 어깨가 움찔, 떨렸다.

"지금 내 모습을 믿고 도와줄 수 있는가."

명령이 아니었다. 여동생을 향한 배려가 아니라 남동생을 향한 부탁이었다. 훼일카드민은 행동으로 말로 보여주었다. 넬이 에일린이 아니라 넬이라는 것을 인정한다고.

"나는 넬 에이어야. 에일린 데카리온이 아니야."

넬이 확인하듯 천천히 말했다.

"알고 있다. 너는…….."

훼일카드민이 잠시 말을 끌다 다시 말했다.

"그래, 네가 진정 원한다면 너는 넬 에이어다."

훼일카드민은 지금의 부탁이 넬을 결코 에일린으로 보고 있

어 내미는 것이 아님을 밝혔다.

넬은 그제야 히죽 웃으며 훼일카드민이 건네는 반지를 받아들었다.

"내 몸값은 꽤 비싸. 특히나 귀족님네들 나들이 행차 때 따라나서는 건 더 비싸게 쳐줘야 하지. 알아두라고."

*   *   *

넬과 펠트 하르그는 한밤중 막사를 빠져나왔다. 펠트 하르그의 동료들은 물론 넬까지도 그 덩치가 믿어지지 않을 만큼 날랬다. 움직일 때 발자국 소리도 거의 나지 않았다.

그들의 목표는 제국군의 총지휘관이 곤히 잠들어 있을 막사였다. 이미 주둔지의 지리를 다 파악하고 있는 그들은 헤매지 않고 곧장 총지휘관의 막사로 갔다.

막사를 지키고 있는 병사 두엇을 잠재우는 건 쉬운 일이었다. 넬과 펠트하르그는 비교적 쉽게 막사 안으로 들어섰다. 국가와 국가 간의 전투에서 상대국이 암살자를 보내는 등의 비겁한 행동을 하진 않으리라는 귀족다운 자부심 덕이었다.

넬과 펠트 하르그는 드르렁드르렁, 코까지 골며 곤히 잠든 사령관을 감싸 섰다. 옆에 바닥에서 자고 있는 종자는 일찌감치 입을 막고 팔다리를 묶어 구석에 던져 놨다.

넬이 칼집으로 총지휘관의 머리를 툭툭 내려쳤다. 트라베는 얼른 등불에 불을 밝혔다.

“으음, 뭐야.”

곤히 자는 것 같았던 총지휘관은 생각보다 빨리 잠에서 깼다. 눈을 비비고 한껏 짜증을 내던 총지휘관은 넬과 펠트 하르그를 보고 상황을 자각했다.

“이! 으읍!”

그가 소리를 지르려고 하자 넬이 얼른 손으로 그의 입을 막았다.

“으읍! 읍읍읍읍!”

몸부림치며 넬에게서 빠져나가려 했지만 펠트 하르그는 그리 호락호락하지 않았다. 이미 납치, 감금, 협박에 도가 튼 무리였다.

트라베가 등불을 총지휘관 눈앞에 가까이 가져다 댔다. 그는 눈이 부신 듯 얼굴을 찡그렸고, 넬은 반지를 낀 자신의 손을 그에게 보여주었다.

“……!”

실같이 가늘었던 총지휘관의 눈이 휘둥그레졌다.

이곳은 동제후령이고, 총지휘관은 훼일카드민의 후임으로 온 동제후 세력의 귀족이다. 넬이 끼고 있는 반지를 못 알아볼 리 없었다.

총지휘관이 저항을 멈췄다. 내 털을 깎으려면 깎으라는 식으로 양처럼 온순해졌다. 두 눈은 넬의 손에서 떠나질 않았다.

“역시 효과 만점이군.”

훼일카드민의 말을 듣고 긴가민가했던 넬은 그제야 만족스

럽게 웃으며 총지휘관에게 말했다.
"이보슈, 내가 누군지 알아?"

*　　*　　*

넬은 총지휘관과 정다운 대화를 나눈 후, 아무런 방해도 받지 않고 막사를 나왔다. 들어갈 때 재웠던 병사들은 여전히 세상 모르고 엎어져 있었다.

넬과 펠트 하르그는 그대로 자신들의 막사로 돌아가지 않았다. 주군지의 뒤쪽으로 갔다.

훼일카드민이 말 다섯 필을 들고 서 있었다. 레나는 이미 말에 올라타 훼일카드민 옆에서 대기 중이었다.

넬과 펠트 하르그는 얼른 말을 골라 탔다. 넬은 가장 큰 말 위에 올랐고, 훼일카드민은 넬이 말에 오르는 것을 도왔다.

"뒤를 부탁해."

넬은 자신이 훼일카드민에게 이런 말을 하는 날이 올 줄은 정말로 몰랐다.

"걱정 마라."

훼일카드민은 아무렇지 않게 넬의 걱정 어린 말을 받아넘겼다.

넬은 말머리를 데카리온 가문의 본성이 있는 윈즈 쪽으로 돌리며 훼일카드민에게 물어보았다.

"도대체 무슨 일을 꾸미고 있는 거야?"

“말하지 않았던가?”

훼일카드민은 넬의 굵직한 손목을 잡아챘다. 넬이 놀라 손을 쳐낼 새도 없이 털이 북슬한 에일린의 손등에 우아하게 입을 맞추었다.

그리고 미소 지었다.

세상 무엇도 두려워하지 않는 오만한 자신감이었다.

“이 손에 세상을 쥐여주겠노라고.”

이와 비슷한 말을 들었던 적이 있다. 무도회장을 뛰어나가 밤하늘 아래에서 훼일카드민과 마주했던 그때에도, 훼일카드민은 이리 웃었던 걸까.

하지만 그때와 지금은 다르다.

넬은 그때와 다르게, 제법 편안한 마음으로 구역질하는 듯 행동하며 대꾸했다.

“으엑, 그런 느끼한 말은 이제 하지 말어.”

훼일카드민은 넬의 능청스러운 대꾸에 피식, 쓴웃음을 흘렸다.

“이제 대충 눈치 깠어. 처음에 그 말 들었을 때는 오, 라버니가 정말 그렇게 생각하는 건가 무서웠다고. 날 황태자비 후보랍시고 끌어들인 거. 그냥 나를 황태자비로 만들어서 행복하게 해주려는 이유만 있었던 거 아니지?”

“그 이유가 가장 컸다.”

훼일카드민이 솔직히 대답하자 역시나라고 중얼거리며 넬이 어깨를 으쓱였다.

"다른 이유가 있었다는 거군."

"한 가지 일에 한 가지 이득만을 얻으려 한다면, 그건 귀족이 아니다. 에일린. 아니, 넬."

훼일카드민이 넬이 탄 말의 콧잔등을 얼러주며 말했다.

"시간이 나거든 북제후령의 라센티움을 들러라."

"왜, 금화 단지라도 숨겨놨어?"

"네 어미의 고향이다. 그곳의 공동묘지에 네 어머니가 잠들어 있다."

넬이 입을 쩍 벌렸다. 믿을 수 없었다.

"어머니를, 어머니의 시신을 편히 돌봐준 거야?"

"그녀와 친했다는 하녀에게 일러뒀다. 조용하게 장례를 치렀다는 보고를 들었으니 마을이 홍수로 쓸리지 않은 이상, 그곳에 누워 있겠지."

넬이 떨떠름한 표정으로 훼일카드민을 내려다보았다. 고맙다는 말을 해야 하는 건지, 병 주고 약주냐고 쏘아붙여야 하는지 감을 잡을 수 없었다. 잠시 어쩔 줄 몰라 엉덩이를 들썩이다가, 겨우 훼일카드민에게 말했다.

"여기서 하루면 도착하는데, 가는 길에 북제후령까지 들러보고 오라고 권하는 거야? 이 급박한 때에?"

고맙다는 말도 이제 와서 그게 무슨 의미가 있냐는 말도 하지 못했다. 퉁명스럽게 내뱉은 말은 영 뚱딴지같은 말이었고 어울리지 않는 대답이었다.

"지금 말해두지 않으면 앞으로 쉽게 기회가 오지 않을 것 같아 말해두는 것뿐이다.”

훼일카드민은 넬의 두서없는 말에 핀잔을 놓지 않았다. 그저 넬의 심정을 이해하듯 그의 말에 자신의 생각을 답해주었다.

“원한다면, 다녀와도 좋다.”

당장 내일 세상이 멸망하고, 그걸 막을 수 있는 게 넬뿐이라 할지라도 훼일카드민은 이렇게 말하리라. 원한다면 오늘내일, 그곳에 다녀와도 좋다고.

무심한 듯 진지한 훼일카드민이 이상하지 않았다. 당연하다. 이게 훼일카드민이다. 넬이 끔찍해하고 도망치고 싶어했던, 그리고 지금은 당연하다 인정하는.

하, 실없이 웃음이 나왔다. 넬은 피식피식 웃으며 훼일카드민을 보았다.

상한 날고기를 씹은 듯한 표정이었다. 철투구를 벗고 하늘 아래 드러낸 얼굴은 어색하나마 표정이란 것을 보여주었다. 복잡한 속내를 다 드러내진 않았지만. 그 모습을 보노라면 괜스레 가슴이 심란해졌다.

‘다른 어미 뱃속에서 태어났다 해도 같은 아비를 두고 그 피를 반씩 받았는데, 우린 어째서 이리도 다른 걸까.’

예전이라면 엄두도 나지 않았을 생각을 했다. 자유롭지만 데카리온의 그늘에서 벗어나지 못해 전전긍긍해 하는 자신과 데카리온의 이름을 명예롭게 짊어지고 강철을 두른 그. 생김 새부터 성격, 행동거지까지 달라고 너무 달랐다. 넬만이 그렇

38

게 생각하는 건 아닐 것이다. 누구든 넬과 훼일카드민을 보면 이 둘이 형제, 아니 남매임을 의심할 것이다.

넬은 훼일카드민을 가족이라 생각해 본 적이 없다. 그러기엔 넬과 훼일카드민 사이의 벽이 너무도 크고, 두텁고, 단단했다. 훼일카드민 또한 그러하리라고 생각하건만. 아닌 걸까?

훼일카드민은 넬에게만 무한정의 애정과 신뢰를 풀어낸다. 그에 넬은 가끔씩 몸 둘 바를 몰라 했다. 예전엔 무슨 꿍꿍이가 있는 것이라고 도망가기도 했지만 이제 와서는 그것이 그리 싫지 않다. 다만 그 까닭 모를 진심을 어찌 맞받아쳐야 할지 곤란스러울 뿐이다.

"한 번 들르긴 들를 거야."

넬은 콧등을 손가락으로 비비며 멋쩍게 중얼거렸다.

"하지만 지금은 아니야."

원치 않았던 사랑을 분에 겨워했고 뒤따르는 어느 귀부인의 질투에 움츠러들어야 했던, 불쌍하고 작았던 어머니. 어머니로 인해 어린 시절을 여자 아이로 살아야 했고 그로 인해 훼일카드민에게 잡혀와 황태자비 노릇까지 하게 됐지만. 결코 어머니를 원망한 적은 없다.

어머니도 자신만큼이나, 아니, 그 이상으로 괴롭고 힘들었다는 것을 아니까. 끝내 그 새장 속에서 피를 토하고 쓰러지는 마지막을 보았으니까.

그늘에서 도망치기 바빠 뒤돌아보고 그리워하지 못했던 어머니가 새삼 그리워졌다. 하지만 지금 그 그리움에 몸을 맡겨 말을 몰지는 않으리라. 넬은 스스로에게 그리 말했다.

어머니가 거적 따위에 둘둘 말려 어느 곳에든 버려지지 않았을까. 아니면 귀부인의 분노에 갈가리 찢겨 동물의 먹이가 되진 않았을까. 이런 섬뜩한 생각을 하고 싶지 않아 잊은 척 외면했었다. 술에 흠뻑 취해서도 어머니가 편히 잠들었으리라고는 생각도 하지 못했다. 그 정도로 데카리온 가문과 성은 넬에게 지옥이었다.

그런데 어머니가 편히 잠들어 있다니. 생각지도 못한 소식에 넬은 실감이 나지 않았다. 마음 한구석이 푹 늘어지는 느낌은 있었다.

얼른 찾아가 나 잘살고 있노라고 말하고 싶다. 하지만 아무 것도 아닌 채로, 이런 모습으로 찾아가지는 않을 것이다.

'조금만 더 기다려 줘요. 어머니. 곧 찾아갈게요.'

거추장스러운 모든 것을 해결하여 이십여 년간 알게 모르게 자신을 억눌러 왔던 그것을 벗어던져 버린 후에. 그 후에 갈 것이다. 말 머리를 해 뜨는 쪽으로 돌려 신나게 달려 찾아갈 것이다.

"고, 고… 맙수."

넬은 당장 달려가 보겠다고 말하는 대신 뒤늦은 감사말을 던졌다.

"당연한 일을 한 거다. 신분이 어떻든 미나트 부인은 아버지의 여인이었고, 또 너를 낳았다. 그에 걸맞은 대우를 해준 것뿐이야."

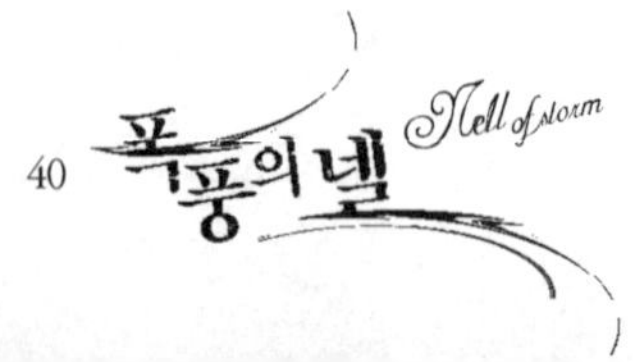

무뚝뚝한 목소리에 넬은 어깨를 들썩였다.

"앞으로 누님이라고 부르겠수다"

넬이 괜히 신나하며 흐흐 웃었다. 그러자 훼일카드민은 반대로 입가에 피었던 한줄기 미소마저 싹 지워 정색했다.

"아니, 차라리 형님이라고 해라."

너무 커버린 동생이 남자란 걸 알면서도 오라버니라 불리고 싶은 마음은 여전하다. 오라버니란 말 한마디가 어려워 부들부들 떠는 모습을 보면서도.

자신의 생각에 놀라하던 훼일카드민은 누님이라 부르겠다는 넬의 말에 딱딱하게 굳어버렸다. 잠깐의 따스함이 한줄기 바람에 날아가 버렸다.

"엥? 어째서? 누님은 누님이잖수."

"너는 에일린 공녀가 아니라 넬 에이어가 되었지만 나는 여전히 동제후 훼일카드민이다."

"……."

넬이 아차 싶은 마음으로 훼일카드민을 내려보았다.

"그리 보지 마라. 내가 선택한 나의 삶이다."

"하지만!"

"너는 자유를 잡았고 나는 의무를 진 것이다. 네가 나의 의무를 탐내지 않듯이 나 또한 너의 자유를 탐내지 않을 것이다."

"참, 피곤하게 사시는구려."

훼일카드민의 어깨는 철갑옷을 입고 있을 때를 생각하면 너무 작고 얇았다. 하지만 넬은 안타깝다고 말할 수 없었다. 훼일카드민의 삶을 부정할 순 없었다. 그녀, 아니, 그의 말대로 그 어깨는 넬이 상상할 수 없을 만큼 어마어마한 의무를 진 등이었다.

절대 흔들려서도 비틀대서도 안 되는 강한 등이었다.

넬은 가라앉는 기분을 띄우기 위해 최대한 명랑하게 말했다.

"알았수다. 형님."

그리고는 한껏 숨을 들이켜 크게 소리쳤다.

"그럼, 다녀오겠수다!"

호탕한 웃음소리에 배를 차인 말이 힘차게 대지를 박찼다.

서 있는 건 훼일카드민 하나. 달려가는 건 넬과 펠트 하르그를 태운 말들. 뿌연 흙먼지를 날리며 그들은 달렸다. 훼일카드민은 오래도록 뒤도 돌아보지 않고 떠나가는 그들을 배웅했다.

"누님이라……."

'다시는 들을 리 없는 말이지만, 나쁘지 않군.'

씩, 웃음이 나왔다. 그런 자신이 신기해 입가를 만져 보았다.

"……."

웃음은 곧 걷혔고, 넬이 몰아간 흙먼지 꾸러미가 저 지평선 너머로 사라질 때 즈음 훼일카드민의 얼굴은 원래의 딱딱하게 굳은 얼굴로 돌아가 있었다.

CHAPTER 2

괴물 공녀, 제후되다?

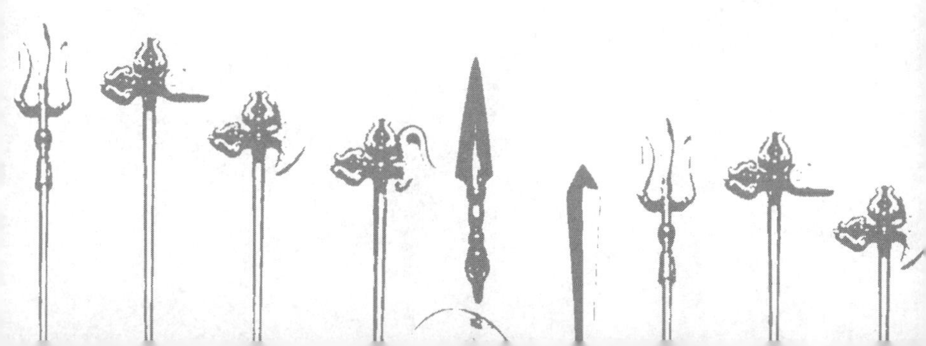

1

동제후 훼일카드민이 죽고 에일린 공녀까지 믿을 수 없는 추문에 휘말린 뒤, 데카리온 동제후 세력의 입지가 좁아졌다. 그간 훼일카드민과 작센 자작이 단단히 다져 놓은 기반도, 넓혀 놓았던 세력도 부질없이 흔들렸다.

훼일카드민, 한 사람의 강력한 카리스마로 이룩된 성은 훼일카드민의 부재에 모래성처럼 허물어졌다. 작은 파도에도 밑바닥부터 무너졌다.

훼일카드민의 죽음이 성을 흔들어 사방에 금을 가게 했다면, 에일린 공녀의 일은 그나마 형체를 유지하고 있던 성을 부숴 버렸다.

동제후 훼일카드민이 후사 없이 죽으니 남은 유일한 적통 후계자는 에일린 공녀였다. 게다가 에일린 공녀는 곧 황태자비가 될 몸. 작센 자작은 그녀를 내세워 동제후 세력권을 단단히 묶으려고 했다.

그런데 그녀가 하필이면, 젊은 기사들의 신망을 받던 레니언 프리델트와 추문이 난 것이다. 그것도 모자라 북제후까지 동원한 탈출극을 벌였으니, 그 둘의 추문이 진짜라는 것을 제국에 널리 알린 것과 다름없었다.

작센 자작은 에일린 공녀와 레니언 프리델트를 찾아 나설 생각조차 하지 못했다.

서제후와 남제후는 기회는 이때다 싶었는지 동제후 측을 압박해 왔고, 북제후는 침묵으로 중립임을 드러냈다. 북제후가 훼일카드민과 친분이 깊었기에 작센 자작은 북제후에게 도움을 요청했으나 번번이 거절당했다. 북제후는 더 이상 정치의 일선에 나설 생각이 없다는 말로 물러서기만 했다.

작센 자작 혼자서 어찌할 수 있는 상황이 아니었다. 아직까지도 동제후의 자리가 공석으로 남아 있는 터라, 함부로 나섰다가는 설친다며 다른 동제후 세력권의 귀족들에게 질타를 당할 수도 있을 터였다.

작센 자작은 훼일카드민이 그 능력을 인정하여 가까이에 둔, 지방 호족 출신이다. 작센 자작의 권력은 훼일카드민에게서 나왔다. 영지가 넓은 것도 아니고 재력이 있는 것도 아니다.

때문에 그동안 훼일카드민의 신임을 받는 이름 모를 촌구석

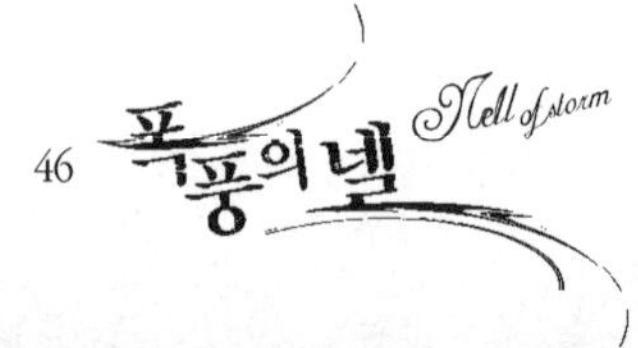

의 몰락 귀족이 설치는 걸 꼴 보기 싫어하던 귀족들이 없지 않았다. 그들은 이런 급박한 상황에서도 드러내어 작센 자작을 견제하며 공석으로 빈 동제후 자리에 탐을 냈다. 자신들이 앉지 못하더라도, 자신들의 입맛에 맞는 먼 방계의 어린아이를 찾으려고 혈안이 되어 있었다.

안으로 똘똘 뭉쳐 단결해도 버티기 힘든 상황에 안에서부터 분열 조짐이 보이니, 작센 자작으로서는 분통이 터지는 일이었다. 하지만 그는 어찌할 힘이 없었다.

그저 최대한 그 분열이 밖에 드러나지 않게 노력하는 수밖에 없었다. 노골적으로 자신을 무시하는 귀족들에게 고개를 숙여야 했고, 평소 그리도 꺼려 하던 귀족들과도 어울려 웃고 떠들어주어야 했다.

훼일카드민도 죽고 없는데 이렇게 피곤하게 살 필요가 있을까, 하는 피로감도 종종 엄습했다. 그렇게 작센 자작은 지쳐 갔고 동제후 세력권은 느슨해졌다.

그리고 아무도 기대하지 않았던 때, 아무도 예상치 못했던 사람이 동제후령의 본성인 윈즈 성에 당도했다.

레니언 경과 함께 사랑의 도주를 한 에일린 공녀가 윈즈 성에 당도한 것이다. 곁에는 반짝반짝 빛나는 중장 갑주를 차려 입은 레니언 경이 서 있었다.

수도 아라디함에서 계속 머물기엔 주변의 눈치가 보여, 일단 윈즈 성으로 후퇴하여 내일의 생존을 논의하고 있던 귀족들은 이들의 방문에 어찌할 바를 몰랐다.

하지만 에일린 공녀가 한 손을 높이 들어 손에 낀 붉은 보석 반지를 보이는 순간, 윈즈 성 모든 사람들이 무릎을 꿇고 고개를 숙여 그녀를 맞이했다.

그녀의 크고 두터운, 털이 숭숭 난 손에서도 빛을 잃지 않고 영롱하게 빛나는 붉은 보석 반지 속에 데카리온 가문의 문장이 선명하게 드러났다. 그것은 대대로 동제후에게만 전해져 내려오는 데카리온 가문의 가보였다.

에일린 공녀가 그것을 가지고 윈즈 성에 나타났다는 것은, 비어 있는 동제후의 공석에 앉을 사람이 그녀임을 의미하는 것이었다.

＊　　　＊　　　＊

넬은 윈즈 성에 모여 있는 모든 귀족들을 소집했다. 그사이 몸을 씻고 옷을 갈아입었다.

어느새 준비해 둔 것인지, 예전에 훼일카드민이 직접 명령을 내려 꾸몄다는 에일린의 방에는 넬의 몸에 맞는 드레스가 가득했다. 하지만 넬은 그 레이스 투성이의 치마 조각에 눈길도 주지 않았다.

윈즈 성에서 가장 덩치가 크다는 기사의 셔츠와 바지를 빌려―물론 그 옷도 몸에 작았다―몸을 억지로 꿰었다.

그리고 쫄 셔츠와 쫄 바지를 입은 채로 귀족들이 모여 있는 원탁의 홀로 갔다.

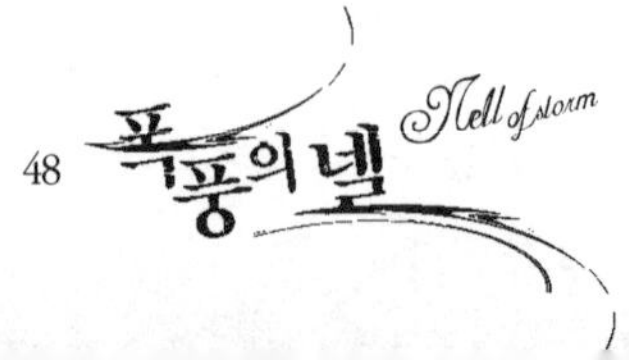

홀에는 까만 돌로 만든 커다란 원탁이 놓여 있었고 주위를 귀족들이 빙 둘러앉았다. 문에서 가장 먼 상석은 넬의 좌석이었다.

의자도 돌로 만들어져 딱딱하긴 했지만 부서질 염려가 없어 마음은 편했다.

넬이 앉자 뒤에 레나, 아니, 레니언이 섰다. 윈즈 성에 들어오기 전 기사의 모습으로 돌아간 레니언은 넬이 보기에도 늠름하고 멋있었다. 예쁘장하긴 했지만 저걸 왜 그동안 여자라고 철석같이 믿었는지, 괜스레 억울해질 정도였다.

넬은 일부러 손에 낀 반지가 잘 드러나게끔 원탁 위에 올리고, 귀족들을 휘이 둘러보았다.

긴장한 속내를 얼굴에 드러낸 사람도 있고, 넬을 의심하는 눈빛으로 보는 사람도 있었다. 넬을 반기며 받드는 사람은 가뭄에 콩 싹 나듯 보일까 말까했다.

문가에 앉은 작센 자작은 두 번째의 부류였다. 그는 넬을 유심히 살펴보며 의심의 눈빛을 감추지 않았다.

그는 훼일카드민이 건재했을 때, 원탁의 홀에서 모임이 있을 때면 언제나 훼일카드민의 오른 곁에 앉고는 했다. 하지만 지금은 문에서 제일 가까운 말석에 앉아 있다. 훼일카드민의 부재 속에서도 그 세력을 유지하기 위한 그의 노력에 비하면 부당한 처사였다. 하나 홀 안 누구도 작센 자작에게 신경을 쓰지 않았다.

홀 안 귀족들이 반지에 정신이 팔려 있는 새 레니언이 넬의 귓가에 속닥였다.

"저 남자가 작센 자작입니다."

레니언은 아무도 모르게 구석의 작센 자작을 가리켰다.

"나도 알아."

저번에 감옥에서 봤던 기억이 남아 얼굴이 낯익었다.

"그런데 왜 저렇게 멀리 떨어져 있는 거야? 꽤나 중요한 인물 아니었어?"

"귀족들 놀음이 원래 이렇게 고달픈 법이랍니다, 공녀님."

함께 훼일카드민의 최측근이었던 레니언으로서는 작센 자작의 추락이 그리 달갑게 보이지 않았다.

넬도 자세히는 아니지만 대강의 분위기를 눈치 채고는 작게 혀를 찼다.

넬과 레니언은 몇몇 귀족들의 눈에 자신들이 더없이 끈끈하게 보인다는 것을 알지 못했다.

넬은 저 많은 귀족들은 단숨에 입 다물게 만든 반지를 내려다보았다. 꽤 화려하고 보석 알이 크긴 했지만 뭔가 신비로운 힘을 가진 것 같지는 않은데, 무슨 힘을 쓴 건지 귀족들의 마음을 단숨에 사로잡아 버렸다.

데카리온 가문의 붉은 보석 반지는 희귀한 보석으로 만들어졌기에 모조품을 만들기란 불가능하다. 많은 사람들이 그 붉은 보석을 루비나 홍옥으로 알고 있는데, 분명 그런 흔한 보석은 아니다.

과거, 데카리온 가문을 혼란스럽게 만들기 위해 모조 반지

가 만들어진 경우가 종종 있었지만 모두 금세 들통나고 말았다. 진짜 반지는 루비나 홍옥 같은 보석으로 만든 가짜 반지와 뭔가 달랐다. 더군다나 보석 속에 데카리온 가문의 문장이 선명히 새겨져 있는 것은 어떤 뛰어난 장인도 감히 따라하지 못해 인간이 만든 것이 아니라는 소문이 돌 정도다.

원탁에 둘러앉은 귀족들은 저마다 몇 번이고 넬의 손을 바라보았다. 하지만 누구도 그 반지가 가짜일 수 있다고 의심하거나 드러내어 말하지 않았다.

반지는 진짜였다. 작센 자작마저도 그 영롱한 빛을 먼발치에서 보며 확신했다. 게다가 그는 이미, 에일린 공녀와 레니언 경이 감옥에 갇혔을 때 그 반지를 보았다.

'어째서 저것이 저 괴물 공녀의 손에 끼워져 있는지는 모르겠지만, 결국 이렇게 흘러가 버리는군. 공녀님이 다음 대 동제후의 자리를 이어야 하는 것일까.'

작센 자작은 말없이 자기 생각에 파묻혔다.

'그렇다면 차라리 에일린 공녀님과 레니언 경을 결혼시키는 것도 나쁘지 않겠군. 어차피 둘이 사랑하는 사이라면 당사자들이 반대할 이유는 없을 테고.'

어느 정도 시간이 지나고, 귀족들은 얼굴에 드러난 불편한 기색을 감추기 시작했다. 반지가 진짜인 이상, 그리고 누가 뭐래도 에일린 공녀가 데카리온 가문의 마지막 적통 후계자인 이상, 괜한 심보로 무례한 모습을 보여 두고두고 흠 잡힐 일을 만들고 싶지 않은 마음들이었다.

넬은 그 한 박자 느린 판단력에 감탄하며 손뼉이라도 쳐 줄까 잠시 고민했다. 훼일카드민 때문에 오긴 왔지만, 귀족들을 이렇게나 많이 앞에 두고 있자니 속이 메슥거리기도 했다.

윈즈 성에 오기 전, 넬은 혼자 윈즈 성에 가서 일을 벌여 달라는 훼일카드민의 말에 깜짝 놀랐다. 훼일카드민과 같이 가면 모를까, 혼자 윈즈 성에 가서 뭘 어쩌라고 그러는 거냐고 반발했다. 게다가 넬에게 윈즈 성은 그리 좋은 기억을 둔 장소는 아니었다.

훼일카드민은 반발하는 넬에게 걱정하지 말라고 타일렀다. 그때야 훼일카드민이 무책임하다고 투덜거리긴 했지만, 막상 윈즈 성에 와보니 훼일카드민의 자신감이 이해가 되었다. 반지 하나에 이렇게 태도가 바뀔 수 있다는 것이, 넬로서는 잘 이해가 가지 않는 모습이었지만 말이다.

"나는 여러분이 보시는 바와 같이 에일린 데카리온, 데카리온 가문의 적통 후계자다."

넬이 반지 낀 손을 높이 치켜들었다.

"오, 라버니께서 비운 자리를 당분간 내가 대리하게 됐으니 그리들 알도록."

공녀의 것이라 생각할 수 없을 만치 굵직하고 시원시원한 목소리였다. 그 목소리에 담긴 내용에 홀 안 귀족들의 얼굴이 가지각색으로 변했다.

쾅!

넬은 그들이 시끄럽게 떠들 틈을 주지 않았다. 두 주먹을 불

끈 쥐어 돌로 만든 원탁을 내려쳤다. 원탁은 넬의 괴력을 견뎌 내지 못해 떨렸다. 금이 가거나 부서지지는 않았지만 그것만으로도 귀족들의 얼굴색은 사색이 되었다.

넬에게 거슬리면 당장 정치적 생명이 동강나는 것은 물론이거니와 육체적 생명을 장담하지 못하게 되리라는 것을 원탁의 진동을 통해 깨달았다.

"오, 라버니께선 제국을 지키기 위해 국경으로 떠나면서 내게 말씀하셨지. 어쩌면 자신이 잘못될지도 모르니 그때를 대비해 달라고. 나는 오, 라버니가 잘못될 수도 있다는 이야기가 그저 우스갯소리인 줄 알고 웃어넘겼으나, 오, 라버니가 당부하며 들려준 이야기는 잊지 않고 기록해 두었소."

넬이 자못 침통한 표정으로 가슴을 퍽퍽 두드렸다. 나름대로 훼일카드민의 죽음을 안타까워하는 것 같았으나 귀족들에게는 그렇게 보이지 않았다. 찡그린 표정도 가슴을 퍽퍽 두드리는 주먹도 공포였다.

"나는 오, 라버니의 부재에 오, 라버니의 뜻대로 움직이려 했으나 간악하고 사특한 서, 남제후가 나와 나를 지키던 레니언 경을 모욕하여 큰 시련을 겪게 하였고……. 나와 레니언 경은 그들의 손길에서 벗어나 수도를 탈출하고 세상을 떠돌며 상황을 살피다 이제야 도착했지."

넬은 의미 모를 미소를 지으며 원탁을 둘러보았다. 바짝 긴장한 채 자신을 바라보고 있는 귀족들과 눈을 마주쳤다. 작센 자작은 무슨 생각을 하고 있는지 넬의 시선을 의식하지 못했지만, 넬은 다음을 기약하며 그런 그를 넘겼다.

이즈음이면 되었다 싶어 레니언이 슬쩍 넬의 옆구리를 찔렀다. 그제야 넬은 홀에 쟁쟁하게 울릴 정도로 큰 목소리로 말했다.

"오, 라버니께서 비우신 자리는 당분간 내가 메울 거요. 혹여나 서, 남제후의 달달한 유혹에 넘어가 혹했던 이들이 있다면……."

넬이 이를 드러내었다.

"알아서들 정리하길. 긴 시간을 주진 않을 테니, 최대한 빨리!"

몇몇 귀족의 어깨가 부르르 떠는 것이 보였다. 자신의 뒤에 묵묵히 서 있는 레니언에게 알릴까 하다가 그만뒀다. 레니언도 눈이 있을 테니 그들을 보았을 터이고, 알아서 따로 체크하리라. 이런 사소한 것, 주로 머리 쓰는 일은 레니언의 몫이었다.

"그리고 오늘, 여러분들한테 다시 한 번 오, 라버니의 뜻을 밝혀 두겠수다. 나는 오, 라버니의 뜻을 대행하는 동제후 대리로서 오, 라버니의 뜻을 따를 것이고, 당신들 또한 그러기를 바라고 있소."

말하는 중간 중간, 애써 외웠던 대목 중 기억나지 않는 곳이 간간이 있어 이야기가 매끄럽지 않았지만 비교적 수월하게 넘어갔다.

"비록 나와 레니언 경이 의도된 오명을 뒤집어쓰고 황실로

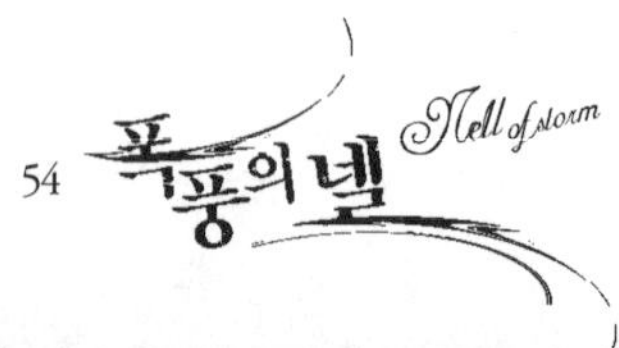

부터 지명수배를 당하는 치욕까지 맛보았지만, 그것 때문에 제국을 저버리진 않을 것이오."

혹여나 에일린 공녀가 황실에 앙심을 품고, 생각없이 일을 저지르지는 않을까 걱정했던 귀족들이 안도의 한숨을 내쉬었다.

"지금은 밖으로 아스테리아 황국이 국경을 어지럽히고 있는 위급한 때."

별로 위급하다고는 생각하지 않았으나, 넬은 배에 힘을 주고 쩌렁쩌렁한 목소리로 말했다.

"단결하여 대륙에 제국의 위상을 뽐내지는 못할망정 안으로 제국을 분열시키고 어지럽힐 생각은 없수다."

레니언이 넬의 옆구리를 쿡 찔렀다. 넬은 화들짝 놀라 얼른 말꼬리를 바꿔 달았다.

"…아니, 없소."

넬의 진지한 발언에 한껏 기분이 부풀어 오르던 귀족들의 정수리에 찬물을 끼얹은 격이 되었다. 김빠지듯, 홍조가 일었던 얼굴들이 원색으로 돌아왔다.

넬에게 맞지도 않는 위엄찬 귀족 연기를 주문했을 때부터 짐작했던 일. 레니언은 쓰린 속을 달랬다.

"눈이 있고 귀가 달렸다면 모두들 알고 있을 것이오. 지금 서제후와 남제후의 움직임이 심상치 않다는 것 정도는."

틀린 말은 아니었기에 모두들 수긍했다. 그들이 수도 아라디함에서 버티지 못하고 도망치듯 윈즈 성으로 내려온 것도 그 때문이었다. 황태자는 어째서인지 서, 남제후 정확히는 남제후를 전폭적으로 지지했다. 두 제후는 황실을 등에 업고 정당성을 진 채로 동제후 측을 압박했다.

"제국의 불안한 시국에 데카리온 가문 또한 흔들리고 있소. 서, 남제후는 제국에 충성하는 우리 가문을 어째서인지 모질게 내치고 있고, 나는 그것이 나아가 제국의 존망으로까지 이어지지 않을까 걱정하고 있수다, 아니, 있소."

안 쓰던 머리를 억지로 돌려 외운 말들을 내뱉고는 있지만, 넬로서는 전혀 정감 가지 않는 내용이었다. 귀족 가문 하나가 잘못되는 게 뭐 대수라고 제국의 존망까지 끌어들인단 말인가. 권력을 쥐었던 가문이 중앙에서 밀려나며 그것을 인정하지 못해 괴씸해하는 것처럼 느껴질 따름이었다.

"데카리온은 제국과 운명을 같이하는 충신 가문. 그들의 달콤한 혀에 넘어간 제국이 우리를 어렵게 만들었다고 쉽게 제국에게 등을 보이지는 않을 것이요."

혹여나 에일린 공녀가 복수심에 불타 이참에 반역이나 저질러 보자 하지 않을까 걱정했던 사람들이 넬의 말에 안심했다. 공녀라도 여자는 여자. 여자를 남자보다 낮게 보는 제국의 관습에 비춰, 몇몇은 에일린 공녀가 감정에 휘둘려 어리석은 선택을 하지 않을까 걱정했었다.

"데카리온 가문은 건국 황제를 위해 제국의 초석을 다진 선조로부터 이어져 내려온 충성의 핏줄. 후손으로서 그 뜻을 따라 황실을 수호하고 제국을 지킬 것이오. 그것이 제국을 지탱

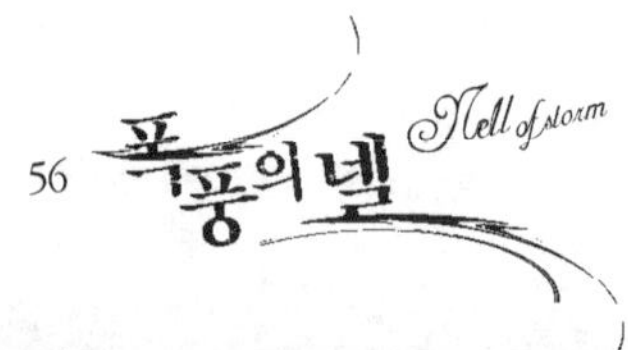

해 온 데카리온 가문의 의지이고 오, 라버니 훼일카드민의 뜻일 테니!"

훼일카드민의 뜻. 어떤 말보다 그 말이 훼일카드민의 가신들을 움직였다.

"지금 변방에선 나처럼 오, 라버니의 뜻을 받든 총지휘관과 오, 라버니의 사람이 제국을 지키고 있소. 국경에서 일어나고 있는 분쟁은 제국이 승리할 것이오. 그것이 여전히 황실에 충성하며, 제국을 지키고자 노력하는 데카리온 가문의 진실을 보여주는 증거가 될 것이오."

아스테리아와 분쟁이 벌어지고 있는 국경은 동제후령이다. 국경의 전선이 무너지면 제국에 큰 위협이 될 것이다. 그 이후 전쟁이 제국의 승리로 끝나든 아니든 간에 동제후령은 짓밟힐 터. 동제후령 안에 자신의 영지를 가지고 식솔들을 거느린 동제후의 호족들에게 대 아스테리아 전선은 예민한 문제다. 불안해하며 국경을 예의 주시하던 그들은 넬의 자신만만한 발언에 솔깃해했다.

"오, 라버니의 명을 받은 이들과 군대가 아스테리아를 무찌르는 동안 우리도 우리 나름대로 제국을 지켜야 하오. 황태자 전하의 눈을 가리고 귀를 막은 서, 남제후를 치워내고 데카리온 가문의 명예를 되찾아 제국을 평탄케 해야 한단 말이오!"

쾅!

넬이 다시금 탁자를 내려쳤다. 웅웅 울리는 탁자에 손을 얹은 귀족들은 조금 전과는 사뭇 다른 표정으로 넬을 올려다보았다.

"데카리온 가문은 기사의 가문. 감히·가문과 제국 황실의 명예를 더럽히고, 쥐새끼처럼 제국의 안정을 파먹는 이들을 결코 용서하지 않을 것이오!"

마지막까지 마음이 동하지 않는 발언을, 넬은 힘있게 외쳤다. 오오, 감탄하는 귀족들을 내려다보는 눈은 더없이 떨떠름했다.

*　　　*　　　*

"두 마리 토끼를 한 번에 잡으려는 건 너무 큰 욕심이련가?"

훼일카드민이 뜬금없이 물었다.

갑자기 무슨 말인가 싶어, 작센 자작은 멀뚱히 훼일카드민을 바라보았다. 하지만 이내 웃으며 고개를 끄덕였다.

"사냥꾼이 달려가는 두 마리 토끼를 한 번에 욕심내는 건 그날 저녁을 굶겠다는 뜻입니다."

턱을 문지르며 말을 이었다.

"하지만 사냥 대회를 주최한 귀족이, 단 한 마리의 토끼만을 탐내는 것은 어리석은 일이며 자신이 거느린 사냥꾼과 사냥개에 대한 모욕입니다."

"그런가?"

사냥 대회를 열어야 하는 귀족, 훼일카드민은 쓰게 웃었다. 두텁게 두른 강철이 쓴 미소마저 감춰주었다.

"그나저나 각하."

훼일카드민이 그 후로 한동안 아무 말이 없자, 진득하니 훼일카드민의 침묵을 지키고 있던 작센 자작이 슬쩍 말문을 텄다.

"곧 황태자비 간택이 시작되지 않겠습니까? 클라이츠 전하께서 벌써 스물셋이십니다. 늦어도 한참 늦었지요. 전하께선 여전히 기꺼워하신다고 하지만, 황실에서도 더는 물러서지 않으려 버티고 있으니 조만간 소식이 오지 않겠습니까?"

"……."

"미리 내세울 공녀님을 물색해 두어야 합니다."

작센 자작이 말없는 훼일카드민의 생각을 재촉해 물었다.

데카리온 동제후 가문은 손이 귀하다. 알려진 대로라면 이번 대는 훼일카드민만이 적통 후계자이다. 때문에 방계 가문들에선 훼일카드민의 요절이라도 바라는 듯, 후계 서열 문제로 잡음을 냈었다. 이에 훼일카드민은 정식으로 동제후가 되자마자 그들을 싹 정리해 버렸다.

작센 자작은 그 정리를 도왔고 그때도 지금도 후회는 없다. 하지만 황태자비 간택을 앞두니 아쉬움이 돋았다.

'공녀 두엇 정도는 남겨둘 걸 그랬나?'

그럴 수 없었다는 걸 알면서도, 괜한 생각이 들었다. 작센 자작은 싱숭생숭한 마음을 감추고 담담히 말했다.

"훑어보면 먼 방계 가문에서라도 번듯한 공녀 하나쯤은 찾을 수 있겠지요."

'말이 쉬워 훑는다지, 고생 꽤나 해야 될 거야. 웬만한 방계 가문은 씨도 못 추리게 쓸어버렸으니까. 생각만 해도 머리가 다 아프군.'

머리가 지끈거렸다. 손바닥으로 이마를 덮어 살피니 후끈한 열이 느껴졌다.

"양녀로 받아들이시어 적당히 교육시켜 황궁에 들여보내면 문제가 없으실 겁니다. 물론, 그러기 위해서는 지금 당장 움직여도 빠듯합니다. 각하, 하명해 주십시오. 당장."

여태껏 가만히 작센 자작의 말을 듣고만 있던 훼일카드민이 그의 말을 중간에 잘라냈다.

"실수가 있었던가."

"예?"

"찾으면 찾아질 공녀가 남아 있다고 하지 않았는가. 그 말은, 지난번 내 정리가 완벽하지 않았다는 말일 터."

"각하!"

작센 자작이 눈을 부릅뜨고 훼일카드민을 바라보았다. 놀란 눈빛은 훼일카드민에게 채 닿기 전에 차가운 강철에 쓰러졌다.

"그대의 말대로 한번 훑어보지. 하지만 그건 황태자비 간택에 내보낼 공녀를 찾기 위함이 아니라 후계 서열의 잡음을 없애기 위해서이니, 그리 알고 있게나."

"어찌 그런 말씀을 하십니까!"

오페라의 소프라노 여가수가 비명을 지르듯, 작센 자작이

목소리를 높였다.

"다른 가문은 굳건히 가문을 유지하기 위해 밖에서 낳아온 반쪽 피도 인정하고 있습니다. 그런데 어찌 각하께서는 겨우 남은 방계 가문들마저 쓸어내시려 합니까."

"가문의 피는 아래로 이어지는 것이지 옆으로 퍼지는 게 아니라는 걸, 모르는가?"

훼일카드민이 단호히 말했다. 작센 자작은 얼빠진 표정을 숨기듯 고개를 푹 숙였다.

"각하께서 굳건하시니 더 이상 쓸데없는 잡음은 어디서고 들리지 않을 겁니다. 그렇다면 이제 가문을 굳건히 하셔야지 않습니까. 게다가 황태자비 간택식도 다가오는데, 어찌하시려 그러십니까."

'없는 데카리온 핏줄을 만들어서라도 끌어와야 할 판에 어찌 저런 말씀을 하시는가.'

철투구 속 얼굴이 어떤 표정을 짓고 있는지 알지 못한다. 목소리도 칙칙한 쇳소리만 섞여 나올 뿐, 감정이 담겨 있지 않다. 그저 말의 내용 자체에만 의지해 훼일카드민의 속내를 짐작해야 하는데, 결코 쉬운 일은 아니었다.

"가문의 일은 내가 처리해야 하는 일. 내가 원하지 않는 조언은 하지 말게, 작센 자작."

냉엄하게 들리는 말이 정말 냉엄한 건지, 아니면 자신이 그리 생각하는 건지조차도 헷갈렸다.

작센 자작이 한껏 인상을 찌푸리며 고개를 들자 훼일카드민이 말했다.

"황태자비 간택에 대한 준비는 내 생각이 있으니, 괜한 걱정은 하지 말도록."

잠시 어물거리던 작센 자작은 가슴에 웅어리진 한숨을 꾹 누르며 고개를 조아렸다.

"예, 각하."

채 뱉지 못한 한숨은 어깨를 무겁게 짓눌렀고, 작센 자작의 어깨가 축 늘어졌다.

'그 생각이란 것이 오늘로 이어진 것입니까. 우연입니까, 필연입니까, 각하.'

작센 자작은 예전의 기억을 떠올리며 눈을 질끈 감았다 떴다.

"그러니까, 우리는 앞으로……."

곰처럼 커다란 사내가 가장 상석에 앉아 귀족들을 휘두르고 있는 모습이 보였다. 사내는 척 보기에도 용병처럼 보였고, 자리를 지키고 앉아 있는 귀족들 위에 감히 설 수 없는 천한 사람처럼 보였다.

그의 손가락에 데카리온 가문의 증표는 붉은 보석 반지만 끼워져 있지 않았다면, 그가 무슨 말을 하던 작센 자작과 귀족들은 그를 받아들이지 않았을 것이다.

이 우람하고 거친 용병이 에일린 공녀라는 것을 이해하는 데에도 시간이 꽤 걸렸다.

‘이것이 당신의 뜻입니까?

원탁의 홀에 쩌렁쩌렁하게 울리는 넬의 목소리를 한 귀로 듣고 한 귀로 흘렸다. 작센 자작은 전혀 회의에 집중하고 있지 않았다.

동제후 자리의 공석. 서, 남제후 측으로 길을 바꿔 타는 귀족들, 서로 자기 밥그릇을 지키겠다고 치고 박고 싸우는 울타리 안의 귀족들, 직접적으로 피부에 닿는 멸시와 조롱. 그간 그 크고 작은 수난을 당하며 버텨온 건 지금 데카리온 가문과 그 세력권을 지킬 수 있는 사람이 자신밖에 없다는 일종의 책임감 때문이었다.

그런데 훼일카드민이 죽기 전 에일린 공녀에게 연락해 자신이 죽은 뒤를 부탁했다는 말에 맥이 풀려 버렸다.

아무리 충성한대도 남인 부하를 핏줄인 여동생만큼 생각해 줄 수는 없을 것이다. 그건 설사 철갑으로 피와 살을 이룬 훼일카드민이라 하더라도 쉽지 않을 것이다.

알고 있고 충분히 짐작했지만, 막상 눈앞에 펼쳐지니 괜히 분하고 억울했다. 저런 괴물 공녀에게 언질을 줄 수 있었다면 자신에게도 한마디 정도 말을 남겨주었으면 좋지 않은가.

괜한 심보라고 마음을 달래보려고 했지만, 울컥 치솟은 심정은 쉽사리 가라앉지 않았다.

작센 자작이 홀로 끓어오르는 섭섭함과 분노를 달래는 사이, 원탁의 홀에서 에일린 공녀가 연 최초이자 최후의 모임이 마무리됐다.

각자 명령을 받은 귀족들은 바삐 움직여 나갔고, 다른 귀족들은 조금이라도 더 에일린 공녀와 가까워지기 위해 주변에서 얼쩡거렸다. 넬은 처리해야 할 일이 많다는 가벼운 이유로 그들을 원탁의 홀 밖으로 내쫓았다.

레니언이 마지막 귀족을 내보내고 원탁의 홀 문을 닫아걸었을 때, 홀 안에는 넬과 레니언, 작센 자작. 이 셋만이 남았다.

문 닫히는 소리에야 정신이 든 작센 자작이 텅 빈 홀을 둘러보고는 얼른 자리에서 일어섰다.

"실례했습니다. 공녀님."

작센 자작은 자신보다 한참이나 어린 넬에게 깍듯이 인사하고는 서둘러 홀을 빠져나가려 했다. 하지만 이미 늦어도 한참 늦었다. 문을 닫아걸은 레니언은 문 앞에 우뚝 서서 비켜줄 생각을 하지 않았다.

'뭐지?'

갑자기 불안감이 엄습했다. 모두를 내보내고 혼자 남겨둔 데다가 문까지 걸어 잠그다니? 뭔가 불안한 생각을 털어내려 애쓰며, 작센 자작이 다시 몸을 돌려 넬을 바라보았다.

"왜, 왜 이러시는 겁니까."

아직까지 원탁의 상석에 앉아 있는 넬은 작센 자작을 바라보며 의미심장하게 웃고 있었다. 그 모습이 사뭇 괴기스러워 등줄기에 주르륵 식은땀이 흘러내렸다.

'설마, 날 처리하려는 건가? 동제후 각하의 측근이었던 나를?'

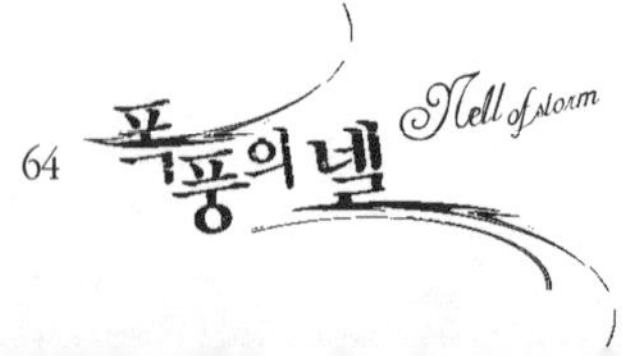

작센 자작을 싫어하는 귀족들이 작센 자작을 내칠망정 죽이거나 핵심 인사에서 배재하지 않는 것은 그의 실력이 필요하기 때문이다. 훼일카드민마저 없는 상황에서 작센 자작마저 사라진다면 그 뒷일이야 불 보듯 뻔했다.

자기 탐욕에 취해 분열을 일으키는 귀족들조차 눈에 박힌 가시로 여길망정 함부로 건드리지 못하는 자신을 죽이려 하다니.

작센 자작은 지금 이 자리에서 자신이 죽을지도 모른다는 생각을 지우지 못했다. 넬의 미소가 단단히 한몫을 했지만, 그걸 모르는 넬은 계속 싱글싱글 웃었다.

넬로서는 나름대로 작센 자작에게 잘 보이기 위해 표정 관리를 한답시고 밝게 웃은 거였다. 작센 자작이 넬의 험상궂은 얼굴을 보며 오해한 것이었다.

뒤로 슬금슬금 물러서는 작센 자작과 그런 그를 보며 더욱 짙게 미소 짓는 넬. 그 둘의 모습을 멀찍하게 떨어져서 관람하는 레니언은 터져 나오는 웃음을 참아내는 게 고역이었다.

마음 한구석에선 마냥 웃겨 할 일만은 아니라는 타박도 들렸다.

'그간 다른 귀족들의 구박이 얼마나 심했기에 자작께서 저리 가볍게 겁을 먹는단 말인가. 못난 것들, 자작이 아니었으면 예전에 사단이 나도 났을 것들이.'

레니언은 우연히 넬과 눈이 마주치자, 더 이상 겁주지 말고 본론으로 넘어가라고 입으로 버끔거렸다. 넬은 왜 겁 주냐고

말하는 건지 이해하지 못했지만 싱글싱글 웃기만 하며 작센
자작을 노려보는(?) 걸 멈췄다.

"작센 자작."

끝에 으레 '님' 자를 붙일 뻔하였다. 용병 때야 자작이라 한
들 하늘만큼 높은 귀족이 아니던가.

하지만 지금은 자작 따윈 감히 우러러볼 수도 없는 위치에
있으니 '님' 자를 붙이면 서로 어색할 것이다. 넬은 불거지는
'님' 자를 꿀꺽 삼키며 말을 이었다.

"오, 라버니가 아직 살아 있소."

"……!"

작센 자작이 수그리고 있던 고개를 번쩍 들었다. 목이 꺾일
까봐 걱정될 정도였다.

눈싸움을 하는 듯 넬과 작센 자작이 눈을 마주치고 잠시간
말을 하지 않았다.

"그게, 무슨 말씀이십니까."

이윽고 작센 자작이 먼저 말문을 열었다. 이를 꽉 깨물고 물
어보는 투가 농담이면 가만두지 않겠다는 자세였다. 외소한
몸을 보고 매일 서재에 처박혀서 글줄이나 읽었을 귀족 나리
라고 생각했던 넬도 깜짝 놀라 허리를 폈다. 예전에 감옥에서
봤을 때와는 또 다른 느낌이었다.

"지금 국경에서 아스테리아의 황국군과 맞서고 있는 제국군
을 진두지휘하고 있는데. 직접 나서지는 않고, 에, 음……."

머리가 좋다고 했으니, 괜히 훼이나니 뭐니 돌려 말하면 금

방 알아차릴지도 모른다. 넬은 잠시 어떻게 이야기를 해야 하나 머리를 굴렸다. 작센 자작은 당장이라도 국경으로 뛰어나갈 태세로 넬의 다음 말을 기다렸다.

"비밀리에 숨겨두었던 부하를 통해서 국경의 전쟁을 잘 치르고 있으니까, 뭐, 음……. 거시기 이야기를 들어보니까 지금 제국군을 이끌고 있는 총지휘관 귀족 나리도 오, 라버니랑 조금 아는 사이인 거 같기도 하고."

"각하의 후임으로 제국군을 이끌고 있는 총사령관은 펠린 남작. 각하와 인연이 깊은 기사입니다."

작센 자작이 깔끔하게 말해주자 넬이 손뼉을 치며 히죽 웃었다.

"맞아, 그래! 바로 그거야!"

"공녀님의 말씀대로라면, 각하가 죽지 않고 살아계시어 무슨 이유에서인지 생존을 밝히시지 않고, 은밀히 공녀님과 국경의 제국군을 움직이고 있다는 것입니까?"

"역시! 글줄이나 읽은 놈은 뭐가 달라도 다르군!"

"……."

글줄이나 읽은 놈이 듣기엔 천박하기 이를 데 없는 말이다. 칭찬인지 욕인지조차 분간이 가지 않았다. 조금 전 귀족들을 아우를 때의 모습은 온데간데없었다.

"정말 딱 연습한 만큼만 하는구나."

문을 지키고 선 레니언은 손바닥으로 얼굴을 쓸어내리며 숨을 푹 내쉬었다.

"그럼 말씀해 주십시오. 각하는 어디에 계십니까. 무슨 이유에서 생존을 알리지 않고 숨어 움직이시는 겁니까."

작센 자작의 눈이 매서워졌다.

"못 믿는 거요?"

"……."

'얼씨구나 좋구나, 라며 믿고 매달리라는 건가. 그냥 살아 있다는 말 한마디를 믿고?'

공녀에 대한 마지막 예의로 속의 말을 입 밖으로 꺼내지는 않았다.

"제길, 설마 혼자서만 이 반지가 가짜라고 믿는 건 아니겠지?"

"그건 아닙니다."

"반지는 믿으면서 사람 말은 안 믿는다는 건가?"

"그럼 그 말을 어째서 다른 사람들을 다 내보내고 저에게만 하시는 겁니까."

'각하께서 안 보이지만 자신을 통해서 명령을 내리는 것이니, 자신의 명령은 곧 각하의 명령이다. 그러니 내 말을 따라라, 이렇게 말하려는 건가. 나를 이용하려는 속셈으로? 생긴 것과 다르게 영악하군.'

작센 자작은 넬이 열 번 죽었다 깨어나도 생각하지 못할 수를 생각하며 아랫입술을 꾹 깨물었다.

"오, 라버니가 그러더군. 서쪽 제비와 남쪽 너구리, 북쪽 구렁이. 이 셋을 한 번에 잡으려고 준비하고 있다고."

그 제비와 너구리, 구렁이가 각기 누구를 의미하는지는 굳이 말하지 않아도 알 수 있었다. 왜 그들을 잡으려는지도 충분히 짐작이 갔다. 물론, 어째서 북쪽을 구렁이라고 말하고 그 북쪽 구렁이마저 잡으려 한다는 건지는 흐릿했다.

"조심히 움직여야 하기 때문에 굳이 살아 있는 걸 알리지 않았다고. 굳이 윈즈 성에 가서 떠들어대지 말라고 하던데, 딱 하나만 예외를 두더라고."

"저를, 말입니까?"

"자기가 아무 말도 없이 사라져서 혼자 고생하고 있을 텐데, 자작한테마저 숨긴다면 그건 옳지 않은 일이라고. 또 자작은 믿을 수 있는 사람이니 말해도 상관없다고, 아니 상황을 봐서 되도록이면 말해달라던데?"

넬이 말끝을 가볍게 끌어올리며 씩, 웃었다.

"물론 그쪽이 원하는 증거는 하나도 없어. 믿거나 말거나 그건 그쪽 마음이고. 나는 뭐, 부탁 받은 대로 전했으니까. 나중에 딴말이나 하지 말고."

"…정말."

작센 자작이 이를 악물고 말했다.

"정말 살아계신 겁니까, 각하께서?"

여러 감정이 뒤섞여 소용돌이치는 얼굴에서 어떤 거 하나만을 끄집어내 살펴보기 힘들었다. 작센 자작은 묘한 눈빛으로 넬을 바라보며 물었다. 확신을 바랐다.

"아 글쎄, 살아 있다니까? 정 믿기지 않으면 저기서 문 지키면서 싱글벙글 웃고 있는 여장 변태한테 물어보든지, 말든지.”

넬은 작센 자작의 떨리는 목소리 속의 감정을 모르는 척하며 태연하게 대꾸했다. 넬은 다 늙은 남자의 눈물에서 별다른 매력을 느끼지 못했다.

작센 자작이 고개를 돌려 문 앞의 레니언을 바라보았다. 그의 뜨거운 눈길에 레니언은 빙긋 웃으며 고개를 끄덕였다.

“아참, 그것도 부탁하던데? 입을 갑옷 한 벌, 멋지게 만들어달라고 말해달래.”

“갑옷을 말입니까?”

“그래, 아주 멋진 걸로. 입고 있던 건 아스테리아의 놈팽이가 박살을 내서, 요즘 맨몸으로 굴러다니고 있거든.”

넬이 킥킥대자 작센 자작이 어깨를 들썩였다.

“그거 만들어줬던 사람한테 또 만들어달라기 싫다네. 믿을 만한 사람이 만들어주는 튼튼한 걸 입고 싶다고 그러더구만. 수도로 쳐들어가 제비, 너구리, 구렁이를 한 그물에 잡아챌 날에 입을 거니까, 그때 전까지 잘 부탁한데.”

갑옷, 그것은 동제후 훼일카드민의 부활을 뜻했다.

작센 자작은 고개를 푹 숙이며 대답했다.

“부디, 정말 각하께서 살아계시다면 전해주십시오. 가장 강한 강철을 두드려 바치겠다고.”

2

　이러다 제국이 망하는 건 아닌가, 하는 걱정 어린 한숨이 제국 사방팔방에서 터져 나오기 시작했다.

　아스테리아 황국의 공격, 동제후의 죽음, 동제후의 공녀 에일린의 추문. 하루가 멀다하고 제국을 뒤흔들 만한 일이 벌어져 뒤숭숭하던 제국에 또다시 광풍이 몰아쳤다.

　알레키드 서제후 가문이 하룻밤 새에 몰락했다.

　서제후와 남제후는 동제후가 죽은 후 황실을 수호하고 제국을 지탱하겠다고 전면에 나섰다. 황태자는 그들에게 힘을 실어주었고, 그들은 아직 제국에 남아 있는 동제후의 여운을 쓸어내며 제2, 3의 동제후를 꿈꾸었다.

　새까맣게 불타 버린 흔적으로만 남아 있는 수도의 동쪽, 동

저택은 과거의 동제후를 잊으라고 말하는 듯했다. 반대로 사람들이 길게 줄 서 방문하기를 바라는 서 저택과 남 저택은 새로 떠오르는 두 가문의 막강함을 과시하는 듯했다.

하지만, 권력을 사이좋게 나누어 가지는 것은 그리 간단한 일이 아니었다.

아스테리아 황국과의 분쟁을 국경이 맞닿아 있는 동제후 측에 내맡겨 버리고 제국 안에서 시끌벅적하게 떠들어대던 서제후와 남제후 사이에 금이 가기 시작했다.

은근한 긴장감이 수도 아라디함을 감돌던 중, 황태자가 알레키드 가문이 반역을 저질렀다 몰아붙였다.

과거 황태자가 사절단을 이끌고 세이안 국으로 가던 중 습격을 받았던 일이 서제후가 저지른 것임이 밝혀졌고, 그 밖의 수많은 죄목들이 덧붙여졌다.

황태자의 명을 받든 남제후가 자신의 세력을 이끌고, 산적을 소탕하듯 무지막지하게 서제후 가문을 짓밟았다.

알레키드 서제후는 재판도 받지 않고 그 자리에서 즉결 사형됐고, 가문의 식솔들은 모두 옥에 갇혀 차례로 재판을 받고 사형 선고를 받았다. 그들은 이틀에 한 번 꼴로 수도 아라디함의 중앙 광장에서 단두대에 올라 사람들의 구경거리가 되었고, 그 첫 번째는 서제후의 누이였던 미렌다 공녀였다.

서제후 가문의 멸문에 제국의 누구도 의심치 않았다. 지금 제국을 움직이는 건, 죽은 동제후나 황실, 젊은 황태자가 아니라 숨죽여 때를 기다리던 올리사데베 남제후였음을.

*   *   *

　러세리드 북제후는 수도 아라디함의 북 저택에 틀어박혀 좀처럼 밖으로 모습을 드러내지 않았다. 있는 듯 없는 듯한 그는 서제후와 남제후 때문에 시끌시끌한 밖과는 단절된 채 사는 듯 보였다.

　사람들은 그가 어지러운 제국의 모습에 환멸을 느껴 현실에 등을 돌렸다고 말했다. 서제후와 황실 또한 어지러운 제국을 수습하는 데 도움이 되어달라고 여러 번 그를 청했다.

　하지만 북제후는 저택 밖으로 한 발자국도 나가지 않았다. 저택에 틀어박힌 그를 자유로이 만날 수 있는 사람은 단 한 명, 그의 하나뿐인 딸 카젤리안 공녀뿐이었다.

　북 저택의 하인, 하녀들도 북제후를 보기 힘들었다. 카젤리안 공녀가 북제후의 온갖 시중을 들었다. 식사를 간소하게 차려 방 안으로 드나드는 것까지 카젤리안 공녀의 몫이었다.

　"아버지."

　카젤리안 공녀가 방 안으로 들어가며 북제후를 불렀다. 커다란 창문 앞에 앉아 밖을 바라보는 북제후는 햇볕 쬐는 것을 즐기는 늙은이 마냥 편안해 보였다.

　카젤리안 공녀는 들고 온 음식을 탁자 위에 올려놓고 북제후의 옆에 섰다. 마른 어깨에 카젤리안 공녀의 흰 손이 닿자, 북제후가 웃으며 카젤리안 공녀를 올려다보았다.

“어찌 되었느냐.”

“밖은 여전히 어수선합니다. 황궁은 이제, 북제후의 저택이나 다름없게 되었고요.”

카젤리안 공녀가 사근사근한 목소리로 말했다.

“국경은 여전히 데카리온 가문에서 맞서 버티고 있습니다. 남제후와 황실에서는 아스테리아 정도는 데카리온 가문이 홀로 잘 막아낼 수 있다고 수수방관하고 있습니다. 실제로 잘 버텨주고 있구요. 아스테리아와의 전쟁을 걱정해 세이안 국까지 친히 다녀온 황태자 전하께서…… 아니, 아닙니다. 황태자 전하께서 국경에 관심이 있으시다 해도, 아무것도 하실 수 없으시니까.”

카젤리안 공녀의 말에 북제후가 흘흘, 웃음을 터뜨렸다.

“아스테리아를 정벌해야 한다고 평생 주장하던 남제후가 조용한 것이 이상하지만, 남제후가 아스테리아를 포기했다고는 생각되지 않아요. 아마…….”

카젤리안 공녀가 말을 흐리자 북제후가 그 뒤를 이어 말했다.

“동제후의 마지막 세력이 아스테리아 황국에 철저히 짓밟히고 자신의 딸이 황태자비가 된 뒤에, 정식으로 전쟁을 일으킬 생각이겠지.”

“예, 아버지.”

“그래, 남제후의 생각이야 그 정도를 벗어나지 못할 터.”

북제후는 제국을 한 손에 휘어잡은 남제후를 다섯 살배기

아이를 이야기하듯 말했다. 실제로 북제후에게 남제후는 그 정도의 의미밖에 되지 않으리라. 카젤리안은 의기양양해 등 뒤의 비수를 미처 알아채지 못하고 있을 남제후를 생각해 보며, 쓸쓸히 미소 지었다.

"네가 놓아준 에일린 공녀의 소식은 없더냐."

"…예."

카젤리안 공녀의 손이 파르르 떨렸다. 북제후는 낚아채 듯 카젤리안 공녀의 흰 손을 꽉 잡아 그녀를 당기며 말했다.

"너는 이 나라의 어머니가 될 몸. 어찌 쓸데없는 데 정을 쏟는 것이더냐."

"아, 아버지."

카젤리안 공녀가 큰 눈망울을 떨었다.

북제후와 함께 황태자를 모의했던 남제후는 동제후 측을 수도에서 몰아내자마자 그 칼날을 북제후에게 돌려 버렸다. 표면적으로 북제후는 요즘 제국을 떠들썩하게 하는 일들과 아무 관련이 없다. 하지만 실제로는 그 모든 일에 북제후가 연관되어 있다. 조용히, 중립을 지키듯 서서 뒤로 남제후와 손을 잡았다.

북제후가 계획한 일들을 남제후가 실행에 옮겼고, 서제후는 도구가 되어 이용당했다. 동제후는 제거당했다.

남제후는 자신이 권력을 쥐었다 믿게 된 그 순간부터, 고분고분 말 잘 듣던 비굴한 가면을 벗어던졌다. 하늘처럼 떠받들어 모시던 북제후의 목에 칼을 대고, 그를 북 저택에 유폐시켰다. 지금 북 저택을 지키고 있노라며 서 있는 기사들 전부가 남제후의 부하들이었다.

제국을 손에 쥐었다 자만하며 날뛰고 있는 자신의 지금 모습마저 북제후의 계획 속에 들어 있음을 그는 영영 모르리라. 죽는 그날까지.

카젤리안 공녀는 북제후의 옆에서 북제후의 계획을 제일 먼저 보았고 북제후가 계획을 차근차근 실행에 옮기는 것을 지켜보았다.

울며 매달리고 그만 하라고 애원했던 적은 수도 없었다. 그때마다 북제후는 자상하게 웃으며 카젤리안 공녀의 머리를 쓰다듬어 주었다.

지금 북제후가 그때의 미소를 띠고 카젤리안 공녀를 바라보았다.

오싹, 소름이 돋았다.

"점점 그녀를 더 닮아가는구나."

카젤리안 공녀의 얼굴이 창백해졌다.

"이 머리가 그간 많이 거슬렸지. 카젤리안, 너의 아름다움을 이 머리카락이 가려 항상 안타까웠단다."

북제후가 속삭이듯 조용히 말했다.

"이제 머리를 감거라, 카젤리안."

듣는 이는 카젤리안 공녀 한 명뿐이었지만, 제국 전체를 향한 선언이었다.

*   *   *

남제후는 황궁의 큰 홀에 수도 안팎의 귀족들을 모두 모았다. 상석 바로 아래에 서서 그들을 내려다보는 남제후는 그 어떤 때보다 자신감에 차 있었고, 오만했다. 상석에 앉아 있는 루트라크샤 3세와 클라이츠 황태자는 남제후를 향한 분노를 숨기지 않았지만, 홀 안 누구도 그들의 마음에 신경 쓰지 않았다. 뒤통수에 따가운 눈길을 받는 남제후조차도.

남제후는 오랜 시간 공들여 준비했던 선언문을 낭독했다. 장문의 글을 읽을 동안, 홀 안의 귀족들의 얼굴이 새파래졌다가 노래졌다가를 반복했다.

낭독의 시작은 감히 제국의 황실을 모독한 서제후 가문을 응징함으로서, 황실의 권위를 살렸으니 이제는 황실을 능멸한 동제후 가문에게 제국과 황실의 위대함을 보이겠다는 내용이었다.

그리하여 남제후 자신은 황실을 호위하며 이 모든 일을 도왔고 앞으로도 도울 것이며, 제국 안이 평안하게 정리된 후에는 국경을 어지럽히고 있는 아스테리아 황국과 당당히 맞서 싸우겠노라고 포부를 밝혔다.

자신이 동제후나 서제후와 달리 권력에 털끝만큼의 야심도 없다는 것을 증명하기 위해, 자신의 딸을 황태자비로 세우겠다고도 밝혔다.

그 긴 선언문을 들은 귀족들은 이 선언이 정말 황실을 굳건히 세우기 위한 목표로 쓰인 것인지, 어떤 제후가 황실을 깔아뭉개고 제국이 주인이 되고자 하는 마음을 담은 것인지, 헷갈려 했다. 권력에 욕심을 내지 않는 것을 어떻게 딸을 황태자비로 만들어 증명할 수 있는지도 궁금해했다.

남제후는 귀족들이 웅성거리거나 말거나, 그 장문의 선언문을 정중하게 황태자 클라이츠에게 건넸다. 클라이츠는 부들부들 떨리는 손으로 그것을 받아 들었다.

옆에 앉은 루트라크샤 3세는 차마 그 모습을 보지 못하고, 시종의 부축을 받으며 홀에서 빠져나갔다. 충성스러운 사냥개를 죽이기 위해 굶주린 사자를 끌어들인 아들의 어리석음을 한탄했지만, 이미 늦어도 너무 늦은 한숨이었다.

선언문을 받아든 클라이츠마저 차마 찢지 못할 선언문을 비참한 얼굴로 바라보다 홀에서 사라졌고, 남제후의 측근들이 남제후에게 달라붙었다.

오늘의 선언은 측근들마저 모르고 있었던 일이었다. 측근들마저 미친 게 아니냐고, 왜 이러시냐고 매달렸지만 남제후는 상관하지 않았다. 그는 밀어붙이기 식으로 생각해 왔던 모든 걸 준비해 나갔고, 눈에 거슬리는 모든 걸 치워 버렸다.

오랫동안 숨죽여 기다려 왔던 기회가 눈앞에 다가온 순간, 그는 모든 걸 벗어던지고 몸을 날려 그것을 움켜쥐었다. 기회는 힘이 되어 그의 손 안에서 빛났고, 힘은 그가 원했던 모든 것을 이뤄줄 수 있는 마법이 되었다.

한 손엔 힘을 다른 한 손엔 평생의 꿈과 이상을. 필요한 모

든 걸 얻은 그는 더 이상 기다릴 수 없었다.

잘 써먹었던 서제후를 단칼에 쳐냈다.

떠받드는 척하며 이용했던 북제후는 저택에 유폐시켰다. 알레키드 서제후 가문의 일로 술렁이는 제국이 진정되는 대로, 북제후도 제거할 것이다.

입맛에 맞는 달달한 허언으로 속았던 황태자는 격분하며 반항했으나, 서제후만큼도 위협이 되지 않았다. 눈에는 거슬리는 터라 생각 같아서는 쥐도 새도 모르게 죽이고 싶지만 나중을 기약하며 참았다.

암살자를 고용해 죽인 뒤 아무에게나 덮어씌워도 되고, 독약으로 쇠약하게 만들어 피를 토하며 죽게 만들 수도 있다. 그럼에도 참는 것은 어차피 황태자의 목숨이 얼마 남지 않았다는 것을 알기 때문이다.

"큭큭큭큭큭!"

황궁에 마련된 자신의 널찍한 집무실에 들어서며, 남제후는 문을 부여잡고 광소를 터뜨렸다. 화려한 방에 어울리지 않는 미친 모습이었다. 보는 이가 없기에 남제후는 상관하지 않았다. 설사 누군가가 보고 있더라도 남제후에게는 거칠 것이 없었다.

냉철하고 이성적인 제후라는 소리를 들어온 남제후의 모습이라고 믿어지지 않았다. 하지만 그는 분명 남제후였다.

가슴에 끓어오르는 열기를 꾹꾹 눌러만 두었다가 이제와 터뜨리는 것이었다. 그 열기를 숨기기 위해, 서제후처럼 어설프게 드러내지 않기 위해, 그 위를 덧씌워 포장했던 이성적인 모습은 너무 쉽게 쓸려 내려가 버렸다.

손에 쥔 권력은 달콤했고 짜릿했다. 기다려 왔던 평생이 아깝지 않을 만큼.

남제후는 자신을 휘감고 놓아주지 않는 희열에 몸을 떨고, 웃고, 발을 굴렀다.

기회를 잡기 위해 평생 몸을 숙여 살았지만 막상 기회를 잡으니 그 뒤는 탄탄대로였다. 너무도 쉽게 일이 진행되고 성공했다.

남제후는 어질어질한 머리를 흔들었다. 아직 이성이 필요했다.

"이제 남은 것은 동제후뿐인가?"

남제후는 비틀비틀 걸어 책상에 앉아 펜을 들었다. 동제후령에 모여 벌벌 떨고 있을 동제후의 잔챙이들에게 보낼 편지를 썼다.

잉크에 까맣게 물든 펜은 양피지에 검은 얼룩을 내며 주저없이 움직였다.

단숨에 써내려 간 남제후의 서찰은 즉각 동제후령으로 향했다.

3

"으아악!"

전쟁에 취해서인지 두려움에 질려서인지 알 수 없는 비명이 귓전을 때렸다. 훼일카드민은 돌아보지도 않고 손에 든 검을 쑥 내밀었다.

푹, 달려드는 병사를 꿴 검이 묵직해졌다. 훼일카드민은 검을 빼 허공에 피를 털었다. 털썩, 사람이 쓰러지는 소리가 들렸지만 돌아볼 여유는 없었다.

사방에서 그와 비슷한 소리가 들리고, 비명이 들렸다.

전쟁터에서의 방심은 곧 죽음으로 연결되는 길. 훼일카드민은 주변을 휘휘 둘러보면서도 달려드는 병사들을 족족 베어 넘겼다.

　제국군의 총지휘관 펠린 남작은 동제후가 보냈다는 말에 훼일카드민인 훼이나를 극진히 모셨다. 훼이나가 내미는 훼일카드민 필체로 쓰인 전략대로 군을 움직여 주었고, 최대한 훼이나의 편의를 봐주었다.

　훼일카드민은 늙은 노장의 배려에 감사하며 매 전투마다 최전방에 섰고, 으레 빛나는 은발을 휘날리며 제국군의 승리를 이끌었다.

　황국군의 서한 1세는 동서 대륙을 통틀어도 손에 꼽을 수 있을 만큼 검술이 뛰어난 검사다. 하지만 그 뛰어난 검술과는 별개로 전략을 짜는 것이 서툴러 보였다.

　기사가 될 귀족의 소년은 어렸을 때부터 전략을 배운다. 기사는 전쟁이 나면 으레 군의 지휘를 맡게 된다. 선봉에 서서 검을 휘두르고 적장을 베는 것도 중요하지만 전쟁을 승리로 이끄는 것도 중요하다.

　서한은 어렸을 때 교양 교육을 받지 않았나 의심이 될 만큼 자신의 군대를 형편없이 움직였다. 자신이 끌고 온 대군을 자신이 깎아먹었다.

　대군을 이끌면서 복잡한 전술 화려한 전술을 짜는 것은 그냥 무지막지하게 밀어붙이는 것보다 위험한 일이다. 기사단을 이끌었다면 모를까. 기사만큼 훈련받지 못한 병사들이 살고 죽이기 바쁜 전쟁터에서 복잡한 전술대로 움직일 수는 없다.

　적군이나 아군이나 쉴 틈을 주지 않는 연공 또한 제 살을 깎

아먹는 짓이다. 적의 살을 깎아먹을 수 있을지는 모르나 제 살도 깎아내는 짓이니 승리에 도움이 될 리가 없다.

서한은 이 두 가지 실수를 당연하다는 듯 범했다.

이대로 아무런 대응도 하지 않고 방어만 한다면, 아군의 피해가 막심하겠지만 황국군은 제 풀에 지쳐 물러날 수밖에 없을 것이다.

훼일카드민은 그 아군의 피해를 줄이기 위해 서한을 찾아 전장을 누볐다.

서한은 종종 전쟁에 참가했다. 군을 이끄는 총지휘관이자 황국의 새로운 황제인 주제에 함부로 전쟁에 뛰어들어 종횡무진 했다.

서한이 눈먼 화살에 잘못 맞아 죽기라도 하면 황국군도, 겨우 진정된 황국도 엉망이 될 것이다. 서한은 그것을 모르는 것일까. 주변 사람들이 간언해 주지 않는 걸까. 그 대단하다는 황후들이 말리지 않는 걸까.

훼일카드민은 서한이 전투에 보일 때마다 머릿속에서 물음표를 지우지 못했다. 더불어 서한을 죽이기 위해 길을 헤쳤다.

서한을 몇 번 보았지만 검을 마주칠 수 없었다. 전투 중 특정한 적을 찾아 죽이기란 쉽지 않은 일이었다.

'역시 말을 탈 걸 그랬나.'

갑옷을 입고 말을 타고 참전하라고 권하는 펠린 남작의 배려를 매번 거절했다. 말을 타고 중무장을 하면 안전하지만 움직임에 제약이 따른다. 또, 당분간은 갑옷을 입고 싶지 않았다.

어차피 다시 갑옷을 걸치고 모습을 숨겨야겠지마는, 이 짧은 여유를 즐기고 싶다. 어머니의 뜨거운 심장과 숨으로 두들긴 갑주는 보기보다 가볍고 편안했지만 답답하고 불편했다.

투구와 갑옷을 벗고 바람을 직접 맞으며 달리고 걷는 기분은 생각보다 상쾌하고 기분이 좋았다.

"황제다! 황국의 황제가 저기 있다!"

누군가의 비명 같은 고함이 들렸다. 훼일카드민은 얼른 상대하고 있던 병사를 힘껏 밀치고는 그쪽으로 고개를 돌렸다.

"황국군이여! 나를 따르라!"

백마를 탄 서한이 보였다. 황금 갑주에 붉은 망토까지 두른 그는 어째서인지 투구는 쓰고 있지 않았다. 백마도 보석으로 장식되어 있었다. 검을 높이 들어 외치지 않아도 그가 황국군의 우두머리임을, 황제임을 충분히 알 수 있었다.

도대체 어떤 정신을 가져야 저렇게 당당할 수 있는 것일까.

서한은 자국에 황금이 흔하다는 과시를 하기 위해 연 사냥 대회에 놀러 나온 사람 같았다. 멍청한 황제로 분장한 어릿광대로도 보였다.

"크아악!"

"컥!"

"으아악!"

"황제를 죽여라! 죽이는 자에겐 큰 포상이… 꾸엑!"

그의 상태를 보고 실소하던 훼일카드민은 가까이 다가감에 있어 신중을 기했다. 모습이 어찌 됐든 서한은 확실히 뛰어난

검사였다.

서한은 공명심에 눈이 어두워 달려드는 병사와 기사를 족족 베어 넘겼다. 한 목숨에 두 번 이상 칼질을 하지 않았다. 병사도 기사도 그에게는 피라미에 불과해 보였다.

"암흑 제국을 신봉하는 악의 무리들이여! 빛나는 나를 보고 이리 탐욕스럽게 몰려드누나!"

말로 상대편에 타격을 줄 줄도 알았다.

'이번에야말로!'

화려하게 날뛰는 서한을 보자 마음이 급해졌다. 훼일카드민은 앞을 막는 이들이 적인지 아군인지 생각해 볼 틈도 없이 죽이고 밀치고 타넘고 앞으로 나아갔다.

서한을 죽여야 했다.

그게 이 쓸모없는 전쟁을 끝낼 수 있는 가장 좋은 방법이었다.

'이런 걸로 전력을 낭비할 때가 아니다. 나의 제국은!'

처음엔 그저, 복잡할 것 없었던 계획이었다. 에일린을 찾아 황태자비로 만들어주려 했다. 세상에서 가장 존귀한 여인으로서 행복할 수 있도록. 에일린이 황태자비가 되면 데카리온 가문은 다른 제후 가문의 견제를 받지 않고도 황태자에게 힘을 실어줄 수 있다.

훼일카드민이 후사 없이 죽으면, 적통 후계자도 방계 후계자도 없는 데카리온 가문을 이끌어야 하는 건 에일린, 혹은 에일린과 황태자 사이에서 태어난 아이가 될 터.

훼일카드민이 궁극적으로 원했던 것은 그것이었다. 에일린의 행복과 강력한 황권을 위한 초석.

그래서 일찍이 후계자가 될 만한 방계 가문의 친척들을 처리하였던 것이다.

그런데 일은 훼일카드민의 생각처럼 쉽게 흘러가 주지 않았다. 에일린이 황태자비로 낙점됐지만, 훼일카드민 자신이 버틸 수 있는 시간이 부족했다.

때문에 계획을 수정하여 자신이 죽은 뒤 에일린이 새로운 데카리온 동제후가 될 수 있도록 일을 꾸몄다. 데카리온 동제후만이 가질 수 있는 증표를 건네주었고, 에일린과 친분이 있는 용병대를 고용하여 뒤를 봐주길 의뢰했고, 여러모로 준비했다.

그런데 일은 또 잘못되었다.

예전부터 불안해했던 서, 남제후가 일을 벌였다. 자신이 없으면 둘이 어떻게든 움직이리라는 것은 예감했지만 이렇게 일찍, 이렇게 노골적으로 움직일 줄은 몰랐다.

더불어 에일린이 여자가 아닌 것을 알게 됐다.

"남자였다니……."

마법에 걸려 남자의 모습이 되었다고 말했기에 그리 믿었다. 그런데 사실은 마법에 걸린 게 아니라 원래 남자였다고 밝혔다.

믿어지지 않았지만, 믿기 힘들었지만 훼일카드민은 믿어야 했다. 믿을 수밖에 없었다. 자신 또한 비슷한 모습이니까.

에일린이 남자라면 황태자비가 될 수 없다. 그렇다면 결혼을 통해서 데카리온 가문의 힘을 황실에 실어주려던 계획을 전면 백지로 돌려야만 한다.

자신이 여자임을 가려주던 갑옷이 오래 버티지 못할 것을 예감하고, 조용히 사라지려 했던 계획을 또 수정해야 한다. 제국이 죽었다고 믿어 의심치 않는 훼일카드민의 부활 카드를 내밀어야 할 것이다.

대륙은 지금, 여느 때보다 빠르게 달리기 시작했다. 대륙의 크고 작은 나라들이 그 변화를 주도하며, 혹은 발맞추려 애쓰고 있건만. 엉덩이가 무거운 제국은 일어날 생각조차 하질 않는다.

아스테리아 황국의 필립 5세는 황제에게 권력을 뭉쳐, 강력한 황권을 얻어 나라를 재건하려고 움직였다. 현 아스테리아의 황제인 서한 1세의 행보에 따라 아스테리아의 운명이 달라지겠지만, 확실히 필립 5세의 움직임은 그러했다.

세이안 국은 자국 내의 시라이족 같은 여러 부족적 공동체를 흐트러뜨리기 위해, 중앙의 귀족들이 왕에게 힘을 보태고 있다. 현 왕은 감탄이 나올 만큼 기가 막힌 정치적 수완으로 세이안 국의 귀족들을 마음대로 주물렀다.

다른 나라들도 비슷하다.

나라의 왕에게로 권력이 모여들고 있다. 네 명의 제후가 단단히 버티고 선 제국만 제외하고.

대륙 내 여러 나라들이 중앙 집권을 완성하는 날, 대륙엔 커다란 피바람이 불지도 모른다. 그 피바람에 제국이 말려들지 않기 위해선, 아니, 제국이 그 피바람을 주도하기 위해선 제국도 이젠 움직여야 한다. 네 명의 제후들의 강력한 권력이 황제에게로 향해야 했다.

자신의 영지를 이롭게 자국을 강하게 만드는 것은 귀족으로서의 가장 기본적인 의무이다. 특권을 누리는 귀족으로서 당연히 지향해야 하는 방향이건만, 특권에만 취한 제국 귀족들은 의무를 외면하고 있다. 새로움을 향해 달려가려 하지 않고 과거의 영광과 평안만 바라보고 있다.

권력의 정점에 선 네 제후를 중심으로 체계는 대륙의 변화에 발을 맞추지 못하고 있다. 제국은 지금 안정적이기에 도태될 위험이 있는 절대 귀족의 세계이다.

이 세계의 껍질을 까부시지 않는다면 제국의 내일은 없다.

훼일카드민은 움직일 생각을 하지 않는 제국을 움직이고자 했다. 자신은 특권에만 취한 귀족들과 다르다고 믿었고, 그런 그들과 다르게 움직여 제국을 움직여야 했다.

그래서 열렸던 황태자비 간택을 이용했고 에일린을 끌어들인 것이다.

'어떻게 해서든 이번에 제국을 뒤집어야 할 것이다.'

어쩌면 서, 남제후가 날뛰는 지금이 좋은 적기일 수 있다. 훼일카드민은 그리 생각하며 계속 수정되고 방향이 바뀌는 계획의 끝이, 처음 원했던 그 방향에서 벗어나지 않도록 주의했다.

"죽어랏!"

훼일카드민은 눈이 희번뜩하게 뒤집어 까져 자신에게 달려드는 덩치 큰 용병의 검에 맞서며 피식 웃었다.

끄아아악, 용병은 알아듣지 못할 비명을 지르며 무지막지한 힘으로 훼일카드민을 밀어냈다. 훼일카드민은 그 힘을 옆으로 흘리며 발로 용병의 사타구니를 걷어찼다. 기사다운 공격은 아니었으나 누구도 비난할 자가 없기에 마음 편히, 적을 제압할 수 있는 쉬운 방법을 택했다.

용병이 놀라 뒤로 물러서자 훼일카드민은 그대로 검을 휘둘러 용병의 목을 그어버렸다. 훼일카드민의 검을 따라 피가 솟구쳤다. 가늘고 길쭉한 분수에서 핏물이 쏟아져 훼일카드민의 얼굴에도 튀었다.

훼일카드민은 쓰러진 용병을 밟고 넘어갔다. 용병은 꿈틀대며 살려 달라 외쳤지만, 훼일카드민은 그를 살려줄 이유가 없었다.

훼일카드민은 살점이 더덕더덕 묻은 검을 허공에 흔들어 털었다. 서한이 점점 가까워졌다. 잘하면 오늘 그를 죽일 수 있을지도 모른다.

두셋을 더 베어 넘긴 후, 훼일카드민은 드디어 서한과 맞닥뜨릴 수 있었다.

"너는!"

지난번 훼일카드민과 마주쳐 도주했던 걸 잊지는 않았는지, 서한은 훼일카드민을 알아보았다.

훼일카드민은 아무 말도 하지 않고 현란하게 다리를 움직여 대는 백마의 다리를 검으로 그어버렸다.

"감히, 나 서한이 타는 말을!"

말이 히힝, 비명을 지르며 비틀대다 쓰러졌다. 서한 또한 같이 비틀대거나 말에 깔려 죽기를 간절히 바랐으나, 그만큼 둔하지는 않았다.

서한은 말이 비틀대자 하늘 높이 날아올라 깃털처럼 가볍게 어느 시체 위로 내려앉았다.

"역시 잔인하구나. 말 못하는 동물이라 할지라도 소중한 생명이거늘, 이렇게 잔인하게 죽이다니!"

자신이 오늘 전투에서만 죽인 사람들의 수가 얼마나 되는지는 까맣게 잊은 듯 말했다. 주변에서 격렬하게 싸워 죽고 죽이던 이들이 한순간 무기를 놓치고 비틀거릴 만큼 멋진 명언이었다.

"그때 죽음의 기사를 추모하는 그대를 살려 보내준 건, 나의 처음이자 마지막 호의다. 이번에도 살아 돌아갈 수 있을 거라고 생각하지 마라!"

서한이 붉은 망토를 펄럭이며 검을 높이 치켜들었다. 태양빛이 검날에 부딪쳐 검이 반짝 빛났다.

"오오! 하늘이 나를 축복하는구나."

햇빛에 잠깐 빛난 검을 신의 축복이라 믿은 서한은 용기백배하여 훼일카드민에게 달려들었다.

"이번에야말로 죽여주마."

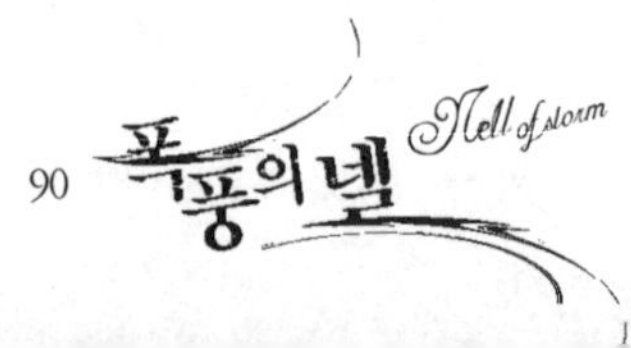

훼일카드민도 서한과의 악연을 오늘은 꼭 끊어내리라 다짐하며, 서한의 검을 맞받았다.

검과 검이 부딪쳐 불꽃이 튀었다. 훼일카드민과 서한은 한 치의 양보도 없이 서로의 검을 다그쳤다. 주변에서 싸우고 있는 이들도 감히 이 둘의 싸움에 끼어들 엄두를 내지 못했다.

챙챙챙, 서한의 검은 바람이라도 달린 마냥 빠르고 강했다. 그 검을 족족 막아서는 훼일카드민의 검도 그러했다.

"어찌하여 암흑 제국의 앞잡이가 되어, 죽음의 기사에게 홀려 버린 것인가. 그 정도의 미모를 가지고!"

서한은 훼일카드민의 매서운 공격을 피하며 비통한 목소리로 소리쳤다.

"네가 상관할 바가 아니다."

훼일카드민의 검이 서한의 손목을 노렸다. 서한은 뒤로 펄쩍 뛰어 훼일카드민의 검을 막고, 반동으로 등을 보이자 검을 찔러 넣었다. 훼일카드민도 얼른 몸을 숙여 쉬익, 바람을 가르는 검을 피해 서한의 다리를 검 손잡이로 찍었다.

"크윽!"

서한이 껑충 뒤로 뛰며 신음을 흘리는 동안 훼일카드민도 자세를 바로 했다.

둘 사이에 파지직, 뜨거운 눈길이 오갔다.

"죽음의 기사가 아니라 날 먼저 만났더라면 그대의 삶이 피와 눈물로 더럽혀지지 않았을 것을. 아쉽구나, 아쉬워."

훼일카드민의 반짝이는 은발과 수려한 외모가 서한의 마음에 꼭 든 듯했다. 서한은 진심으로 아쉬워하며 훼일카드민을 뜨거운 눈으로 바라보았다.

"은발의 이름 모를 여인이여."

훼일카드민이 다시 공격할 자세를 갖추자 서한은 검을 들기는커녕 자신의 가슴을 내밀었다.

"나는 아스테리아 황국의 서한 1세. 하지만 단지 아스테리아 황국만을 이롭게 하려는 자는 아니다. 나의 선조는 세상의 인간을 이롭게 하리라 다짐하며 하강한 천인. 나는 천인의 후손으로서 멸망의 위기에 처한 이 세계를 구하러 왔다."

"……."

"어째서 암흑 제국의 편을 드는 거지? 왜 죽음의 기사를 애도하는 거지? 그대는 잘못된 길을 가고 있다. 그것을 아는 나는 가슴이 미어져 그대에게 감히, 이 날카로운 칼을 겨누지 못하고 있다. 나의 검이 진지하지 않다는 걸 그대도 느꼈겠지?"

서한이 훼일카드민을 알아본 건 화려한 은발 때문이었다. 지난번 봤을 때는 밤이었던 터라 훼일카드민의 얼굴을 자세히 살피지 못했다. 오늘에서야 밝은 태양 볕 아래에서 훼일카드민의 외모를 이리저리 뜯어보았다. 서한은 훼일카드민의 뛰어난 검보다 외모에 관심을 쏟았다.

"이제라도 그대가 암흑 제국에 손을 더럽힌 걸 후회하고 있다면, 나는 그대가 내민 손을 잡아 그대를 구원할 수 있다. 나의 선조처럼 나 또한 이 세상과 인간을 이롭게 하려……."

더 이상 들을 가치가 없다 판단한 훼일카드민은 꾸물거리며

시간을 끌지 않았다. 서한의 말이 채 끝나기도 전에 검을 내질렀다.

"아아! 안타깝구나. 아직도 회개하지 않다니!"

서한은 진심으로 아쉬워하며 훼일카드민의 검을 피했다.

다시 두 검이 불꽃을 튀겼다.

서한은 계속해서 훼일카드민에게 회개하라고, 마음을 돌리라고, 자신의 손을 잡으라고 유혹하였다. 훼일카드민은 일체 대답 한마디 하지 않고 서한을 공격했다.

슬슬 떠들어댈 레퍼토리가 떨어질 때 즈음이 되자, 언제나처럼 서한은 훼일카드민에게 밀리기 시작했다.

"으윽! 이제 보니 죽음의 기사와 비슷한 검술이군. 역시, 죽음의 기사에게 철저히 세뇌당해 나의 말이 들리지 않는 건가!"

서한은 자신보다 먼저 이 은발의 미녀를 발견하여 자신의 뜻대로 조련하고 세뇌시켰을 죽음의 기사를 저주하며 이를 뿌드득 갈았다. 그러거나 말거나 훼일카드민은 더욱 사납게 서한을 밀어붙였다.

'어떻게 해서든 오늘 결판을 내야 한다.'

이전에 몇 번이고 서한을 놓친 적이 있는 훼일카드민은 한시도 마음을 놓지 않았다. 서한의 시답잖은 수다를 한 귀로 듣고 한 귀로 흘리며 오직 서한을 죽이는 데에만 신경을 기울였다.

입을 놀리느라 지친 서한의 검은 점점 무뎌졌고, 반드시 죽이겠다는 각오로 날아드는 훼일카드민의 검은 더욱 날카로워졌다.

조금 뒤, 서한이 지쳐 헥헥 대기 시작했다.

서한은 뒤로, 뒤로 물러서다 시체를 밟아 미끄러졌다. 뒤로 발랑 넘어진 서한의 위로 훼일카드민이 섰다. 훼일카드민은 검을 높이 치켜 올렸다. 이번에야말로 서한을 처치할 수 있으리라 믿어 의심치 않았다.

그리고,

"……!"

세상이 어두워지기 시작했다.

아직 태양이 머리 위에 떠 있는데 하늘에서 그림자가졌다. 이성을 잃은 채 죽고 죽이던 전쟁터 사방에서 쏟아지는 비명과 고함이 조금씩 작아졌다. 이윽고 전쟁터에 어울리지 않는 침묵이 감돌쯤, 살아남은 사람들은 멍하니 하늘을 올려다보았다.

"해, 해가 먹힌다!"

누군가 떡 벌어진 입을 닫지 못하고 소리를 쳤다. 모든 사람들이 보고 있는 하늘을 향한 비명이었다.

멀쩡하니 잘 빛나고 있던 해의 한쪽 부분이 일그러지기 시작했다. 해를 야금야금 잡아먹는 검은 그림자는 금세 해를 먹어치웠고, 세상은 해도 달도 없는 어둠으로 뒤덮였다.

"나, 날! 하늘께서 나의 죽음을 용서하시지 않는 거다!"

흉하게 드러누워 있던 서한이 외쳤다.

"……."

하늘을 올려다보고 있던 훼일카드민이 눈을 가늘게 뜨며 서한을 내려다보았다.

"네가 무엇이기에, 널 죽이려 하니 해가 사라졌다고 주장하는 건가."

그냥 망상이 심한 청년의 쓸데없는 말이라 하기엔, 처한 상황이 너무 절묘했다. 서한을 죽이려 하자 태양이 검은 그림자에 먹히다니. 겉으로 드러내지 않았지만 훼일카드민도 어느 정도 놀라고 있었다.

"말하지 않았나! 나는 이 세상을 멸망으로부터 구하기 위해……."

서한의 말이 채 끝나기도 전에 서한의 가슴이 환한 빛으로 빛나기 시작했다. 잡아먹힌 해가 서한의 가슴에서 다시 솟는 듯, 눈부실 만큼 환했다.

해가 사라져 당황하던 주변의 사람들이 서한에게 몰려들었다. 훼일카드민은 만일의 사태를 걱정하며 검을 단단히 틀어쥐고 뒤로 물러났다.

자신도 예상치 못한 일인 듯 당황하던 서한은 곧 품속에 손을 집어넣고 무언가를 꺼냈다. 가슴의 빛이 서한의 손을 따라 나왔다.

빛이 너무 환해 잘 알 수는 없었지만 그것은 동전 같았다. 동그랗고 납작한 무언가가 환히 빛났고, 그 빛은 점점 더 커졌다.

빛이 커다래져 허공에 떠올랐고, 곧 가운데가 텅 비며 무언가를 비추기 시작했다.

"헉!"

가장 가까이에서 그 안을 확인한 서한이 눈알이 튀어나올 만큼 눈을 크게 뜨고는 뒤로 주춤주춤 물러났다.

"수능이 58일 남았구나."

"후우, 그러게. 그나저나 이서한, 그놈은 어떻게 된 거래? 벌써 이틀째 학교 안 나오고 있잖아. 그 찌질이."

"왕따 좀 당했다고 등교 거부? 헐, 그 찌질이가 등교 거부를 할 정도로 근성이 있는 줄은 몰랐는데."

같은 색 바지에 셔츠를 입고, 가방을 멘 짧은 머리의 청년 둘이 보였다. 둘은 대화를 하며 길을 걷고 있었다. 둘의 모습에 서한의 얼굴에서 핏기가 가셨다.

"말도 안 돼. 이, 이게… 이계를 넘나들 수 있는 아이템이란 말이야? 그냥, 우연히 등교 중에 주운 동전이?"

서한이 중얼거리는 말을 용케 주워들은 훼일카드민이 고개를 갸웃했다. 이 기이한 현상과 관련된 말임은 분명했다. 하지만 무슨 의미인지 이해할 수가 없었다.

곧 빛의 안은 다른 모습을 그려냈다.

"아이고, 이 녀석! 도대체 어딜 간 거야."

"엄마, 가출이 분명하다니까. 참 나, 지금이 어떤 때인데 가출이야, 가출이. 수능이 두 달도 안 남았잖아."

"아이구, 이년아! 너는 니 동생이 사라졌는데 그런 태평한 말이 나와? 엉?"

"아씨! 왜 때려, 쳇, 서한이만 엄마 아들이고 난 엄마 딸 아
냐? 엄마도 은근히 수능 걱정되면서, 뭘. 서한이가 어디서 담
배하고 마약할 순번은 아니잖아? 그냥 공부하기 싫어 괜히 가
출 한 번 해본 거겠지. 만화방이나 찜질방 같은데 처박혀 있을
거라고."

"한강에서 서한이 가방이 발견됐다잖니! 혹시라도 우리 서
한이, 마음을 잘못 먹었으면……. 어흑흑, 서한아!"

"문제집은 꼴도 보기 싫어 한강에 집어 던지고 가뿐한 마음
으로 어디 놀러간 거라니… 악! 왜 때려!"

이번엔 두 여자가 보였다. 중년의 나이 든 여자는 뽀글뽀글
한 머리를 하고 펑퍼짐한 바지를 입고 있었다. 뭔가 알아들을
수 없는 말을 하며 엉엉 울고 있었다.

옆에는 조금 전 보았던 청년 또래의 여자가 삐딱하게 서 있
었는데, 얼굴이 서한과 많이 닮아 있었다.

"시, 싫어!"

멍하니 보던 서한의 얼굴이 사색이 되었다.

빛의 안은 더 이상 어떤 모습도 비추지 않았다. 하늘처럼 새
까맣게 변해서는 강한 힘으로 빨아들이기 시작했다.

사람들은 빨려 들어가지 않기 위해 시체를 붙잡고, 무기를
땅에 박아 기대고, 서로서로 손을 잡고 버텼다. 훼일카드민도
검을 땅 깊숙이 박고 한쪽 무릎을 꿇은 채로 강한 바람을 견뎠
다.

그 빨아들이는 힘이 유독 서한에게 집중됐다. 서한 또한 주

변의 시체를 붙잡고, 자신의 검을 땅에 박아 안간힘을 쓰며 버텼지만, 빨아들이는 힘은 점점 더 강해져 갔다. 어떻게 해서든 서한을 삼켜 버리고야 말겠다는 의지가 느껴졌다.

강한 바람에 벌써 서한의 몸은 붕 떴다. 검을 잡은 손가락에 힘이 풀리기 시작했다. 당장 빨려 들어가도 이상하지 않을 모습이었다.

“싫어! 난, 난 돌아가고 싶지 않아! 수능 보기도 싫고, 왕따 당하는 것도 싫단 말이야!”

그리도 당당하던 서한이 눈물을 주룩주룩 흘리며 울부짖기 시작했다.

“으아아아아악!”

서한은 오래 버티지 못했다. 검을 부여잡았던 손가락이 미끄러졌다. 서한은 그대로 날아올라 빛의 테두리 속 까만 구덩이로 빨려 들어갔다. 쏙, 구덩이는 단번에 서한을 집어삼켰다.

슈욱, 빛이 사그라지는 소리가 들리며 잡아당기던 바람의 힘이 더 이상 느껴지지 않았다. 서한을 집어삼킨 그것은 만족한 듯 순식간에 사라졌다.

팅, 빛이 사라지자 허공엔 조그만 동전 하나만 보였다. 동전은 곧 힘없이 바닥으로 떨어져 굴렀다.

“해, 해가!”

그와 동시에 하늘이 밝아졌다. 누군가의 외침에 다시 고개를 드니, 검은 그림자에게 집어삼켜졌던 해가 조금씩 고개를 내밀기 시작했다. 잡아 먹혔을 때와 마찬가지로 해는 금세 자

신의 원래 모습을 되찾았다.

훼일카드민은 넋을 잃은 사람들 사이를 헤집고 걸어 바닥에 떨어진 동전을 주웠다. 주변은 다시 밝아지고 해는 원래의 빛을 되찾았다.

훼일카드민은 동전을 살펴보았다. 재질을 알 수 없는 은빛 동전은 앞에는 이상한 문자가 그려져 있었고, 뒤에는 날갯짓하며 날아오르는 어떤 새가 한 마리 그려져 있었다.

훼일카드민은 유심히 살펴보며 어떤 나라의 동전인가 생각해 보았다. 하지만 답을 찾지 못했다. 대륙 어느 나라도 이런 동전을 사용하지 않는다. 그건 옆의 대륙도 마찬가지다.

처음 보는 동전이었다.

동전을 쥔 채로 하늘을 한 번 올려다보고, 다시 서한의 검을 내려다보았다. 조금 전까지만 해도 서한이 여기 있었음을 증명하듯 땅에 꽂힌 검이 흔들거렸다.

"뭐지?"

훼일카드민이 무심코 말했지만 주변의 누구에게라도 물어보는 건 아니었다. 주변을 둘러보건대 자신 이상으로 당황하고 넋을 잃은 사람뿐이었다. 이 상황을 설명해 줄 만한 사람은 보이지 않았다.

잠시 고민하던 훼일카드민은 동전을 꽉 쥐고 고개를 들었다.

"아무튼, 끝난 거로군."

뭐가 어쨌든, 서한은 사라졌다. 괴이한 일이지만 왠지 모르게 서한이 다시 나타날 수 없을 거라는 확신이 들었다.

훼일카드민은 들고 있던 검을 하늘 높이 치켜들었다. 그리고 아직도 제정신을 못 차리는 전쟁터에게 소리쳤다.

"아스테리아의 서한 1세가 죽었다! 전쟁은 끝났다! 우리 제국의 승리다!"

4

길게 이어질지도 몰랐다. 어쩌면 갓 내전을 수습한 아스테리아 황국을 다시 피폐하게 만들 수도 있었고, 황제의 총애를 등에 업고 제국을 호령하던 동제후의 죽음으로 안이 어지러워진 제국을 뒤흔들 수도 있었다.

아스테리아의 젊은 공작이 반역에 성공하여 황위에 오르자마자 대군을 이끌고 제국의 국경을 침범했던 것은 판이 커질 위험이 다분했다. 주변의 나라들은 의외로 선전하는 아스테리아 황국과 서한 1세에게 흥미를 보이며 이 분쟁이 커지길 바랐다.

하지만 그들의 간절한 소망은 이루어질 듯하다가 시들어 버렸다. 시작이 뜬금없었던 것 이상으로 끝도 허무했다.

서한 1세가 전투에 선봉장으로 참전하여 어느 이름 모를 용병의 손에 죽었다.

서한 1세는 모두가 반대하고 무리라 말했던 전쟁을 밀어붙였다. 서한 1세가 홀로 지탱하던 황국군이 그의 죽음에 덧없이 무너지는 건, 어쩌면 당연한 수순이었다.

서한 1세의 죽음에 황국군은 제국군에 밀려, 형편없이 그날의 전투를 끝맺어야 했다. 그리고 그것은 앞으로 이어질 제국군의 반격을 생각하면 애교에 불과했다.

오늘 전투의 그리고 앞으로 계속 될 승리의 주역인 은발의 용병이 제국군 주둔지로 귀환했다. 은발의 용병, 훼일카드민은 모든 이들의 관심과 환호성 속을 거닐어 총지휘관 펠린 남작에게로 갔다. 훼일카드민이 막사 안으로 들어가자 펠린 남작은 벌떡 일어나 훼일카드민의 손을 덥석 잡았다.

"이야기는 들었네! 참으로 장하네, 참으로 장해!"

"당연한 일을 했을 뿐."

흥분한 펠린 남작과는 달리 훼일카드민은 흥분하지도, 기뻐하지도 않았다.

"역시 동제후 각하시군. 이렇게 실력이 뛰어난 자네 같은 사람을 찾아내 어려울 때 제국을 지키게 하시다니. 서한 1세가 죽었으니 한시름 덜었네."

그는 훼일카드민의 공을 소탈하게 기뻐했다. 자신과 제국군이 하지 못한 일을 한낱 용병이 해냈다는 것에 어떤 악감정도 가지지 않았다. 오히려 용병으로서 이 정도의 실력을 갖춘 인

재가 제국군에 있음에 기뻐했다.

"윈즈 성에도 수도에도 지원군을 요청하기가 애매해 고민하고 있었는데, 자네가 나와 제국을 도와주었네. 서한 1세가 없는 황국군이야 이빨 빠진 사자가 아니겠는가."

하하하하하, 백발의 노장 펠린 남작은 호탕하게 웃으며 훼일카드민을 끝없이 치하했다. 쏟아지는 찬사에도 훼일카드민은 살짝 고개를 숙여 감사의 뜻을 전할 뿐 들뜨거나 흥분하지 않았다. 그 차분한 모습이 펠린 남작의 마음을 다시 한 번 사로잡았다.

펠린 남작은 흥분을 가라앉히지 못해 막사의 호랑이라 불리는 체통도 지키지 못했다. 한참 후에야 겨우 진정을 하여, 홀로 흥분했다는 어색함을 감추기 위해 다시 어색한 웃음을 크게 흘렸다. 그리고는 훼일카드민의 어깨를 툭툭 내려쳤다.

"사냥개는 주인을 닮는다는 말이 틀린 말이 아니군."

펠린 남작이 할 수 있는 최고의 칭찬이었다. 그는 자신보다 한참은 어리지만 누구보다 뛰어난 동제후 훼일카드민을 높이 평가하고 있었다.

때문에 주변에서 동제후 측의 사람이라고 수근거릴 만큼 훼일카드민과 가깝게 지냈다. 군인은 정치에 관여해선 안 된다며 정치적 중립을 지키던 그의 평생에 있어 큰 오점이 될지도 모르는 추문이었으나 그는 신경 쓰지 않았다.

훼일카드민 또한 그의 강직함을 알고 있기에 그를 함부로 자신의 정치적 선전에 이용하지 않았다. 그가 제국에 몇 안 되는 정말 귀족다운 귀족, 군인다운 군인임을 인정했다.

하지만 그에게 자신이 훼일카드민임을 밝힐 생각은 없었다. 낯간지러운 칭찬을 받으면서도 근질거리는 입을 열지는 않았다.

"원한다면 내 수도 아라디함이나 동제후 각하를 가까이에서 보필하는 작센 자작에게 추천서를 써줌세. 자네는 용병으로 썩기 아까워. 아스테리아의 서한을 꺾는 실력으로 용병이라니, 말도 안 되지. 암, 암!"

이만한 인재가 용병으로서 떠돈다는 것이 마음에 안 들었다. 더불어 이런 검사가 제국이 아니라 다른 나라에 정착해 활약하는 것은 진저리나도록 끔찍한 일이었다.

"어차피 동제후 각하께 쓰임을 받으니 마냥 용병으로서 살지는 않겠지만 말일세."

동제후가 자신의 뜻을 전하기 위해 국경으로 보낸 용병이라 전해 들었을 때, 동제후에 대한 호의로 편의를 봐주었다. 그 이상도 그 이하도 아니었다.

사정이 있어 자신을 드러내지 않고 죽은 척하는 동제후와 자신 사이의 사다리 역할을 해주는 심부름꾼으로만 생각했다. 실제로 은발의 용병은 간간이 동제후의 필체로 쓰인 전술 의견서를 건네주곤 했다.

상당한 실력을 가지고 있다는 것도 얼마 지나지 않아 알게 되었지만, 동제후가 직접 움직이는 체스 말이 턱없이 약해도 큰일이라 생각하고 가볍게 보고 넘겼다.

이토록 뛰어난 줄 알았다면 결코 무덤덤하게 대우하진 않았을 것이다.

펠린 남작은 뒤늦게 자신의 행동을 돌아보며, 혹여나 이 은발의 용병이 기분 상해할 행동을 보인 적이 없었나 살폈다.

'동제후 각하가 이 정도 인재를 그저 일정 기간 계약하여 부리고 헤어지리라 생각하진 않지만, 혹시나 싶은 마음은 어쩔 수가 없군. 중앙이라면 천거한다 해도 출신을 문제 삼아 이 용병의 재능을 인정해 주지는 않을 터. 게다가 여자가 아닌가.'

대륙 대부분의 나라가 여자가 검을 휘두르고 땀을 흘리는 것에 대해서, 특히나 여자 용병에 대해서 부정적인 생각을 가지고 있다. 제국의 경우는 그 여러 나라들 중 정도가 심했다. 여자 용병들이 유독 제국으로 들어오는 걸 꺼려할 정도다.

'하지만 동제후 각하라면 능히, 이롭게 쓰시겠지. 그럼 제국에도 보탬이 되는 일이 아니겠는가.'

펠린 남작은 부디 동제후가 눈앞의 은발 용병을 놓치지 않기를 간절히 바랐다.

"그럼, 이만."

자신을 부른 것이 단순한 칭찬 몇 마디를 하기 위해서였다면 이만 물러가겠다고, 훼일카드민이 고개를 까딱이며 인사했다.

"아니, 아닐세."

펠린 남작은 얼른 손사래를 치며 훼일카드민을 붙잡았다. 훼일카드민이 무표정한 얼굴로 그를 보았다. 펠린 남작은 흠흠, 헛기침을 하며 책상 위에 올려져 있던 서찰 두 통을 건네주었다. 하나는 돌돌 말려 데카리온 가문의 문장이 찍혀 봉인돼 있었고 다른 하나는 하얀 편지지에 담겨 있었다.

"하나는 윈즈 성에서 온 것이고 다른 하나는 수도 아라디함에서 온 것일세."

전쟁 중에 정보의 오감은 승패를 결정짓는 중요한 요소다. 때문에 편지가 주둔지를 들락날락하는 걸 일일이 검사하는 것이 일반적이다.

그럼에도 훼일카드민의 손에 들린 두 통의 서찰은 뜯기거나 남이 먼저 읽은 흔적은 보이지 않았다.

"윈즈 성에서 서찰을 건네러 온 사람은 무척이나 급해 보이더구만."

펠린 남작의 말에 훼일카드민은 그 자리에서 둘둘 말린 양피지를 펼쳤다. 양피지에 빼곡히 적혀 있는 글씨는 레니언의 필체였다.

"……!"

빠르게 읽어 내려가던 훼일카드민의 두 눈이 커졌다. 훼일카드민은 서둘러 나머지 한 통, 수도에서 왔다는 서찰도 펼쳐 읽었다. 그것은 동저택에서 일했던 하인이 보낸 편지였다. 동저택이 불탄 후 다른 저택에서 일하며, 훼일카드민의 부탁으로 수도의 정세를 살펴 간간이 연락을 하는 하인이었다.

"말을, 부탁드립니다. 지금 당장 윈즈 성으로 가봐야……."

아작, 훼일카드민이 손에 든 편지를 구겼다.

"그럴 것 같았네. 나도 귀동냥으로 수도가 어지럽다는 걸 들

었네. 동제후께서 자네를 이곳에만 두실 리 없지."

펠린 남작은 떠나기 전 좋은 선물을 해주어서 고맙다며, 미리 말을 준비시켜 놓은 장소를 알려주었다.

훼일카드민은 감사하다는 말도 잘 있으란 말도 하지 않았다. 그저 펠린 자작을 뚫어져라 노려보며 신경 써주신 것을 동제후가 잊지 않을 것이라고 말했다. 펠린 남작은 이까짓 정성을 동제후에게 보고해 자신을 부끄럽게 하지 말아달라고 대꾸했다.

펠린 자작의 허가가 떨어지자마자 훼일카드민은 막사를 박차고 나갔다. 훼일카드민의 뒷모습을 보며 펠린 자작은 허허, 너털웃음을 터뜨렸다.

"주인을 닮아도 너무 닮은 사냥개로구먼."

*　　　　*　　　　*

훼일카드민은 건강한 갈색 말을 타고 제국군의 주둔지를 떠났다. 황국군의 서한 1세는 죽었고, 제국군의 명장 펠린 남작은 살아 있다. 훼일카드민이 걱정하지 않아도 펠린 남작은 남아 있는 황국군을 쉽게 섬멸할 것이다. 여차하면 이번엔 제국군이 아스테리아 황국으로 쳐들어갈 수도 있을 것이다.

훼일카드민은 뒷일을 걱정하지 않고 힘껏 말을 달렸다. 말도 훼일카드민의 마음을 아는 듯 힘차게 달렸다.

하지만 땅거미가 질 때 즈음, 훼일카드민과 말은 윈즈 성이 아니라 다른 곳에 도착했다. 말을 몰았던 훼일카드민도 열심히 달려온 말도 전혀 의도하지 않았던 곳이었다.

"……."

훼일카드민은 앞에 펼쳐진 커다란 구덩이를 보며 아무 말도 할 수 없었다. 길을 잘못 든 말을 원망하진 않았다. 길을 헛보고 말을 몰은 자신을 원망하지도 않았다. 말은 길을 잘못 들은 게 아니었고 자신도 길을 헛으로 본 게 아니라는 것을 알고 있었다.

윈즈 성에서 온 서찰은 하루라도 빨리 윈즈 성으로 와달라고 했다. 날아갈 듯한 레니언의 글씨가 불안하게 떨렸다. 무슨 일이 있는 듯했다.

수도에서 날아온 서찰을 읽고 나니, 윈즈 성의 호출 이유를 대략 짐작할 수 있었다.

레니언의 글대로 꽤나 급한 일이었다. 훼일카드민도 자신이 한시라도 빨리 윈즈 성으로 가야 된다 판단했다.

하지만 구덩이 앞에서 바로 말 머리를 돌리지는 않았다.

훼일카드민은 말에서 내려 구덩이의 바로 앞에 섰다. 그리고 그 안을 들여다보았다.

이곳은 동제후 훼일카드민이 죽은 곳이었다. 또 넬이 훼일카드민의 마지막을 정리하기 위해 철투구를 묻은 곳이기도 했다.

훼일카드민은 넬이 묻다만 투구 위에 흙을 덮었었다. 때문에 구덩이 깊숙이에서 은은하게 빛나는 곳에 철투구가 묻혀

있음을 능히 짐작해냈다.

철투구가 훼일카드민을 부르고 있었다. 다시 자신을 쓰라고.

훼일카드민이 입고 있던 갑주는 어느 여자의 피와 심장으로 담금질한 것이었다. 남편의 사랑을 받기 위해, 태어난 아이를 아들이라 거짓으로 고해바치고는 평생 마음에 병이 들어 괴로워하다가 죽어간 어떤 여자의.

투구와 갑옷에는 죽어서도 훼일카드민이 소녀가 아니라 소년, 여자가 아니라 남자이기를 바랐던 여자의 심장 박동이 고스란히 남아 있다.

갑주는 태어나자마자 남자가 되었고 귀족이 되어야 했고, 그 길 외에 다른 길은 걸을 수 없었던 이의 왜소한 몸을 가려주었다. 모두가 그를 남자라 믿었고 귀족이라 믿게 되었다.

"……."

영원히 벗을 수 없으리라 믿었던 저주의 갑주를 벗도록 해준 건 에일린 공녀, 넬이었다. 넬이 의도했든 의도하지 않았든 훼일카드민은 갑주를 벗을 수 있었고, 그 투구를 여기에 묻을 수 있었다.

훼일카드민은 아직까지 포기하지 못하고 울어대는 철투구의 무덤을 가만히 내려다보았다. 그리고 조용히 말했다.

"이곳에서 갑옷이 산산조각났을 때, 어쩌면 더 이상 훼일카드민으로 살지 않을 수 있겠다는 생각을 했습니다. 그래서 기뻤습니다. 하지만, 훼이나로서 국경 여기저기를 떠돌며 깨달았지요. 결국 나는 훼일카드민일 수밖에 없다는 걸."

호박에 줄을 긋는다고 수박이 될 수 없다. 평생을 호박으로서 살아온 호박이 껍질을 벗고, 그 속살에 줄을 긋는다고 수박이 될 수는 없는 것이다.

뼛속 깊이 느꼈기에 넬의 앞에 나타났고, 또 이렇게 이 자리에 이렇게 섰다.

훼일카드민은 누군가에게 말을 걸 듯 말했다. 무뚝뚝한 건 여전했으나 부드럽게 말하기 위해 꽤 노력하고 있음은 드러났다.

"당신의 아들 훼일카드민은 언제까지고 훼일카드민일 것이고 제국의 귀족이요, 데카리온 동제후일 것입니다."

그간 말하지 못한 진심을 드디어 꺼냈다.

"그러니 어머니. 이제 그만, 편히 쉬십시오."

구덩이 속의 은은한 빛이 점점 흐려지는 듯 보이는 건, 착각일까?

훼일카드민은 그 빛이 완전히 꺼질 때까지 지켜보지 않았다. 구덩이를 등지고 눈을 감았다.

하하하, 호탕하게 웃으며 손짓하는 넬의 모습이 떠올랐다. 훼일카드민은 아무 말 없이 고개를 저었다.

넬의 모습이 눈 깜짝할 새에 지워지고, 이번에는 두터운 갑주를 차려입고 칼을 든 손을 내미는 동제후의 모습이 떠올랐다. 훼일카드민은 그가 내민 칼을 마주 잡았다. 칼날이 손바닥을 파고들었다. 검을 타고 내린 붉은 피 한 방울이 뚝, 바닥에 떨어져 내리기 전에, 훼일카드민은 동제후가 되었다.

빛나지는 않지만 윤이 나는 갑주를 차려입고 검을 든 훼일카드민.

그제야 훼일카드민은 입술로 웃으며 눈을 떴다.

시원한 바람이 훼일카드민을 그냥 지나쳐 어디론가로 향했다. 저 바람은 넬을 찾아가는 것이리라. 훼일카드민은 그리 생각하며 말에 올라탔다.

이랴, 말을 몰며 허리를 꼿꼿이 펴고 앞을 바라보았다. 짙은 어둠, 그리고 언젠가는 떠오를 태양. 그것이 동제후 훼일카드민이 가야 할 길이었다.

5

어스름한 새벽, 넬은 떠지지 않는 눈을 억지로 뜨고 자리에서 일어났다. 잠기운이 금세 달아나지 않아 옷을 꿰입는 게 고통이었고, 제국이고 동제후고 뭐고 다 귀찮았다. 다시 침대로 돌아가 낮까지 늘어지게 자고 싶었다.

구석의 침대가 넬을 향해 손가락질했다. 사람을 미치게 만드는 유혹에 넬이 넘어가 정신을 못 차릴 때, 문을 두드리는 소리가 들렸다.

똑똑.

아무리 애를 써도 물러나지 않던 잠기운이 싹 달아났다. 사신의 발자국 소리 마냥.

문을 여니 레니언이 서 있었다. 반듯하게 차려입은 모습이

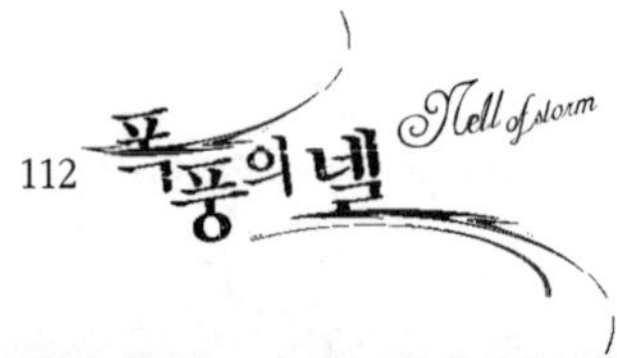

었다. 눈가에 눈곱도 보이지 않았다.

넬은 눈을 비벼 알알이 진 눈곱을 수확하고는 레니언을 따라나섰다.

"정말 오늘 올까? 편지가 거기까지 전달되려면 며칠 걸리잖아. 편지를 무사히 받고 달려온다고 해도 중간에 무슨 일이 생길지도 모르고."

넬은 더 이상 졸리지는 않았지만 괜한 아쉬움에 투덜거렸다.

"먼저 와 계실지도 모르지요."

"그럴 리가 없잖아!"

"아직도 각하를 모르십니까?"

레니언이 피식 웃으며 넬에게 말했다. 넬은 발끈하여 뭐라 대꾸하려다, 정작 자신이 훼일카드민에 대해 아는 게 많지 않음을 생각하곤 입을 꾹 다물었다.

여장을 벗고 남장을 한 레니언은 레나보다 좀 더 사근사근하고 조용했으나, 종종 말속에 가시를 묻었다. 레나보다 음침하고 냉소적인 면이 없잖아 있었다.

둘은 남들 눈에 띄지 않게 조심하면서 윈즈 성을 벗어났다. 윈즈 성 근처, 수풀로 감싸인 공터가 목적지였다.

"……!"

약속 장소에 도착했을 때, 넬은 어쩔 수 없이 수긍해야 했다. 적어도 자신보다는 레니언이 훼일카드민에 대해 더 잘 알고 있다는 것을.

아무도 없으리라 믿어 의심치 않았던 공터에 인기척이 있었다. 지쳐 보이는 말은 고삐가 나무에 매인 채, 근처의 풀을 뜯어먹고 있었다. 그 옆의 판판한 바위에는 훼일카드민이 앉아 있었다.

"이제 오는 건가."

넬과 레니언을 발견한 훼일카드민이 자리에서 일어서며 손을 탁탁 털었다.

"언제 왔수?"

"조금 전에."

훼일카드민은 믿을 수 없어 하는 넬에게 짤막하게 답하고는 레니언을 바라보았다.

"국경에 전해준 내용이 사실인가?"

"예, 각하."

레니언은 간단하게 글로 써 전달했던 상황을 자세하게 설명했다. 수도에서 온 편지를 읽어 어느 정도 상황을 파악했던 훼일카드민은 티를 내지 않고, 레니언의 설명을 경청했다.

"전쟁을 질질 끌며 제국의 명예에 상처를 입히는 데카리온 가문의 반역을 용서하지 않겠다라……. 진정 제국과 황실을 위한다면 고이 항복하라?"

가장 훼일카드민을 즐겁게 해주었던 부분은 이것이었다.

"당장이라도 쳐들어올 듯 세게 나오는데, 어찌해야 할지 도무지 모르겠어서 형님을 부른 거요."

옆에 멀뚱히 서 있던 넬이 머리를 긁적였다.

‘서한 1세가 죽고, 국경에서의 분쟁이 곧 마무리될 것이라
는 걸 알게 되면, 기다렸다는 듯 쳐들어오겠군.’

남제후가 협박을 하되 단번에 동제후령에 진격 명령을 내리
지 않는 것은 동제후 측의 죽지 않은 힘이 걱정되기도 했지만,
동제후령이 아스테리아를 막아주고 있는 걸 알기 때문이다.
동제후령이 더 이상 방패로써 의미가 없어지면, 동제후가 동
제후령을 밀어버리겠다고 달려드는 건 시간문제일 것이다.

“차라리, 단장.”

레니언이 눈을 빛내며 무언가를 말하려 했다. 하지만 훼일
카드민은 레니언의 말을 단칼에 잘라내며 고개를 저었다.

“내전은 안 된다.”

“단장, 언제까지나 고고하게 있을 수는 없습니다.”

“지금 내가, 고고하게 서 있는 걸로 보이나?”

훼일카드민의 딱딱한 목소리에 레니언이 흠칫, 몸을 떨며
뒤로 물러섰다.

“국경의 분쟁은 곧 마무리될 것이다. 그렇다고 하여 곧바로
내전을 벌려 제국을 뒤흔들어 놓을 필요는 없지 않나. 내전은
안 된다. 제국을 위해서도, 황실을 위해서도, 옳지 않은 일이
다.”

“…….”

레니언이 하고자 했던 말은 이럴 바에야 차라리 다른 제후
들처럼 멋대로 나가보자는 것이었다. 제국이나 황실에 굴레에
매이지 않고. 하지만 훼일카드민은 결코 거기까지 생각하고

있지 않은 듯했다. 레니언은 한숨을 푹 내쉬며 고개를 끄덕였다.

"그러면 어찌하시렵니까, 각하. 공녀님께서 각하의 세력을 최대한 끌어모아 유지하고는 있지만 속속 빠져나가는 배신자들을 어찌하지는 못하고 있습니다. 그렇다고 지금 당장 각하께서 모습을 드러내어 살아계심을 보일 것도 아니시잖습니까."

넬이 데카리온 동제후의 증표를 들고 나타나 동제후 대리를 선언하여 비어 있던 중심을 채웠지만 세력은 여전히 줄어들고 있었다.

"게다가 서제후까지 쳐내고 권력을 제대로 움켜쥔 남제후는 이쪽을 향해 으르렁대고 있습니다. 얼마 후면 황태자 전하와 마리류닌 공녀와의 결혼식이 열릴 거라고 합니다. 어찌하시렵니까."

훼일카드민이 타도 남제후를 외치며 황실과 황태자를 구하려고 하는 한, 내전을 두려워해서는 안 된다. 수도 아라디함을 자신의 둥지로 차지한 너구리를 상대할 방법이 무엇이 있는가. 레니언은 생각해 낼 수 있는 모든 경우를 머릿속에서 굴려보았지만, 어떤 것도 좋은 결과를 내지 못했다.

"곧 결혼식이 열릴 거라고 하지 않았나."

"황태자 전하와 마리류닌 공녀의 결혼식을 말씀하시는 겁니까?"

"남제후가 가장 방심해 있을 때, 그리고 수도 아라디함에 많

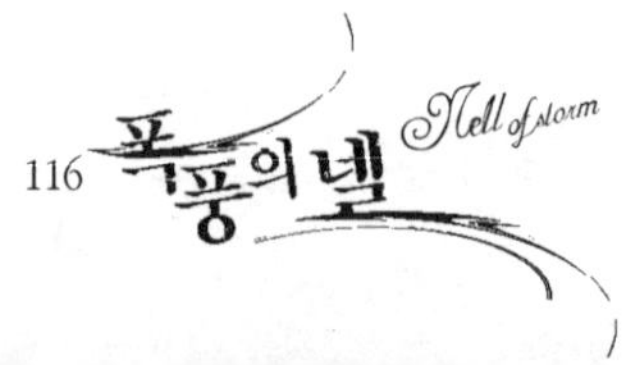

은 사람들이 몰려도 누구도 수상해하지 않는 상황. 좋은 기회 아닌가?"

훼일카드민의 말에 레니언이 잠시 훼일카드민을 빤히 바라보다 한숨을 푹 내쉬었다. 입가엔 엷은 미소가 자리 잡았다.

"단장, 나도 위험한 놈이지만 단장도 만만치 않다는 거 아십니까?"

레니언은 작센 자작과 다르다. 이성으로 똘똘 뭉친 계략의 대가가 작센 자작이라면, 레니언은 순간적인 욕구와 호기심, 즐거움에 마약처럼 취해 사는 자유로운 영혼이다. 때문에 작센 자작이 이해하지 못하는 훼일카드민의 작은 부분들을 레니언은 함께 즐겨주었다.

지금도 작센 자작이었다면 절대로 반대했을 허술한 의견도, 재미있다는 이유로 쉽게 넘어가 버렸다. 작센 자작이 알았다면 땅을 치고 괴로워할 모습들이었다.

"근데 둘 다 가장 중요한 부분을 빼먹고 있다는 생각은 안 드우?"

홀로 멀뚱하니 서 있던 넬이 둘의 대화에 끼어들었다.

"중요한?"

"빼먹은?"

훼일카드민과 레니언이 넬을 돌아보았다.

"형님 말대로 기사들이나 뭐, 힘 좀 쓸 사람들은 옷 적당히 갈아입히고 잘 꾸며 성문을 통과하게 한다고 합시다. 그다음은 어쩔 거요?"

넬이 흥얼거리듯 말하며 훼일카드민을 바라보았다.

훼일카드민은 넬의 말에 새삼 심각해졌다.

황태자 클라이츠와 마리류닌 공녀의 결혼식을 제압할 수 있는 최소한의 전투 인원과 훼일카드민. 이것이 훼일카드민이 원하는 침투조의 전부다.

최대한 얼굴이 알려지지 않은 이들은 골라내어 옷을 갈아입히고 분장시키면 된다. 그래서 흩어져 각자 수도로 가 성문의 검문을 통과해 안에서 다시 뭉치면 된다.

이건 단순한 원론적인 이야기이다.

수도 내부의 도움 없이는 쉽게 입성하지도, 수도 안에서 움직이기도 힘들 것이다.

황태자 클라이츠와 마리류닌 공녀의 결혼은 남제후에게 있어 매우 중요한 퍼포먼스다. 절대 누구의 방해를 받아서도 안 된다. 제국민이 보는 앞에서 화려하고 행복하게 열려야 한다.

그러니 혹시 모를 상황에 대비하여 준비를 철저히 할 것이고, 성문 검문도 강화될 것이다.

넬이 현실적인 부분을 제시하자, 훼일카드민과 레니언은 침묵했다.

훼일카드민은 자신에게 수도의 상황을 알려주는 하인을 떠올렸다 곧바로 지워 버렸다. 한 사람의 도움이라도 절실히 필요하지만, 개인의 힘은 너무도 미약했다.

한참 뒤, 레니언이 한숨을 푹 내쉬며 말했다.

“웬만하면 그쪽 사람들이랑 다시 상종하고 싶지 않았는데,

어쩔 수 없군요."

레니언의 뜬금없는 말에 훼일카드민과 넬이 그를 바라보았다. 레니언은 품속에서 편지를 한 장 꺼내 보였다. 분홍색 편지지에 담긴 편지 봉투에는 하트까지 그려져 있었다.

"얼마 전에 요런 편지가 한 장 날아왔거든요."

"그게 무엇이지?"

"단장, 혹시 기억하십니까. 제가 철없던 시절에 잠깐 판단이 흐려져서 종교에 귀의했던 걸."

레니언이 종교인이 되겠다며 기사단을 뛰쳐나간 건 몇 번 있는 일이었다. 그중 최근의 것을 말하는 것이라 생각하고 기억을 더듬어보았다.

"성형교, 였던가. 새로 떠오르던 신흥 종교. 남자도 여자가 될 수 있고 여자도 남자가 될 수 있다. 원한다면 몸이고 얼굴이고 뜯어고칠 수 있다, 고쳐도 된다, 가 교리였던 걸로 기억하는데."

훼일카드민은 책을 읽듯 술술 성형교에 대해 말했다. 레니언은 고개를 끄덕였다. 한때의 치기 어린 결정이었다고 말하면서도 전혀 부끄러운 모습을 보이지 않았다.

"그 종교에서 빠져나오기 위해서 여장을 하고 에일린, 아니, 넬을 지켜달라는 걸 받아들였지."

"예. 바로 그 성형교를 말하는 겁니다. 어떻게 알았는지 제게 연락을 해오고 있습니다. 계속 무시하고 있지만."

아직까지 껄끄러운 감정이 남아 있는지, 레니언은 묘한 눈빛으로 손에 든 편지를 바라보았다.

"성형교는 수도 아라디함을 중심으로 포교 활동을 합니다. 제가 거기에 휩쓸려 버렸었지요. 아무튼, 성형교는 수도 아라디함에서 급격히 성장하고 있는 신흥 종교 중 하나. 잘하면 도움이 될 수 있을지도 모릅니다."

그 대가로 저는 조금 더 시달려야 되겠지만요, 레니언이 구시렁거렸다.

성형교, 넬은 생전 처음 들어보는 이름이었다. 하지만 수도에서 어느 정도 영향력이 있다는 말에 귀가 솔깃해졌다. 그건 훼일카드민도 마찬가지인 듯했다.

레니언이 말하고 후회할 틈도 없이, 훼일카드민과 넬은 성형교의 도움을 받자고 의견을 모았다. 정 다르게 생겼으면서 죽이 작 맞아떨어진다고, 레니언이 투덜댔지만 둘은 약속이라도 한 듯 모른 척했다.

 폭풍의 넬　Nell of Storm

CHAPTER 3

아라디함의 결혼식

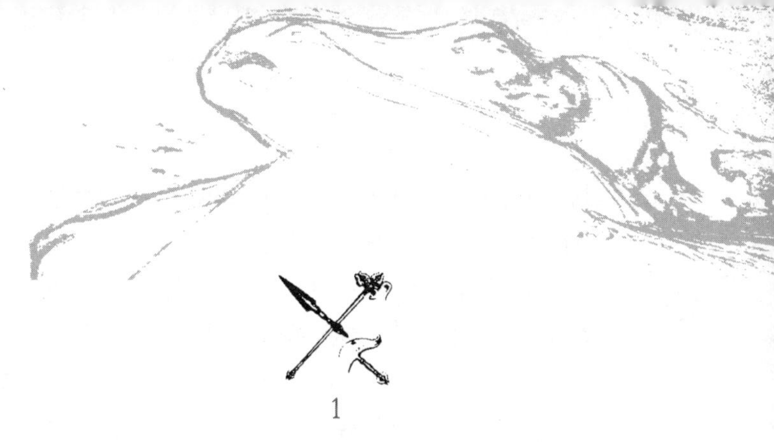

1

　제국은 그간의 느긋함을 잊은 듯 무섭도록 빠르게 변했다. 많은 일들이 한꺼번에 터지고 한꺼번에 정리되었다.

　아스테리아 황국의 선전포고가 그 대표적인 예였다.

　대군을 이끌고 국경을 침범했던 서한 1세는 펠린 남작이 이끄는 제국군과의 전투 중에 전사했다. 펠린 남작은 파죽지세로 황국군을 궤멸했다.

　백발의 노장은 거기서 행보를 멈추지 않았다. 중앙에서 명령이 내려오기 전에 먼저 장계를 올려 아스테리아의 국토를 넘었다고 알렸다.

　남제후는 뒤에 자신이 누릴 여흥이 줄어들지도 모른다는 생각에 반대했지만 펠린 남작은 물러서지 않았다.

펠린 남작은 결국 아스테리아 황국의 국경을 넘었다. 펠린 남작과 제국군은 지금 한창 황국의 국경을 휘젓고 있다.

아스테리아 황국과의 전쟁이 연전연승하자, 남제후는 자신의 딸 마리류닌과 황태자 클라이츠의 결혼을 서둘렀다.

원래대로라면 동제후와 북제후까지 싹 쓸어버린 후 진행할 생각이었으나 생각을 바꿨다. 클라이츠가 세이안 국에 도움을 구하기 위해 남제후 몰래 움직이다 발각된 사건 때문이었다.

남제후는 황실을 억압하며 권력을 독식하고 있다. 이것이 주변 다른 나라에게 좋지 않게 비쳤다. 타국의 왕들은 혹여나 자국의 귀족들이 제국의 남제후를 모델로 삼아 밑에서 치고 올라오지 않을까 불안해했다.

주변 나라들은 충분한 명분과 이익만 보장된다면 주저없이 제국을 침공할 것이다. 한곳의 힘만으로 어려우면 두 곳이 연합할 것이고, 그도 모자라면 세 곳이 연합하여 덤빌 것이다.

밖의 적을 막기 위해선 남제후가 하루라도 빨리 정당성을 얻어야 한다. 그리고 그 정당성을 얻기에 가장 좋은 방법이 황태자, 클라이츠와 혼인하는 것이다.

남제후는 화려한 신부 의상을 차려입고 새 신부로서 잔뜩 들떠 있는 마리류닌 공녀를 찾았다. 시녀들에게 둘러싸여 드레스에 맞는 보석을 고르던 그녀는 아버지 남제후가 들어오자 얼른 주변 시녀들을 물렀다.

"아버지."

마리류닌 공녀가 은은히 떨리는 목소리로 그를 불렀다. 남

제후는 활짝 웃어주며, 마리류닌 공녀의 앞에 섰다.

"아름답구나, 내 딸."

굵고 작은 진주가 알알이 박힌 순백의 드레스는 아름다웠다. 입고 있는 여자는 더욱 아름다워 보였다.

남제후는 그녀의 손을 꼭 붙들었다.

"잘 해낼 수 있지?"

"그럼요."

마리류닌 공녀는 눈을 빛내며 밝게 웃었다.

"황태자가 잠들 때까지만 버텨주면 된다."

만약, 북제후에게 그 이야기를 듣지 않았다면 여기까지 오지 못했을 것이다. 그 이야기를 듣고 확률 낮은 도박 같은 모험에 응했고, 성공하여 이 자리에 섰다.

북제후에게서 황실, 정확히는 황태자에게 씌인 마녀의 저주에 대해 이야기를 들었을 때, 남제후는 온몸에 전율이 흐르는 듯한 기분을 숨기기 위해 애써야 했다.

하늘이 자신을 위해서 길을 터주는 것 같았다.

황태자가 스물여덟 살이 되면 마녀의 저주로 인해 영원의 잠에 빠지게 된다고 했다. 그 말은 앞으로 황태자의 생명이 몇 년 남지 않았다는 뜻이었다.

마리류닌 공녀를 황태자와 결혼시키면 황실과 피가 엮일뿐더러, 굳이 황실의 피를 손이 묻히지 않아도 몇 년 뒤면 황태자가 죽으면서 마리류닌이 낳게 될 그의 아이가 황위에 오르게 될 것이다.

마리류닌 공녀의 희생이 필수적이었다. 때문에 남제후는 마리류닌 공녀에게 사정을 말했고, 다행히 마리류닌 공녀는 자신이 황태자와 결혼하는 것을 희생이라 생각하지 않았다.

남제후는 마리류닌 공녀의 머리를 쓰다듬으며 자신의 앞날을 상상해 보았다. 그저 제국을 못 나눠먹어 안달인 네 제후 중의 한 사람이 아니라, 강력한 권력을 손에 쥐고 제국을 발전시키고 아스테리아 황국을 정벌하는 자신을.

네 제후의 등살에 휘청이는 제국을 자신이 두 손으로 일으켜 세우고 성장시켜 대륙 제일로 만드는 모습과 만인에게 추앙받는 자신의 모습을 떠올렸다. 나쁘지 않았다.

마리류닌 또한 제국의 존귀한 여인이 된 자신을 상상해 보는 듯 야릇한 미소를 지었다.

이제 곧 제국에서 가장 존귀해질 여인이 아버지인 남제후에게 오른손을 내밀었다. 남제후는 그 손등에 입을 맞추며, 딸의 행복과 성공을 기원했다. 딸의 성공은 남제후의 빛나는 미래로 직결되었다.

*   *   *

수도 아라디함은 오랜만의 홍겨운 축제에 들썩였다. 그 축제가 어느 귀족의 강압으로 인한 것이라는 걸 아는 사람들도 꽤 되었고 뭔가 이상하다는 느낌을 가진 사람들도 많았지만, 그들은 함부로 불안을 입 밖으로 꺼내지 않았다.

여러 우환에 시달렸던 제국이 이제야 흔들림을 멈추고, 이 축제를 계기로 하여 다시금 정적인 평화를 되찾을 수 있다고 믿고 싶어 했다. 귀족들도 평민도, 별반 다를 것 없는 심정으로 축제를 즐겼다.

싸늘한 겨울의 제국에서 피어오른 봄과 여름의 열기는 활기를 띠우며 얼어붙어 있던 제국을 녹였다. 사람들은 시름을 잊고 흥겨운 음악에 몸을 내맡겼다. 길에서도 도로에서도 몸을 흔들었다. 싸구려 맥주로 목을 축이고, 아껴두었던 화려한 옷으로 멋을 뽐내고.

모두들 그리 즐기며 즐거워하였다.

하지만 수도 아라디함의 어딘가는 뜨거운 축제 열기가 닿지 않았다. 새까맣게 타버린 동 저택과 텅 빈 서 저택, 그리고 병사들의 삼엄한 감시에 놓여 있는 북 저택이 그러했다.

밖의 떠들썩함은 저택 안까지 스며들었다. 아무것도 하지 않고 앉아 있던 북제후의 귀에도 아까부터 시끌벅적한 소리가 들렸다.

함께 즐길 수 없는 처지에도 북제후는 밖의 열기를 무시하거나 비난하지 않았다. 푹신한 소파에 등을 기대 눈을 감고, 어디에서고 흘러드는 밖의 열기를 감상했다.

그리고,

달칵— 북제후가 오랫동안 열리길 기다렸던 문이 열렸다. 그러자 지금까지 즐겁게 해주던 밖의 소리 따윈 더 이상 북제후의 흥미를 끌지 못했다. 북제후는 얼굴 가득 미소를 띠고 열린 문 사이로 걸어오는 카젤리안 공녀를 바라보았다.

카젤리안 공녀의 머리가 타오르는 듯한 붉은색으로 바뀌어 있었다. 원래는 북제후와 같이 은은한 머리 색이었던 것이 그리 바뀌어 버렸다.

염색은 아니었다. 염색으로 이렇게 강한 색이 나올 리가 없었다. 또한 붉은 머리칼은 카젤리안 공녀에게 더없이 잘 어울렸다.

은은한 머리였을 때는 차분하고 어려 보였지만, 붉은색 머리카락이 되니 훨씬 강렬해 보였다. 머리카락 하나로 사람이 바뀐 듯, 카젤리안 공녀의 인상까지 다르게 느껴졌다.

방금 감은 듯 축축하게 젖은 머리를 매만지며, 카젤리안 공녀가 북제후를 가만히 내려다봤다. 예전 같으면 백치미에 가까웠을 아름다움이 불꽃에서 갓 건져 올린 듯 생생하게 팔딱댔다.

"예쁘구나."

북제후가 손을 내밀어 카젤리안 공녀의 머리카락을 매만졌다.

"오늘이로구나, 제국이 진정한 주인을 맞이하는 것이."

"아버지, 지금이라도……."

"카젤리안."

카젤리안 공녀는 여전히 어물거리며 주저했다. 여느 때라면 심하게 다그쳤을 북제후는 오늘만큼은 상한 기분을 감추며, 부드럽게 그녀를 불렀다.

"나는 오직 오늘이 오기만을 기다렸단다. 오직 이날만을."

북제후의 눈이 번들거리며 빛났다. 그는 카젤리안 공녀를 바라보나 그 너머의 또 누군가를 바라보았다.

그 시각, 푸른 잎사귀를 문 독수리를 가슴에 단 기사들이 북 저택을 습격하고 있었다. 워낙 조심스럽게 움직여, 북 저택을 감시하기 위해 지키고 서 있던 병사들은 비명 없이 쓰러졌고 약간의 소란함도 축제의 떠들썩함에 가려졌다.

기사들은 익숙하게 북 저택으로 침입했고, 북 저택 주변에서 어슬렁거리던 사람들의 눈이 번쩍 빛났다. 허름하게 옷을 입고 있지만 눈빛만은 사람을 죽여본 인간백정의 그것이었다.

그들은 기사들이 북제후를 모셔 나올 때까지 능청스럽게 북 저택 주변을 어슬렁거렸다.

2

'데카리온이라는 이름의 그늘을 벗어버려야 하는 멍에가 아니라, 널 지켜주는 방패 같은 것이라 생각할 수는 없는가?'

'절대 그럴 수 없어.'

'그렇군. 그렇다면 네게 약속하겠다. 이번에 네 도움으로 나의 일이 마무리되면 더 이상 데카리온의 이름으로 너를 얽 매지 않겠다고.'

훼일카드민의 담담한 목소리가 사라지지 않고 귓전을 때렸 다.

'너는 언제나 자유였겠지만, 네가 마음의 앙금으로 남아두 었던 그 불편함을 이번에 다 씻어내 봐라. 데카리온은 더 이상 널 해하지 못한다. 지금도 네 도움을 받고 있기에 겨우 지탱하

고 있지 않은가.'

어둠 속에서 그 말을 듣고서야 십 년 묵은 체증처럼 줄곧 자신을 괴롭히던 마음속 돌덩이와 마주할 수 있었다. 그것은 펠트 하르그의 동료들을 만나고, 강해지면서 자연히 극복되었다고 믿었던 어린 자신이었다.

그 상처투성이 아이를 마음속에서 떠나보내자, 동제후 대리가 되어 도착한 윈즈 성이 더 이상 두렵지 않았다. 어렸을 때 그토록 웅장하고 무섭게 보였던 성은 생각보다 작았다. 이곳을 왜 두려워했는지 모르겠다는 자신감도 생겨났다.

그 자신감으로 지금은 수도 아라디함의 길거리에 서 있다.

떠들썩한 축제에 같이 흥겹게 어울리면서도, 넬은 휙휙 주변을 둘러보았다. 눈이 마주친 남자들은 고개를 살짝 숙여 인사하며 자기 자신을 드러냈다.

넬은 고결하고 고고하던 기사, 귀족들이 허름한 옷 하나로 저리 자연스럽게 평민다울 수 있다는 것이 신기했다. 휘익, 휘파람이 절로 나왔다.

"그나저나, 형님."

넬은 바로 옆에서 커다란 바구니를 들고 있는 훼일카드민에게 말을 걸었다. 훼일카드민은 까만 천으로 온몸을 둘러, 라단교의 사제 같았다.

라단교의 사제는 수도원에서 평생을 보내며 자신의 순수를 신께 바친다. 부득이하게 밖으로 나갈 때에는 검은 천을 온몸에 두르고 죄인처럼 걸어 다닌다.

맨 처음에 훼일카드민은 농군 아낙네처럼 분장하려 했다. 흙 묻은 옷을 입고, 때 묻은 하얀 수건을 머리에 둘렀다. 하지만 훼일카드민에게 어울리지 않았다.

은발과 꽤 고운 얼굴이 문제였다. 은발을 가려도 남의 이목에 띄지 않을 만한 모습이 되진 않았다.

때문에 마지막 선택으로 라단교의 사제 모습으로 변한 것이다.

어깨를 움츠리고 조심스러운 걸음으로 넬을 따르는 훼일카드민은 정말 라단교의 사제 같았다.

등에 진 커다란 바구니를 보며 남들은 기부를 받았거나 수도원이 필요한 생필품 등으로 생각하며 간단히 넘겼지만, 갑주가 들어 있었다. 작센 자작이 그를 위해 온 정성으로 준비한 것이었다.

"레니언, 그놈은 어찌 된 것이여?"

아무리 주변을 둘러보아도 레니언이 보이지 않았다. 그만큼 완벽하게 분장을 했던가, 잡혔던가, 둘 중 하나였다.

레나의 도움으로 수도의 성형교와 접촉해 도움을 받았고 모두들 무사히 성문을 통과했다. 개개인으로 떨어진 이들은 수도 곳곳에 숨어들어 조금이라도 정보를 얻으려 애썼고, 잡히지 않으려 애썼다.

남제후는 삼 일 내내 계속될 황태자 클라이츠와 마리류닌 공녀의 결혼을 성공리에 마치기 위해 많은 노력을 기울이는 듯했다. 성문의 검문은 이전과는 비교도 안 될 만치 복잡해졌

고 길목마다 기사나 병사들이 어슬렁거렸다. 조금만 난동을 부리거나 이상한 행동을 보이면 즉각 잡혀갔다.

덕분에 수도는 아직까지 큰 사고가 나지 않았다.

그만큼 치안에 신경을 쏟으니, 숨어드는 이쪽에서도 신경이 쓰일 수밖에 없었다.

다른 사람이라면 모를까 레니언이 잡힌다면, 모두들 알게 될 것이다. 훼일카드민이 수도에 숨어들었다고.

넬이 조급한 마음이 앞서 발을 동동 구르자, 훼일카드민이 까만 천을 둘러맨 손으로 등을 툭툭 쳤다.

"걱정할 필요 없다. 성형교 쪽에서 회포를 풀겠다고 빌려달라 청하더군. 은혜를 갚는 셈 치고 레니언을 넘겨줬다."

"……."

넬이 입을 쩍 벌린 채 할 말을 잃었다.

성문을 지나 성형교 신도의 안내를 받아 성형교로 갔다. 아직 신생 종교여서 그런지 신도는 많고 다들 열정적이었으나 머무는 환경은 많이 미흡했다.

교단의 행동 대장 격으로 보이는 마틴이란 사람은 맨발로 뛰어나와 넬 일행을 맞이했다. 정확히는 레니언을 보고 감격하며 눈물을 줄줄 흘렸다.

어디선가 여장한 레니언의 모습을 본 듯했다. 성형교 최고의 목표인 성전환을 자유자재로 해내는 레니언은 교단의 성자라며, 레니언을 향한 찬사를 끝없이 쏟아냈다.

그들과 오랜 시간을 함께 해왔을 레니언은 귀찮은 속내를

여과없이 드러냈으나, 마틴과 열성적인 신도들은 레니언에게
서 떠나지 않았다.

그들 틈에 레니언을 던져 주었다니, 어떤 꼴을 당하고 있을
지 생각만 해도 웃음이 나왔다.

"이제부터 시작이다. 조심해라, 넬."

훼일카드민이 킥킥대는 넬의 옆구리를 팔꿈치로 툭 쳤다.

"아!"

넬은 얼른 얼굴에서 웃음기를 거두었다.

오늘은 결혼식 첫째 날. 평민들에게까지 황궁의 일부가 공
개되고, 황태자 클라이츠와 마리류닌 공녀가 황궁 안에서 결
혼 서약을 하고는 평민들 앞에 선다. 이날을 기려 둘째, 셋째
날까지 축제를 벌이는 것이다.

길거리에 빽빽한 사람들은 황궁으로 향했고, 약속 장소인
이 거리에 나온 훼일카드민의 수하들도 그들에게 밀려 황궁으
로 향했다.

훼일카드민과 넬도 그 흐름을 거스르지 않고 몸을 맡겼다.

수도에 사는 사람들뿐 아니라 전역에서 모여든 사람들로 거
리마다, 골목마다 사람이 넘쳐흘렀다. 가만히 서 있어도 뒤에
서 미는 힘 때문에 꼼짝없이 황궁에 도착할 수 있을 정도였다.

훼일카드민이 뽑아 끌고 온 정예 부대는 훼일카드민과 일정
한 거리를 유지하며 황궁으로 향했다. 힘든 일이었지만 잘못
해서 떨어져 나가면 다시 찾기 힘들 것이기에 애를 썼다.

넬과 훼일카드민이 황궁에 도착했을 때는 이미 황궁의 넓은

뜰이 사람으로 빽빽하게 들어찬 후였다. 황궁 안으로 들어가는 문은 굳게 닫혔고, 중무장을 한 기사들이 빙 둘러 지키고 있었다. 만일의 사태를 대비한 듯싶었다.

흥분한 군중들은 빨리 황태자와 황태자비를 보고 싶다며 고함을 질러댔다. 그 소리가 하늘을 떠나갈 듯 커다랗게 울려 퍼졌다.

댕— 댕— 댕—

황궁의 높은 종루에서 종소리가 울려 퍼졌다. 황실에서 중요한 행사가 있을 때만 친다는 종이었다.

맑은 종소리에 군중들은 어느 정도 진정했다. 지금 황궁 안에서 결혼식이 시작되고 있음을 쉬이 짐작했다.

'황궁에서 결혼식을 치르고 수도의 시가지를 도는 퍼레이드를 벌일 줄 알았는데, 이렇게 직접 군중들을 황궁 안으로 끌어들이다니. 나름대로 머리를 쓰는군, 남제후.'

바로 어제까지, 누구나 훼일카드민처럼 생각하고 있었다. 황실에서 발표 사항이었기 때문이다.

하지만 오늘 아침, 바로 말을 바꾸어 황궁의 바깥뜰을 공개한다고 선포했다. 군중들은 자신들이 황궁의 뜰을 밟을 수 있다는데 환호하며 몰려들었다.

훼일카드민은 대충 자신들과 황궁까지의 거리를 가늠해 보았다. 황궁을 지키고 선, 아마 철십자 기사단이라 생각되는 기사들도 살폈다.

만만치 않았다.

소동을 일으키기 위해 소수 정예만 뽑아 비밀리에 수도에 잠입한 게 아니었다.

"형님, 이건 좀 아닌 거 같은데."

넬도 훼일카드민과 비슷한 생각이었다. 주변을 둘러보며 상황을 파악한 넬은 고개를 흔들어 밖으로 빠져나가자고 했다.

뎅― 뎅― 뎅―

맑게 울리는 종소리 아래에서, 훼일카드민은 칼 한 번 휘둘러 보지 못하고 후퇴를 명령해야 했다.

훼일카드민과 넬은 멀찍이 떨어져서, 쓰린 마음으로 클라이츠 황태자와 황태자비가 된 마리류닌 공녀의 모습을 지켜봤다. 흥분한 군중들은 행복하라고, 제국은 영원할 거라 외치며 그들의 결혼을 축하했고, 클라이츠와 마리류닌 공녀는 오래도록 테라스를 떠나지 않고 그들에게 손을 흔들어주었다.

"멍청한 놈."

제발 클라이츠에게 닿기를 소망하며 넬이 소리를 질렀다. 하지만 넬의 목소리는 채 클라이츠에게 닿기도 전 군중들의 함성에 꿀꺽, 먹혀 버렸다.

*　　　*　　　*

새로운 계획은 비교적 금방 잡혔다. 훼일카드민이 밀라에게 건네준 황궁의 비밀 통로 지도가 넬의 손에 쥐어 있었던 덕분이었다.

성문의 검문을 통과한 이들 중에서 또 소수를 추려 그들과 함께 황궁으로 잠입하기로 했다. 이번엔 제발 데려가 달라고 울며 애원하는 레니언도 일행에 포함되었다.

최대한 조용히, 소란을 피우지 않고 남제후를 제거하고 황태자로 하여금 상황을 정리하게 하는 게 훼일카드민의 목표였다.

넬이 화끈하게 밀어버리자고 주장했지만 훼일카드민은 말없이 고개를 저었다.

달이 머리 바로 위에 떠올랐을 때, 훼일카드민을 위시한 일행이 어둠 속을 달렸다. 그들은 비교적 수월하게 황궁 안으로 잠입할 수 있었다.

훼일카드민은 투구와 갑옷을 차려입었지만, 일행 중 누구보다 날랬다.

시끌시끌하니, 여전히 축제 분위기인 밖과 달리 황궁은 조용했다. 아니, 적막했다.

"……!"

복도 한가운데 쓰러져 콸콸 피를 쏟아내고 있는 어느 기사를 보는 순간, 그들은 어째서 황궁이 이리도 적막한지를 알 수 있었다.

레니언이 급히 기사에게 달려가 기사의 생사를 확인했다. 숨이 끊어져 있었다. 레니언이 굳은 얼굴로 고개를 저으며 일어섰다.

"누구지?"

넬이 허공에 대고 물었다. 자신들보다 앞서, 피를 뿌리며 황궁을 휘젓고 다니는 이들에 대해 전혀 감이 잡히지 않았다.

훼일카드민은 이를 악물며 뒤에 우르르 서 있는 기사들에게 명령했다.

"왕의 홀로, 왕의 홀로 가라! 어쩌면 황태자 전하께서 위험하실지 모른다."

결혼 서약을 한 황태자와 황태자비는 그날 밤을 왕의 홀에서 보낸다. 황제 부부와 네 명의 제후들이 한자리에 모여, 축복을 받고 좋은 말을 듣고 가벼운 만찬을 나눈다. 오래전부터 전해져 내려오는 의미없는 관습이다.

남제후가 그 관습을 무시하지 않았다면 지금쯤 그들은 왕의 홀에 있을 터. 훼일카드민은 그답지 않게 조급히 일행을 재촉했다. 그리고 자신도, 왕의 홀을 향해 뛰었다.

다행인지 불행인지 왕의 홀로 향하는 그들의 발걸음이 헛되지는 않을 것 같았다. 길목마다 기사, 시종, 시녀를 가리지 않고 쓰러져 피 웅덩이를 이루고 있었다. 그들을 지나치며 기사들의 눈빛이 점점 더 사나워졌다.

'도대체 누가? 어째서?'

훼일카드민과 넬, 레니언은 어째서 이런 일이 벌어지고 있는지 의아해했다. 한밤중에 황궁에 잠입해 마주치는 이들을 무차별적으로 죽이고 나아간 이들의 목적을 알 수 없었다.

굳게 닫힌 왕의 홀 문 앞에 도착하자마자, 넬이 발로 문을 뻥 찼다. 그 큰 문이 기기긱, 비명을 지르며 열렸다.

넬과 훼일카드민은 동시에 안으로 뛰어들어 갔다.

그리고,

눈앞에 벌어진 모습에 할 말을 잃었다.

"북… 제후?"

훼일카드민이 믿을 수 없다는 듯 말했다. 언제나 깨지지 않았던 무표정한 얼굴이 일그러졌다.

"이게 뭐야!"

뒤늦게 넬도 한마디를 내질렀다.

만찬이 열리고 있었던 듯 긴 식탁이 놓여 있었다. 식탁 위에는 온갖 화려한 음식들이 차려져 있었고, 향이 좋은 포도주도 놓여 있었다. 황태자와 황태자비의 자리일 듯한 상석엔, 황태자는 없고 피를 토하며 의자에 축 늘어져 죽어 있는 황태자비만이 보였다. 황태자의 장인이 되어 제국을 호령할 욕심에 차 있었던 남제후는 식탁의 한가운데에 대자로 뻗어 있었다. 만찬의 메인 메뉴처럼 누워 있었고, 무엇이 그리도 억울했는지 두 눈은 채 감지 못했다. 심장에는 칼이 박혀 있었고, 그 칼은 아직도 떨리고 있었다.

식탁에서 유일하게 살아 숨 쉬는 사람은 포도주를 홀짝이는 북제후뿐이었다.

"우욱!"

식탁 위에 펼쳐진 남제후의 모습에 따라 들어온 기사 몇몇이 고개를 돌렸다. 사람을 사람답게 죽이지 않은 그 모습에 욕지기가 치밀어 오르는 듯했다.

"늦었군, 훼일카드민."

넬과 훼일카드민이 뛰어들어 와도 동요하지 않던 북제후가 포도주 잔을 내려놓으며 말했다. 그는 자기 몫의 스테이크를 칼질해 입에 넣고 으득, 씹었다.

"자네는 명예를 소중히 여기면서 정작 이렇게 중요한 자리에는 늦게 도착하여 나를 조바심나게 하는군."

질경질경, 입 안의 고기를 씹으며 북제후는 빈 유리잔에 포도주를 따랐다. 훼일카드민의 몫이었다.

훼일카드민이 자신의 몫으로 따라준 포도주를 향해 걸어가려 했다.

"형님!"

넬이 기겁하며 훼일카드민의 어깨를 잡아 말렸다.

"어서 오게."

북제후는 훼일카드민을 재촉했다.

"남제후를 메인 메뉴로 삼는다면 만찬이 너무 삭막해지지 않겠는가. 적어도 훼일카드민, 자네 정도는 되어야지."

북제후의 말에 오싹, 소름이 돋았다. 넬과 레니언, 기사들은 믿을 수 없다는 듯 북제후를 바라보았다.

레니언과 기사들의 눈빛은 넬과 비교도 안 될 정도로 깊은 배신감을 담고 있었다.

북제후는 젊은 훼일카드민과 체르 경에게 자리를 내주고 스스로 물러나기 전까지 제국 최고의 기사로 군림했다. 지금도 많은 기사들의 정신적인 지주로 자리매김하고 있다.

훼일카드민과 체르 경은 북제후의 뒤를 이어 제국을 수호하는 제국의 검이라 불린다. 누구도 그 둘이 북제후를 뛰어넘는다는 소리를 하지 않는다.

나이 채 스물이 되지 않았을 때부터 제국의 크고 작은 내전에 참가해 언제나 승리했으며, 지금의 훼일카드민처럼 황실에 절대적으로 충성했다. 사랑하는 약혼녀와의 혼담이 깨진 후론 스스로 중앙에 발을 딛지 않고 변방과 국경을 떠돌긴 했지만, 그러면서도 산적을 격퇴하고 다른 나라와의 국경 분쟁을 승리로 이끄는 등 공적을 높였다.

그는 제국의 무신, 그 자체였다.

그런 그가 한밤중 황궁을 찾아들어 이런 괴이한 일을 벌였다는 것이, 제국의 기사들은 믿어지지 않았다.

"이 만찬은 제후들만이 참석할 수 있거늘, 귀찮은 꼬리를 달고 나타났군. 허허."

북제후가 타박하듯 말했다.

"아니지, 아니야. 내가 남을 탓할 것이 아니지 않은가?"

그러더니 인자하게 웃으며 탁, 손가락을 튕겼다. 그러자 왕의 홀 구석진 깜깜한 곳에서 무언가 꿈틀대기 시작했다.

그늘 속에서 피에 절어 헐떡이는 사내들이 나타났다. 몇몇은 푸른 잎사귀를 문 새가 그려진 흉갑을 입고 있었다.

넬과 훼일카드민이 경악하며 지나쳐 온 핏빛 복도가 그들의 작품인 듯했다.

그들은 훅훅, 거친 숨을 몰아쉬며 넬과 훼일카드민에게 달려들었다. 하지만 뒤따르던 기사들이 재빨리 넬과 훼일카드민을 옆으로 밀치며 어둠 속 그들과 마주쳤다.

챙챙챙, 검과 검이 맞부딪치는 소리가 홀 안에 가득 울려 퍼졌다. 홀은 금세 아수라장이 되었다.

북제후의 수하들과 훼일카드민의 수하들은 치열하게 싸웠다. 하지만 훼일카드민도 북제후도 그들에게 신경 쓰지 않았다.

"형님!"

넬이 자신을 잡고 놓아주지 않자 훼일카드민이 넬의 손 위에 자신의 철장갑 낀 손을 얹었다. 여전히 강철이었지만 예전처럼 차갑지 않았다.

"제기랄!"

넬이 인상을 쓰며 뒤로 물러섰다. 하지만 여차하면 달려들겠다는 듯 허리춤에 손을 얹고 북제후를 노려봤다.

"이번 일이 끝나면 내가 정말 자유로울 수 있게 해준댔잖수. 괜히 저런 이상한 늙은이에게 휘말려서 죽어버리면 가만두지 않겠어!"

훼일카드민은 아무 말 없이 고개를 돌렸지만, 투구 속 얼굴이 웃고 있을지 모른다는 생각이 들었다.

뚜벅뚜벅, 훼일카드민은 북제후에게로 걸어갔다.

북제후가 훼일카드민에게 잔을 밀었다. 훼일카드민은 그 잔을 빙글 돌리며 손에 들었다.

"마시게 독은 들지 않았으니."

북제후의 재촉에도 훼일카드민은 쉬이 붉은 포도주를 맛보
지 않았다.

"왜, 못 마시겠나?"

편안해 보이는 얼굴 위에 깃든, 상대방을 향한 비웃음이 훼
일카드민을 자극했다.

"누구의 피를 내게 권하는 겁니까."

훼일카드민은 투구의 앞부분을 열고 포도주를 마셨다.

"뭔가 변했군. 훼일카드민."

인자한 할아버지 같던 북제후의 얼굴에 날카로운 기운이 서
렸다. 그는 눈을 가늘게 뜨고 훼일카드민을 올려다보았다.

"어느 누구 앞에서도 뭔가 먹는 모습을 보이지 않았지. 투구
를 벗거나 속을 보이기 싫어하는 듯했고. 그런데 이제는 아닌
건가?"

"제국을 수호하는 검이 언제부터 녹슬었던 겁니까."

둘은 상대편이 말해줄 수 없는 답을 원하며 질문했다.

"앞을 보지 않겠나?"

북제후는 대신 다른 것을 내밀었다. 훼일카드민은 그의 말
에 따라 고개를 돌렸다.

훼일카드민은 북제후가 준비한 또 다른 것을 확인할 수 있
었다.

아득, 투구 속에서 이빨 부딪치는 소리가 들렸다. 훼일카드
민의 동요가 사뭇 반갑다는 듯 북제후가 기쁘게 웃음을 터뜨
렸다.

홀에 마련된 왕좌에 클라이츠가 앉아 있었다. 약에 취한 듯 꿈에 취한 듯 두 눈에 생기가 없었다. 죽지는 않은 것 같았다. 클라이츠의 다리에 머리를 기대고 주저앉은 한 여인도 보였다. 불꽃처럼 새빨간 머리카락이 인상적인, 요염한 미소가 어째서인지 슬퍼 보이는 그런 여자였다.

"이, 니아?"

훼일카드민은 그녀의 이름을 불렀다. 그녀의 진짜 이름은 아니었다. 클라이츠가 자기 마음대로 붙인 이름이니까.

"아니, 카젤리안이라고 불러주게. 저 아이는 그걸 원할 거야."

북제후가 훼일카드민의 잘못을 바로 정정해 주었다.

"이니아라는 이름은 철없는 황태자가 자기 멋대로 지어주고 사랑한 이름. 카젤리안이라는 이름은 내가 지어주었지만 동제후, 자네를 사랑했던 이름. 저 아이는 이니아보다는 카젤리안이기를 원하고 원했지."

북제후가 다시 포도주를 홀짝이며 말했다.

"어떤가, 잘 어울리는 한 쌍이지 않은가?"

"그때, 죽는 걸 눈앞에서 보지는 못했지만 상처가 컸기에 살아 있을 거라는 생각은 못했건만. 살아 있었던 건가. 아니 카젤리안 공녀였던 건가."

훼일카드민이 믿을 수 없다는 듯 말했다.

자세히 보니, 그녀는 북제후의 말대로 카젤리안 공녀였다. 머리카락 색이 바뀌었다고 이리 사람이 바뀔 수 있단 말인가.

훼일카드민은 알아채지 못한 자신을 탓했다. 하지만, 단지 머리 색 때문만은 아닌 듯했다.

그녀는 카젤리안 공녀가 아니었다. 유리 정원의 이니아였다. 그리고 그때와 별반 달라진 것이 없었다. 마치 늙지 않는 사람처럼.

클라이츠의 혼을 빼놓는 요녀가 황태자궁 유리 정원에 살고 있다는 말에 클라이츠 몰래 유리 정원을 숨어들어 갔다. 과연 그곳에는 꽃의 정령이라 말해도 될 법한, 붉은 머리의 여자가 있었다. 훼일카드민은 그녀를 공격했고 그녀는 훼일카드민의 공격을 피했다.

훼일카드민이 큰 상처를 입혔지만 그녀는 도망쳤고, 때마침 유리 정원을 찾은 클라이츠는 피 묻은 그녀의 옷 조각을 들고 있는 훼일카드민을 보았다.

"어째서, 어째서 이런 짓을 하는 겁니까. 북제후."

훼일카드민의 목소리가 뾰족해졌다.

"자네는 아마, 영원히 알 수 없을 걸세. 그저 자신이 귀족인 것에 만족하여 살아왔으니 평생을 분노한 내 심정을 알지 못하겠지."

북제후가 비웃음을 터뜨리며 자리에서 벌떡 일어났다.

"젊은이여, 늙은이의 삶에 자네가 함부로 관여하지 마시게나."

북제후의 얼굴은 훼일카드민이 한 번도 본 적 없는, 그런 음습한 표정을 띠었다. 갑자기 폭삭 삭아버린 듯 보이기도 했고 드디어 꿈을 이룬 마냥 환희에 떠는 것처럼 보이기도 했다.

"아시는가? 루트라크샤 3세와 나, 그리고 자네의 아버지는 한 여자를 사이에 두고 상사병을 앓던 연적이었음을."

움찔, 훼일카드민의 손이 주먹을 쥐었다.

"여자는 내 약혼자가 되었지만, 루트라크샤 3세는 고작 남은 한줄기의 권력으로 그녀를 탐했고 또 잔인하게 버렸다는 걸 아는가?"

"……."

"자네처럼 나도, 자네의 아비도 황제를 높이 세워 제국을 바로잡고 싶은 열에 달떴지만 그러지 못했음을 그대는 아는가? 알량한 권력에 취해 자신에게 충성을 다하는 신하를 저버리고 그 대단한 황제로서의 권력으로 여자를 멋대로 유린하고 취한, 그런 황제도 황제라 떠받들어야 했음을 아는가?"

"……."

"결국 황제는 여자가 낳은 자신의 딸을 버리고, 결국 그 여자마저 버렸을 때. 그때까지 여자를 사랑하며 황제에게 충성했던 어느 기사의 마음은 어땠을 것 같나."

말이 더해질수록 북제후의 얼굴에서 웃음이 사라졌다. 그의 기운은 국경의 펠린 남작에 비할 바가 아니었다. 훼일카드민은 허리춤에 손을 얹으며 뒤로 한 발자국 물러났다.

"그녀가 분을 이기지 못해 아슐리의 마녀에게 자신을 내어 바쳤다는 소문에 겁먹은 황제가 내게 그녀를 보고 오라 말했을 때, 내 심정이 어땠을 것 같나. 찾아간 그녀는 내가 황제의

사랑을 전하러온 것이라 믿었고, 내 차가운 말에 실망하여 좌절하는 그녀를 보는 내 마음은 어땠을 거라 생각하나.”

“그래서, 이런 일을 벌였단 말인가?”

“그녀가 목을 매달아 죽었을 때, 나는 황제에게 이야기했지. 그녀가 마녀의 저주를 황태자에게 걸었다고 말이야. 나는 원했네. 황제가 그녀에게 달려가 눈물로 사죄하길. 하지만 아니었지. 그는 그렇게 하지 않았어.”

클클클, 북제후가 광소를 터뜨리며 검을 뽑았다. 날카로운 검끝이 훼일카드민의 목에 닿았다.

“정녕 지금 내 심정을 이해할 수 없다면, 그저 얌전히 죽어 내 만찬의 요리가 되어주게. 훼일카드민.”

“고작 복수 따위에 귀족으로서의 의무를 저버리다니, 그러고도 귀족이라 할 수 있는가.”

자신의 욕망을 참지 못하고 귀족이기를 포기한 서제후와 남제후, 그리고 복수심에 불타 자신이 귀족임을 잊은 북제후. 그들의 모습에 훼일카드민은 구역질을 느꼈다.

자신이 훼일카드민임을 증명하기 위해 귀족으로서 살아온 것은 단지 이들과 동격으로 취급되기 위해서가 아니었다. 이들처럼 거짓 귀족으로서 살고자 했다면, 훼일카드민의 이름을 버리고 진작 도망을 갔을 것이다.

미친 듯 혹은 미쳐 가는 듯, 흔들리는 북제후에 비해 훼일카드민은 더없이 차분했다. 그의 귀족답지 않음에 분노할수록 머리는 찬물을 끼얹은 양 가라앉았다.

훼일카드민의 담담한 목소리는 예전의 쉿소리 섞인 그것에 비할 바는 못됐지만, 감정에 휘둘리는 사람이 듣기엔 구역질이 날 정도로 위선적으로 들렸다.

"훼일카드민, 자네는 의무에 미쳐 스스로를 세뇌하고 있는 꼭두각시에 불과할 뿐일세."

훼일카드민의 모습에서 젊은 시절의 자신을 보았는지도 모른다. 그는 조소하며 중얼거렸으나 훼일카드민은 고개를 저었다.

"러세리드 북제후. 당신은 그저 특권을 가진 늙은이에 불과할 뿐이야. 감히 나를 당신과 비교하지 마시오."

"나는 내 의지로 그녀를 사랑했으며, 그녀와 나를 위해 복수를 다짐했다. 나는 귀족이기 이전에 인간이기에! 인간으로서 정당한 권리로 복수를 주장한 것일세."

챙, 북제후의 검이 훼일카드민의 검을 내려쳤다. 단번에 두 동강을 내겠다는 기세였다. 훼일카드민은 갑작스러운 공격에 검을 놓쳐 버릴 뻔했지만, 정말로 놓치지는 않았다.

훼일카드민은 얼른 뒤로 물러나다 달려들었다.

챙챙챙, 서로가 데려온 수하들이 하나둘 쓰러지는 와중에 둘은 새로운 싸움을 시작했다. 북제후는 노쇠했지만 과거의 영광이 거짓이 아니라는 듯 노련하게 검을 휘둘렀다. 훼일카드민은 제국을 지탱하는 검이라는 사실이 부끄럽지 않을 만큼 빠르고 날렸다. 아스테리아의 서한 1세를 이긴 검은 과거의 영광에게 쉽게 밀리지 않았다.

"자네는 어떠한가? 그저 의무, 특권, 귀족. 그깟 것들에 자네

자신을 던져 버리고, 자네의 삶은 전혀 구하지 않지. 그런 자네
가 나를 비난할 수 있을까?"

북제후의 검은 놀랄 만큼 강하고 무거웠다. 그는 몽둥이를
내리치듯 훼일카드민의 검을 때렸다. 하지만 무식해 보이는
공격 속에는 파고들어 갈 빈틈이 없었다.

그는 자신의 마음을 내리치는 듯 훼일카드민을 공격했고,
훼일카드민은 한 발 두 발 뒤로 밀렸다.

"북제후, 당신이 진정 귀족이기보다 인간이기를 원했다면,
그때 귀족으로서의 특권마저 버려야 했다. 특권을 버리지 않은
채 의무만을 잊은 당신이야말로, 나를 비난할 자격이 없다."

의무를 지고 살아왔고, 도망치려 했으나 결국엔 다시 돌아
올 수밖에 없었던 운명. 그 운명을 담담히 받아들였고 앞으로
도 담담히 받아들이겠다고 맹세한 훼일카드민에게 북제후는
그 맹세의 근본을 흔드는 검은 얼룩이었다.

"나는 제국의 귀족. 하지만 그대는 귀족이면서 귀족이기를
포기한 쓰레기가 되어버렸군."

훼일카드민은 이를 악물고, 뒤로 물러서던 두 다리에 힘을 주
었다. 더 이상 물러서지 않았다. 그는 커다란 갑옷이 무색할 정
도로 가볍게 북제후의 힘센 검을 흘리며 저돌적으로 공격했다.

조금씩 승기는 훼일카드민에게 돌아섰다. 북제후는 눈에 띄
게 체력이 떨어지기 시작했고, 검도 둔해졌다. 훼일카드민은
점점 북제후를 구석으로 몰아갔다.

그리하여 마지막 북제후의 부하와 훼일카드민의 부하가 검

을 떨어뜨리고 쓰러졌을 때, 훼일카드민은 북제후를 엎어뜨려 그 위에 우뚝 섰다.

허억허억, 마른 몸은 당장이라도 바스라질 듯 거칠게 헐떡였다. 차가운 갑주의 훼일카드민은 그 모습을 냉정히 내려다보았다.

"나는 귀족이다. 하지만 더 이상 당신은 귀족이 아니군."

"나를 죽일 텐가? 그 후엔 내 딸을 죽일 테고, 그리고 아비를 닮아 탐욕스럽기만 하고 능력은 없는 황태자를 황제로 올릴 것인가? 그리하여 홀로 멍청하게 충성을 맹세하고 이리저리 뛰어다니다 나처럼 뒤통수를 맞을 터. 그간의 충성에 환멸을 느끼고. 또 나처럼 이리될 텐가?"

"나는 당신이 아니다."

"하지만 내가 될 수밖에 없을 걸세."

크크크, 하하하. 북제후는 미친 듯 웃으며 데굴데굴 굴렀다. 훼일카드민의 앞날을 예언하듯 하는 말에 투구 속 훼일카드민의 표정이 어떨지는 그도 짐작이 가진 않았다.

하지만 웃지 않을 수 없을 정도로 유쾌했다. 젊었을 때의 자신과 똑 닮은 훼일카드민을 마주하는 것은 미치도록 즐거웠다.

훼일카드민은 웃어대는 북제후에게 그대로 검을 내리꽂았다.

푹, 그의 심장에 훼일카드민이 검을 박았다.

훼일카드민은 그대로 검을 내리꽂았다. 북제후가 핑크빛 꿈에 부풀어 있던 남제후의 가슴에 아무렇지 않게 검을 박은 것처럼. 훼일카드민은 복수에 불타 까맣게 문드러진 북제후의

심장에 검을 박았다.

"끅, 끅끅……."

무언가를 말하려는 것일까. 아니면 그저 웃으려는 것일까. 북제후가 자신의 심장에 박힌 검을 두 손으로 부여잡고 몸을 들썩이다가, 생기를 잃고 옆으로 고꾸라졌다. 검이 관통한 마르고 늙은 노인의 몸은 그렇게 평생을 뜨겁게 증오했다는 생애를 마쳤다.

훼일카드민은 고개를 들었다.

훼일카드민과 북제후의 싸움을 줄곧 지켜보았던, 그리고 훼일카드민이 북제후를 죽이는 것을 가만히 보고 있던 카젤리안, 아니 이니아가 처연하게 웃었다. 스르륵, 몸을 일으킨 그녀가 빙긋 웃으며, 한 움큼 피를 토했다.

"이렇게 될 줄 알고, 어떻게 해서든 당신을 사랑하지 않으려 했고 아버지를 말려 보려고 했는데……."

그녀는 슬픔에 절망하거나 분노에 자신의 평생을 맡기려 하지 않았다. 그저 스스로의 목숨을 여기서 꺾으며 더 이상의 무엇도 원하려 하지 않았다.

이니아는 몸을 돌려 멍하니 자신을 올려다보는 클라이츠를 내려다보았다. 울컥, 또 피가 한 움큼 쏟아졌다. 이니아의 피가 클라이츠의 얼굴에 튀었다.

"나의 이복 오라버니, 당신이 참 밉고… 원망했고… 싫었지만, 그래도……."

이니아 또한 하고자 했던 말을 다 끝마치지 못했다. 꽃잎이 떨어지는 양, 그렇게 쓰러진 이니아는 두 번 다시 일어나지 못했다.

첫사랑, 하지만 이복누이 동생. 그녀의 죽음을 눈앞에서 바라본 클라이츠의 두 눈에 눈물이 맺혔다.

훼일카드민은 핏빛 검을 바닥에 버리고 클라이츠 앞에 섰다.

"전하."

클라이츠를 향해 한쪽 무릎을 꿇고 고개를 숙였다.

젊은 황태자의 두 볼 위로 눈물이 흘러내렸다. 클라이츠는 눈물의 의미를 말해주지 않았고 훼일카드민도 묻지 않았다.

클라이츠가 자리에서 일어서, 훼일카드민이 버린 검을 주워 들었다. 끈적끈적해진 피가 검신을 타고 내려 클라이츠의 손을 적셨다. 하지만 클라이츠는 닦아낼 생각도 하지 않고 그 검을 그대로 훼일카드민에게 겨누었다.

얼굴 앞에 들이민 검은 떨리고 있었다. 훼일카드민은 두 손으로 검끝을 잡고, 투구의 입 부분을 댔다.

제국의 젊은 황태자와 오랫동안 기다려 왔던 화해, 혹은 줄곧 준비해 왔던 새로운 전쟁은 그리 시작되었다.

*   *   *

"젠장."

역사에 길이 남을 명장면을 바라보며, 넬은 남이 들으면 무식하다 탓할 소리를 내뱉었다. 가슴이 벅차올랐다. 하지만 감

명 깊다거나 멋있다는 느낌은 아니었다.

"빌어먹을."

클라이츠의 검끝을 이마에 가져다 댄 어느 귀족의 모습이 눈물나게 거시기했다.

넬은 새삼 깨달았다. 훼일카드민은 자신이 두려워했던 만큼 거대하지는 않지만, 지금까지 알고 있었던 것과는 다른 의미로 두려운 사람이라는 것을.

영원히 끝날 것 같지 않은 명작에서 눈을 떼, 커다란 창문을 바라보았다. 그 너머의 하늘을 바라보았다.

옆의 명화보다 세밀하지도 위엄 있지도 않지만, 그냥 눈물이 쏙 빠지도록 푸른 하늘이었다. 넬은 옆의 클래식 음악이 흐르는 명화보다 술잔에 흘러넘치는 싸구려 술과 음담패설, 시끌벅적한 동료들이 아래에 서 있는 하늘이 더 보기 좋았다.

휘익, 바람이 한줄기 열린 창문을 통해 들어와 넬을 휘감았다.

그 시원함에 상쾌함에 넬은 눈을 감았다 떴다. 훼일카드민의 세상은 저 그림 같은 곳이었고, 넬의 세상은 저 하늘 너머였다.

CHAPTER 4

강철은 의무를, 폭풍은 자유를

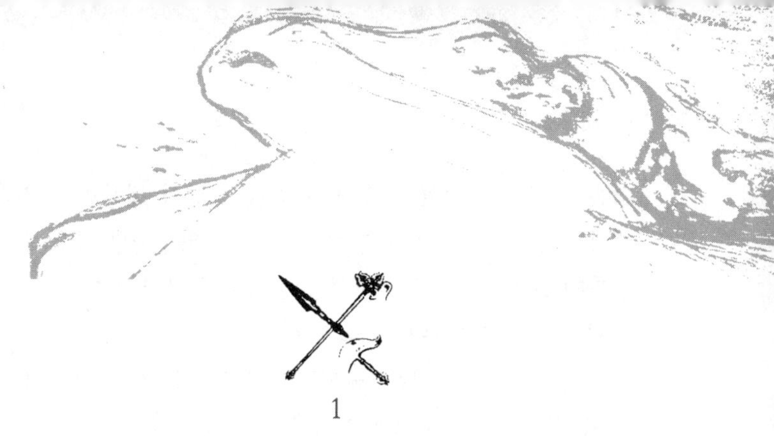

1

제국에 피비린내 나는 숙청의 바람이 불었다. 서제후와 남제후가 짜고 반역하였으나 이를 예감한 황태자가 동제후와 짜고 반격을 하였다.

황태자는 스스로 동제후를 내치는 척하며 서제후와 남제후의 반역을 부추겼고 반역한 서, 남제후의 뜻대로 움직이는 척하며 그 둘을 분열시켰다. 서제후가 완전히 나가떨어진 뒤에야 황태자는 동제후를 움직였고, 손쉽게 남제후를 제압할 수 있었다. 이 틈바구니에 끼인 북제후는 어이없이 죽었고, 훗날 '아라디함의 참극'이라 불리게 될 이 사건으로 이디스 제국은 강력한 제후 셋을 잃었다.

끝까지 황태자에게 충성하고 살아남은 동제후는 유일하게

남은 제후로서 다른 제후들의 죄를 자신이 청하며 물러나려 했다. 한꺼번에 세 제후를 잃은 제국이 뒤숭숭한 마당에 동제후까지 잃을 수 없었던 황실은 동제후를 극구 만류했다. 하나 동제후는 요지부동이었다.

어쩔 수 없이 황실은 동제후와 협상했다. 말이 협상이지 어느 쪽으로든 황실이 크게 이득을 보는 것이었다.

동제후가 제후로서의 많은 특권을 포기하는 것으로 죗값을 대신하기로 했다. 동제후 훼일카드민이 이후에도 계속 황태자의 곁에 남아 제국을 위해 일할 수 있도록 숨통을 터주기 위해서였다.

대신, 데카리온 동제후 가문의 공녀 에일린의 황태자비 간택은 백지로 돌렸다. 이는 동제후 측에서도 원하는 일이었고 황태자도 간절히 바란 일이었다.

이번 사건으로 제국의 황실은 제국 건국 이래로 유래없는 상황을 맞이했다. 황실을 직·간접적으로 압박했던 거대한 제후 세력들이 한 번에 무너져 내린 것이다.

세 제후의 죽음과 남은 한 제후의 물러섬으로 인한 강한 권력의 부재. 이것이 제국에 이점이 될지 약점이 될지는, 이제 전적으로 황태자 클라이츠에게 달려 있는 셈이었다.

*　　　*　　　*

제국을 뒤흔든 사건의 중심에 서 있었던 두 사람이 제국 황

궁 앞에 서 있다. 에일린 공녀, 넬은 허름한 갑옷을 걸치고 말 위에 앉아 있었다. 강철을 두른 훼일카드민은 바로 옆에서 넬을 올려다보았다.

넬의 동료들은 멀찌감치 앞서 나가 넬과 훼일카드민이 편히 이야기할 수 있도록 배려해 주었다.

넬과 훼일카드민은 한참 동안 서로를 바라보며 아무 말도 하지 않았다.

"정말로 떠나겠느냐?"

훼일카드민이 그 오랜 침묵을 깨고 물었다. 예전의 쇳소리 섞인 낮은 목소리와는 달랐다. 여전히 묵직했지만 쇳소리가 들리지 않았고, 목소리 톤도 조금 높아졌다. 다시금 강철을 둘렀으나 마녀의 마법에서는 벗어났음을 증명해 주는 유일한 변화였다.

"응, 여기는 내가 있을 곳이 아니야. 내가 앉을 만한 자리도 없고."

"네가 데카리온 가문의 에일린이라는 건 변하지 않는 사실 이다."

여기에 널 위한 자리는 언제든 있다고, 마련해 줄 수 있다고. 그리 말하고 싶었다. 훼일카드민의 말하지 않은 속내를 알아챈 듯 넬이 씩 웃었다. 그늘 한 점 보이지 않는 시원한 미소였다.

"하지만 나는 넬 에이어야. 유쾌한 폭풍 넬 에이어."

'오, 라버니' 라고 벌벌 떠는 목소리로 어렵사리 훼일카드민 을 부르며, 어떻게 해서든 데카리온의 그늘에서 벗어나려 발버둥치던 덩치 큰 꼬마는 더 이상 없었다. 산처럼 우뚝 서 훼일카드민에게 자신의 그림자를 길게 드리우는 우람한 용병만 보였다.

"형님이야말로 그렇게 계속 살 생각?"

넬은 오, 라버니란 낯간지러운 말을 혀에서 떼어내고 속 편하게 형님이라 불렀다. 그 단어는 넬이 예전과는 달라졌음을 증명하는 가장 큰 변화였다.

또한, 훼일카드민이 넬을 에일린 공녀가 아니라 용병 넬 에이어라고 인정한다는 것을 뜻했다.

"정말로 죽을 때까지 그렇게?"

훼일카드민은 질문에 대답하는 대신, 다른 질문을 던졌다.

"너는 어째서 용병이 됐지?"

먹고살기 위해서, 살아남기 위해서 같은 당연한 대답을 듣기 원하는 건 아닌 듯했다. 넬은 잠시, 그간 훼일카드민 덕에 무단히도 굴렸던 머리를 써서 생각에 잠겼다.

답은 금세 찾았다. 넬은 힘있는 목소리로 대답했다.

"자유로울 수 있으니까."

원하는 대답이었던 걸까. 훼일카드민이 이어 말했다.

"용병에게 자유가 당연한 거라면, 귀족에겐 의무가 당연한 것이다. 나는 귀족으로 태어나 귀족으로 자랐고, 귀족으로 죽을 터."

"하지만……."

"그게 바로 나, 훼일카드민이다."

훼일카드민이 질질 끌리는 넬의 말을 잘라내며 단호하게 말했다. 표정을 알 리 없지만, 넬은 투구 속 얼굴을 감히 짐작해 보았다.

"하지만 말이야, 형님은, 거시기… 그러니까."

더듬더듬 무언가를 말하려던 넬은 말이 꼬이자, 뒷머리를 벅벅 긁으며 '젠장!' 소리쳤다.

"정말 형님한테 당연한 거야, 그 모습이?"

"함부로 나를 동정하지 마라. 내가 너의 삶을 인정해 준 것처럼, 나도 나의 삶을 인정받을 조그만 권리 정도는 있으니까."

훼일카드민의 목소리는 생각보다 가벼웠다. 그럼에도 넬은 구겨진 얼굴을 펴지 못했다.

훼일카드민은 그런 넬을 향해 두 팔을 벌렸다.

"가거라. 너의 행복, 너의 자유를 위해."

훼일카드민의 말대로, 넬이 지키고 싶은 넬의 삶이 있듯 훼일카드민에게도 걸어나가야 하는 훼일카드민만의 삶이 있으리라. 넬은 새삼 오지랖 넓은 척하는 자신을 비웃으며, 훼일카드민을 똑바로 바라보았다.

투구 속의 빛나는 눈은 더 이상 무섭지 않았다. 그 눈은 그저, 이복형님인 훼일카드민의 눈일 뿐이었다.

"형님, 앞으로 평생 다시 볼일은 없겠지만, 간간이 들리는 형님의 대단한 소문이 앞으로는 무섭게만 들리진 않을 것 같아. 꽤 자랑스러울지도 몰라."

진심이었다. 오랫동안 두려워하고 멀리했던 마음이 모두 사라진 건 아니지만 약간의 앙금일 뿐이다.

"나 또한 너를 잊지 않으마. 내 귀에도 유쾌한 폭풍 넬 에이어의 자유로운 삶이 전해 들리겠지."

그것이 서로가 서로의 삶에 간여할 수 있는 가장 좋은 방법이다. 다시 마주치지 않기를, 하지만 귓가엔 언제나 앞에 선 상대방의 좋은 소식만이 들리기를.

마지막 인사는 바람처럼 산뜻하고 가벼웠다.

"그래, 나는 갑니다. 형님, 건강하쇼!"

넬은 말의 배를 힘껏 차며 저 앞의 동료들을 향해 달렸다. 흙먼지가 일며 넬의 뒤꽁무니를 따랐다.

등 뒤에서 훼일카드민의 시선이 여전히 느껴졌지만, 넬은 고개를 돌리지 않았다. 그토록 달아나고 싶던 그늘을 향한 마지막 예의였고, 돌아가는 자신의 세상을 향한 두 번째 도전장이었다.

"나는 넬 에이어다!"

넬은 힘껏, 자신을 외쳤다.

"나는 유쾌한 폭풍 넬 에이어. 누구도, 그 어떤 것으로도 날맬 수 없어. 나는 자유니까!"

CHAPTER 5

After one hundred years…

1

　이디스 제국의 클라이츠 2세는 앞선 여러 황제들처럼 강력한 황권을 꿈꾸었다. 그리고 그는 앞선 황제들이 이룩하지 못한 그 꿈을 이루어냈다.

　클라이츠 2세의 즉위를 전후하여 제국은 어느 때보다 격렬하게 변하였다. 제국은 그를 중심으로 강력하게 뭉쳤다. 이 시기가 역사가들이 제국의 역사에서 가장 화려했다고 평가하는 '절대 왕정의 시대' 다.

　절대 왕정의 시기를 이끌어낸 클라이츠 2세의 여정이 우리가 쉽게 말하는 것처럼 순탄했을까?

　필자는 이 점을 살피고자 한다.

　클라이츠 2세는 즉위 후 과감한 개혁 정치를 편다 [1](필자는 앞선 저서『두 황제와 두 가신』에서 아스테리아 황국의 필립 5세와 이디스 제국의 클라이츠 2세를 비교, 분석하였다).

후세의 사람들은 대부분 클라이츠 2세의 즉위 후 행적만을 살핀다. 때문에 그가 황태자 시절부터 개혁의 토대를 닦아왔다는 걸 간과하고서 그의 개혁이 손쉬웠다고 감히 평한다.

하지만 우리는 지나치지 말고 되짚어봐야 한다. 클라이츠 2세가 황태자 시절에 서, 남 제후의 반역을 두 번 맞닥뜨렸음을 말이다.

두 번의 반역 중 첫 번째는 제국력 339년에 있었던 '키시나 강의 분쟁'이다. 알레키드 서제후가 루트라크샤 3세의 허락없이 거병하여 데카리온 동제후를 공격했다. 서제후는 스스로 일으킨 분쟁에서 패한 후, 뒤늦게 제국 황실과 황제 루트라크샤 3세에게 용서를 빌었고 루트라크샤 3세는 관용을 베풀어 서제후를 용서했다. 이 사건은 이 시기의 제국 황실과 황제가

----

1)두 황제를 비교하면, 한쪽은 성공한 개혁 황제로 절대적인 황권을 휘두른 위대한 군주로 역사에 기록된 반면 다른 한쪽은 자신이 봉토를 하사한 신하에게 배신당해 비명횡사한 불행한 황제로 기억되고 있음을 세밀하게 다루었다.

클라이츠 2세는 양 날개라 평가되는 마지막 데카리온 동제후와 흑기사 체르 경을 곁에 두었고, 그들의 헌신적인 충성을 기반으로 강력한 황권을 휘둘렀다. 특히나 데카리온 동제후는 클라이츠 2세에게 큰 힘이 되었다. 필립 5세는 클라이츠 2세보다 먼저 개혁을 이끄나, 그 자신을 황제의 권좌로 이끌어주었던 리 공작, 후의 서한 1세의 검에 비참한 죽음을 맞이한다.

필자는 데카리온 동제후가 아니었다면 클라이츠 2세의 절대적인 황권 옹립은 불가능했을지 모른다고, 서한 1세가 아니었다면 필립 5세는 클라이츠 2세 이상의 성과를 이끌어냈을 거라고, 주장한다.

네 제후들을 누르지 못했다는 것을 말해준다.

키시나 강의 분쟁을 지켜보며, 일선에 나서지 못했던 클라이츠 황태자—후의 클라이츠 2세—의 분노가 어떠했는지는 후에 '아라디함의 참극' 에서 고스란히 드러난다.

키시나 강의 분쟁으로부터 7년 후, 클라이츠 황태자의 정비로 동제후 가문의 공녀, 동제후의 여동생 에일린 데카리온이 선택된다. 이에 서제후와 남제후는 에일린 공녀와 그 당시 명망 높았던, 나의 오랜 선조 레니언 프리델트와의 추문을 꾸민다.

이때 클라이츠 황태자의 천재적인 기지가 발휘된다. 클라이츠 황태자는 추문을 믿는 척, 에일린 공녀를 내쫓고 서, 남 제후의 세력으로 동제후를 압박한다.

이후, 서제후와 남제후는 분열하여 결국 서제후가 밀려나 가문 자체가 멸문당하고, 중립을 지키던 북제후는 유폐된다.

남제후가 황실과 다른 제후들을 물리치고 제국을 움켜쥐려는 찰나, 숨죽이고 있던 동제후가 자만에 빠져 허술하게 굴던 남제후를 친다.

모든 것은 클라이츠 황태자가 꾸민 기가 막힌 희극이었다. '아라디함의 참극' 으로 인해 제국은 어제와 다른 내일을 맞이하게 되었다.

제국을 주름잡던 네 제후들의 세력이 급격히 약화되었다. 동제후는 일찍이 클라이츠 황태자에게 충성하며 움직이는 말이었고, 다른 세 제후 가문은 이 사건을 계기로 사지가 잘린다.

클라이츠 황태자의 입맛에 맞게 다음 대 제후들이 임명됐으며, 클라이츠 황태자가 황위에 등극한 후에는 세 제후들은 더 이상 '제후' 라고 칭해지지 않았다.

여기까지만 보더라도 클라이츠 2세에게 있어 데카리온 동제후는 매우 중요한 최측근이었다. 이후의 삶을 보더라도 그가 없는 제국은 상상할 수 없을 정도이다.

권세를 떨치던 제후가 어떻게 황실에 고분하게 고개를 숙였는지는 여전히 정설없이 여러 가설들이 난무하고 있다.

때문에 일각에서는 사실 클라이츠 2세와 동제후의 사이가 안 좋았다거나, 클라이츠 2세가 동제후를 끔찍이 싫어했다거나, 사실 아라디함의 참극의 배후는 동제후였다는 등의 근거 없는 야사가 나돌고 있는 실정이다.

필자는 본 책의 지면을 할애하여 이런 헛소리에 반박하고자 한다.

또한, '아라디함의 참극' 에 있어 가장 큰 피해자이자 공로자인 에일린 공녀에 대해 깊이 탐구하여 언급하고자 한다. 에일린 공녀는 '아라디함의 참극' 의 기록을 마지막으로, 이후 어떤 공식 기록에서도 나타나지 않는다. 클라이츠 2세는 그녀가 아니라 다른 공녀를 정비로 맞이하고, 동제후는 이에 반항하지 않는다.

간간이 에일린 공녀를 끔찍한 괴물로 묘사해 놓은 옛 기록들이 발견되어 학계에 비상한 관심을 모으고 있으나, 기록들 대부분이 다른 제후 가문에 속한 귀족의 것이라는 점을 인지

하면 대수롭지 않게 된다. 그들에게 있어 에일린 공녀는 지극히 방해되는 여인이었으니 할 수 있는 한 최악의 비난을 쏟아낸 것뿐이리라.

　중요한 것은 그녀가…….

―라오네 프리델트,
『절대 왕정의 시대:제국의 마지막 황금기』 서문 발췌.

외전 1

에일린, 그리고 넬

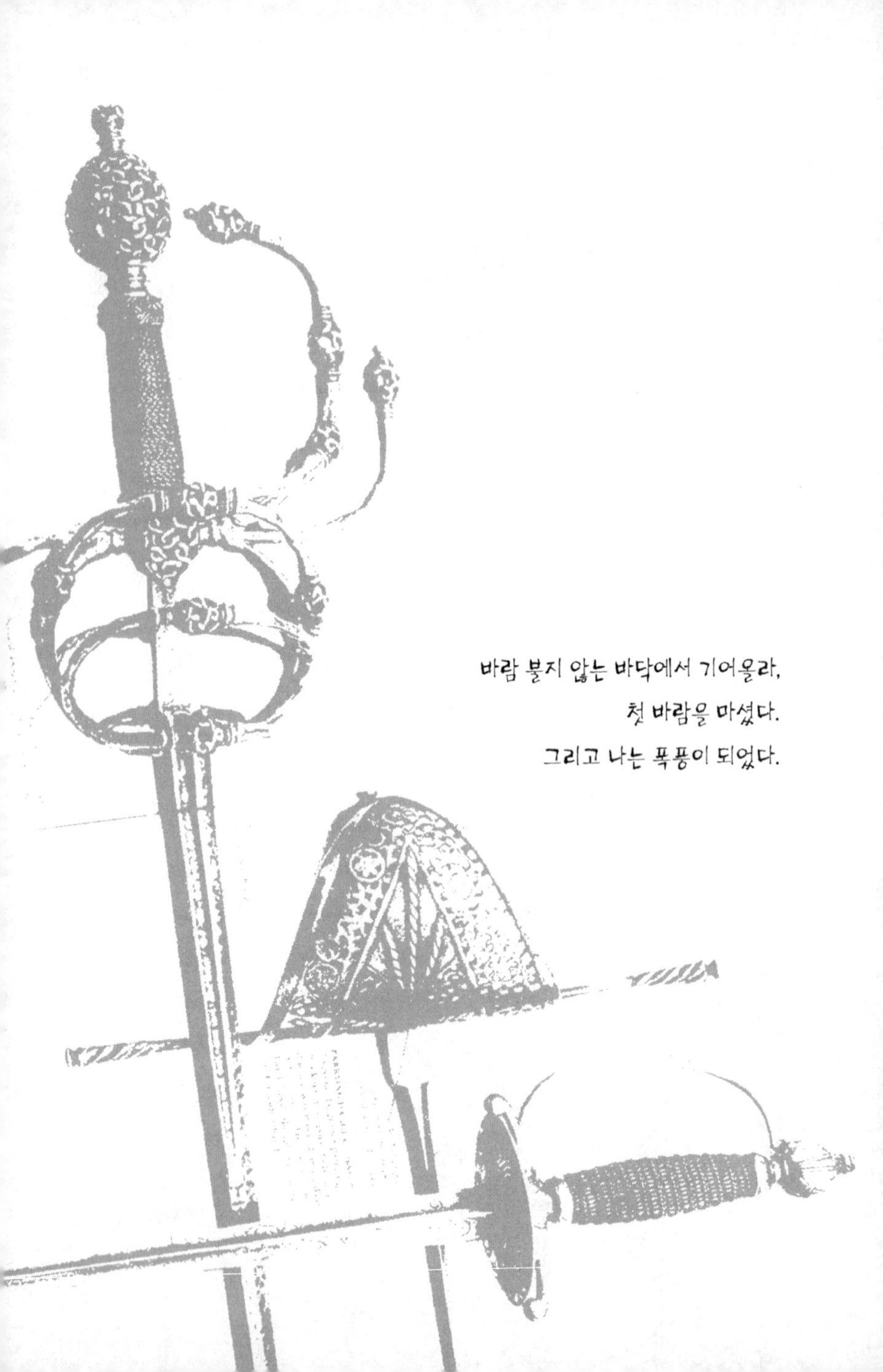
바람 불지 않는 바다에서 기어올라,
첫 바람을 마셨다.
그리고 나는 폭풍이 되었다.

1

하늘에 구멍이라도 뚫린 듯 비가 세차던 어느 날 밤, 소녀의 어머니가 피를 뿜으며 쓰러졌다.

소녀는 어머니의 유언대로 어머니에게 등을 보이고 도망쳤다. 소녀의 머리와 어깨, 팔다리에 굵은 빗줄기가 쏟아졌다. 빗줄기는 활시위를 떠난 화살처럼 소녀를 두들겨 댔다.

소녀는 숨차게 흐느꼈다. 눈물과 빗물로 범벅된 얼굴에 박힌 눈, 코, 입은 알아볼 수 없을 만큼 엉키고 헝클어졌다.

오늘 낮까지만 해도 어깨를 잔뜩 움츠리고 고개를 푹 숙이고 종종걸음으로 걷던 긴 복도를 덜덜 떨며 걸었다. 우아한 귀부인이 쏟은 뜨거운 찻물에 손과 몸뚱이가 데여 도망치던 소녀는 두려움에 질려 뛰었다. 오라버니의 무서운 침묵에 숨어

들었던 마구간 앞에서는 잠든 말의 푸르릉, 잠꼬대에 놀라 들어가지 못하고 달아났다.

어머니의 피에 덮여 끓어오른 심장이 멈추라고, 되돌아가라고 소리쳤지만 두 다리는 기를 쓰고 도망쳤다. 머리는 생각을 잃고 어쩔 줄 몰라 했다.

가문의 역사와 명예를 드러내는 성은 크고 화려하다. 저 아랫마을들의 어떤 집과도 비교할 수 없을 만큼. 또 그만큼이나 성과 정문 사이의 거리도 길고 넓었다.

낮에는 그리도 아름답던 정원은 밤이 되자, 기괴한 괴물의 형상이 되어 소녀를 덮쳤다. 신발은 벗겨지고 옷은 찢겼다. 스치는 따끔함에 피가 나고 머리는 산발이 되었다. 한참을 걷고 뛰어 겨우겨우 쳐다보기만 해도 까마득한 철창의 문에 도착했을 때, 소녀는 밤의 정원에 혼을 빼앗긴 집시처럼 변해 있었다.

차가운 철창을 작은 두 손으로 움켜잡았다. 뜨겁고 하얀 숨이 닿았지만 고드름 같은 철창은 녹지 않았다.

소녀는 잠시 철창에 기대 숨을 골랐다. 그리고는 철창을 길게 가로지르는 걸쇠를 힘껏 잡아당겼다. 어린 소녀의 힘으로 굳게 걸린 자물쇠가 열리랴마는. 기이하게도 소녀가 지쳐 쓰러질 때 즈음 걸쇠가 긴 울음을 내며 풀렸다. 오늘 밤의 사연을 안 문지기들이 소녀의 어머니와 소녀를 불쌍히 여겨, 또 누군가의 명령을 받아 엉성하게 걸쳐 놓았기 때문이라는 것을 소녀는 영영 모를 터였다.

문은 작고 마른 소녀 한 명 정도나 겨우 빠져나갈 수 있을

만큼 열렸다. 소녀는 지친 몸을 그 틈에 우겨넣었다.

"드디어 벗어났어."

지독한 쾌감이 씁쓸하게 밀려왔다.

커다란 새장 속에서 뛰쳐나오고 싶었다. 간절히 원했다. 참으로 달콤하리라 믿어 의심치 않았다. 힘차게 날갯짓하며 하늘 높이 날아올라 다시는 새장을 뒤돌아보지 않으리라, 그리 다짐했다.

그러나 실수로 열린 새장을 힘없이 달아나는 새처럼 즐겁지 않았다. 조금도 달콤하지 않았다. 고개는 계속 돌고 돌아 뒤를 보았다.

바라던 달콤한 열매를 맛보았으나 그 열매의 거름이 어머니의 죽음이라는 걸 알기에 열매의 맛에만 취할 수가 없다.

소녀는 기뻐하며 잡고 있던 철창을 놓았다.

어머니의 죽음에 오열하고 싶어도 자유를 얻은 기쁨을 만끽하고 싶어도 일단은 도망쳐야 한다. 성이 보이지 않는 곳까지 달아난 후에 울어도 울고 웃어도 웃자. 돌아가지 않는 고개를 억지로 돌리고 풀어지는 마음을 다잡으려 애썼다.

"……!"

무거운 걸음을 옮기던 소녀는 몇 발자국 떼지 못하고 그 자리에 우뚝 섰다. 세찬 빗소리와 함께 이상한 소리가 들렸다. 소리는 점점 더 커졌고, 금세 새까만 그림자가 멀리서 보였다.

히끅, 놀란 기색이 딸꾹질로 튀어나왔다. 소녀는 그 자리에 털썩 주저앉았다.

검은 그림자가 가까워졌다. 그것은 마냥 검기만 하지 않았다. 희끄무레한 빛이 빗속에서도 선명히 눈에 띄었다. 소녀는 바짝 겁에 질려 철창에 매달렸다. 덜컹, 철창이 부르르 몸을 떨었지만 소녀의 것만 못했다.

잠시 뒤, 그림자가 말을 탄 사람의 윤곽을 드러냈다. 희끄무레한 빛은 그의 머리카락이었다. 소녀의 얼굴이 새파랗게 질렸다.

도망칠 생각은 하지도 못했다. 피를 토한 어미가 도망치라고 일렀기에 없던 만용을 낸 것이다.

성을 빠져나올 때까지 누구도 막아서지 않았기에 허황되게 뛰쳐나올 수 있었던 것이다. 하인이나 하녀와 마주쳐 붙잡혔어도 여기까지 올 수 없었을 것이다.

스스로 결정한 것이 아닌, 두려움에 질린 뜀박질이 탈출이 되었을 뿐. 그리고 그것은 성공하지도 못하고, 결승점 바로 앞에서 발을 붙잡혀 버렸다.

소녀의 발목을 잡은 그는 소녀에게 있어 하인이나 하녀와 비교도 안 될 만치 두려운 사람이었다. 절대 마주치고 싶지 않았다.

어둔 밤하늘에서 태어난 듯 새까만 말이 소녀의 앞에서 멈춰 섰다. 히힝, 말은 급작스럽게 멈추며 두 다리를 높이 치켜들었다. 죽을 둥 살 둥 달렸던 말은 더 달리고 싶다 항변하는 듯했다. 소녀에겐 위협적으로 느껴질 만한 행동이었다.

"으아악!"

벌벌 떨고 있던 소녀는 숨 쉬는 것조차 잊어버리고, 두 손으로 머리를 감싸 몸을 둥그렇게 말았다.

히힝, 말은 몇 번 더 투레질하며 성을 냈다. 그때, 소녀의 거칠고 상처투성이인 손과 비교도 안 될 정도로 하얗고 얇은 손이 말의 갈기를 쓰다듬었다. 서투르게 달랬지만 흑마는 푸르릉, 뜨거운 콧김을 내쉬며 가라앉았다.

흑마가 잠잠해지자 말 위에 타고 있던 은발의 소년이 펄쩍 뛰어내렸다.

소년이 다가갈 때까지 소녀는 동그랗게 몸을 만 채로 소년을 올려다보기만 했다. 두 눈은 잔뜩 겁에 질려 있었다.

"일어나라."

"……."

야단스러운 빗소리를 짓누르는 마법의 힘이라도 가진 것일까. 소년의 나직한 목소리가 선명하게 와 닿았다. 소녀는 움찔, 몸을 떨었다.

"어서 일어나."

소녀가 쉬이 말을 들을 것 같지 않자 소년은 소녀의 팔을 잡아당겼다. 소녀가 기겁하며 거부했지만 소년은 어렵지 않게 소녀를 일으켜 세울 수 있었다.

비쩍 마르고 지친 소녀는 소년의 손아귀에서 질질 끌렸다. 소녀는 겁에 질리고 두려움에 젖어 숨이 넘어갈 듯 헐떡였다. 소년이 자신을 죽이러 온 것이라 믿고 있는 듯했다.

소년은 그런 소녀에게 따뜻한 말 한마디 주지 않았다. 얼굴은 딱딱하게 굳어 석상 같았고, 손은 빗물에 젖어 미끈거리면서 차가웠다. 때문에 소녀는 자신의 끔찍한 생각을 확신으로 굳혔다.

소년은 눈이 희멀게진 소녀를 억지로 말 위에 태웠다. 어디로 끌고 가 죽이려는 걸까, 소녀는 말에 타지 않으려 몸부림쳤지만 소년을 이겨내진 못했다.

"고삐를 단단히 잡아라."

소년은 소녀의 상처투성이 손에 말고삐를 단단히 쥐어주었다.

소년은 뒤따라 뒤에 올라탈 생각이 없어보였다.

"……."

그제야 무슨 일인가 싶어, 소녀가 눈을 깜박이며 소년을 내려다보았다. 소년은 소녀를 평소와 다름없는, 아니, 평소보다 좀 더 딱딱한 얼굴로 올려다보며 말했다.

"조금 사납지만 영리하고 튼튼한 말이니 네 지친 걸음보다는 훨씬 빠를 거다."

이 말을 타고 도망가라는 것일까? 소녀는 어째서 소년이 이러는지 알 수 없었다.

소년은 말의 콧잔등을 쓸어내리며 말을 얼렀다.

"잘 부탁한다. 최대한 멀리, 쉬지 말고 뛰어가 주렴."

그리고는 다시 소녀에게 고개를 돌렸다.

"일단 동제후령을 벗어나라. 그 뒤 말을 팔아 그 돈을 여비로 쓰고. 족히 금화 오십여 개는 받을 수 있는 말이니 기억해

두어라."

소년이 소녀에게 고삐를 넘겨준 말은 소년의 생일 때 소년의 어머니가 선물한 것이다. 소년에게 최고의 말을 선물하고 싶은 욕심에 제국을 샅샅이 뒤져 찾아낸 말로, 제국의 황성 마구간에나 가야 이만한 말을 찾을 수 있을 것이다. 가문의 귀한 재산 취급을 받는 말이거늘, 소년은 거리낌 없이 소녀에게 말을 건넸다.

"미안하다는 말은 하지 않겠다."

소년은 잠시 주저하다가 다시 말문을 열었다.

"훗날, 반드시 너를 찾겠다. 그러니 염려 말고 조금만 기다리고 있어라."

"……."

소녀는 소년이 하는 말을 다 알아듣지 못했다. 그걸 아는지 모르는지 소년은 진지하게 말했다.

"어디에 있든 어떻게 살든, 네가 데카리온 가문의 핏줄이라는 걸 잊지 말고. 너는 내 하나뿐인 동생이다."

"나, 나는……."

소녀는 무슨 말을 하려 했다. 하지만 얼어붙은 입은 채 열리지 않았다. 소년은 기다려 주지 않고 힘껏 말 엉덩이를 때렸다.

히힝, 말이 길게 울며 소년과 달려왔던 길을 소녀와 되돌아 달렸다.

"아악!"

말 위의 소녀는 고삐를 놓치고, 말갈기를 붙잡아 대롱대롱 매달렸다. 그러거나 말거나, 말은 보이지 않는 어둠 속으로 몸을 묻고 달리고 또 달렸다.

소녀는 그리 성을 떠났다.

소년의 말대로, 소녀와 말은 끝없이 달렸다. 그저 해지는 쪽으로 달렸다.

말이 지쳐 멈추면 소녀는 떨어지듯 말에서 내려 바닥을 뒹굴었다. 말이 배고파 길가의 풀을 씹으면 소녀도 주린 배를 움켜쥐고 근처의 밭과 과수원에서 덜 익은 과실을 서리했다. 그마저도 들켜 혼쭐이 나거나 먹을 만한 것을 찾지 못하면 말과 같이 길가의 풀을 씹었다. 그러면 그때만큼은 주림을 피할 수 있었으나 밤이 되면 토하고 피똥을 싸야 했다.

냇가를 만나면 말이나 소녀 모두 정신없이 뛰어들어 배터지도록 물을 마셨다. 마을이 보이면 멀리 돌아갔고 산길이 험하면 소녀가 말에서 내려 앞장섰다.

그러는 사이 말도 소녀도 비쩍 곯았고, 특히나 소녀는 사람이라 말하기 힘들 정도로 흉측해졌다.

몇 날 며칠이 지났는지는 다섯 밤이 지난 이후로 세보지 않았다. 그저 한참 후라고 생각된 날에서야 말과 소녀는 겨우 광활한 동제후령을 벗어날 수 있었다.

소녀는 동제후령을 벗어나고 나타난 첫 마을에 갔다. 도시는 아니었지만 꽤 큰 마을이었고 말 시장도 형성돼 있었다.

소녀는 말을 팔아 여비로 쓰라는 소년의 말을 기억하고 있었다. 소녀는 말을 끌고 말 시장을 찾았다.

하지만 소녀는 소년의 말처럼 금화를 받지 못했다.

소녀가 쓰러질 듯 말에 기대 시장 안에 들어서는 순간, 상인들의 눈이 일제히 소녀와 말을 향했다. 소녀의 말은 엉망이었다. 들에서 막 잡아온 야생마 같았다. 지쳐 보였고 비쩍 말라 보였다. 안목이 없는 사람이라면 소녀가 어디선가 재주 좋게 떠돌이 말을 붙잡아온 것이라 생각했을 테지만, 상인들은 한눈에 소녀의 말이 명마임을 꿰뚫었다.

소녀가 뭐라 말을 붙이기도 전, 상인들이 일제히 소녀에게 달려들었다. 그들은 소녀와 말을 면밀히 살폈다.

잠시 후, 가장 뚱뚱한 상인은 단숨에 소녀를 말 도둑으로 몰았다. 노련한 상인들이 일행 없는 아이를 매도해 말 한 마리 빼앗는 건 너무나 간단한 일이었다.

소녀는 뭐라 말 한마디 할 새도 없이 뚱뚱한 상인에게 고삐를 빼앗기고 쫓겨났다.

소녀의 고난은 말을 뺏기고 바닥을 뒹구는 것으로 끝나지 않았다. 소식을 듣고 득달같이 달려온 마을 건달들이 지쳐 정신을 잃은 소녀를 흙탕물에서 건져 냈다.

남자 아이는 일꾼 노예로 팔리는 것이 고작이지만, 여자 아이는 팔 수 있는 곳이 여럿 된다. 여자 아이가 남자 아이에 비해 값이 비쌀 뿐 아니라 수요도 높다.

건달들은 소녀를 마을에 말을 사러 온 노예 상인에게 보였다. 노예 상인은 횡제에 기뻐하며 소녀를 끌고 무리가 있는 곳으로 갔다.

거기서 뺨을 몇 대 얻어맞고 정신이 든 소녀는 성에서 도망친 이래 처음으로 음식다운 음식을 볼 수 있었다. 노예 상인은 딱딱한 빵과 우유, 손톱만 한 고깃덩이가 둥둥 떠 있는 국 한 그릇을 소녀의 눈앞에 가져다 댔다.

손 뻗으면 닿을 거리에 김이 모락모락 나는 먹을 것이 놓였다. 도망쳐야 한다는 다급함에 잊고 있던 배고픔이 밀려왔다. 소녀는 그것을 견디지 못했다.

굶주림에 지쳐 자신이 지금 어떤 처지인지 까맣게 잊은 소녀는 그것을 달라고 애원했다. 굶주림은 부모가 어린 자식을 팔고, 아들딸이 다 늙은 부모를 죽여 그 질긴 살을 씹게 할 정도로 징 한 것이다. 구박받고 지냈다고는 하나 귀족 성에서 부족함 없이 먹고 자랐던 소녀가 견디기엔 너무나 힘겨웠다.

노예 상인은 무리와 함께 소녀를 빙 둘러싸 낄낄거렸다. 소녀의 애원을 즐기며 쉽게 음식을 내주진 않았다.

부러지지 않을 것 같던 철창에서 빠져나와 지옥으로부터 도망쳤으니, 더 이상의 지옥은 없으리라 생각했던 소녀가 처음으로 마주한 세상은 그리 상냥하지 않았다. 소녀는 또 다른 새장에 갇혔다.

주위를 빙 둘러싼 그들의 왁자지껄한 웃음소리가 귀에 앵앵 울렸다. 그들의 얼굴 하나하나가 보이지 않았다. 뭉뚱그려 사납고 까만 그림자가 되어 당장이라도 덮쳐들 것 같았다.

그 와중에도 텅 빈 속은 철없이 꼬르륵꼬르륵 울어댔다. 야속하여 스스로 배를 꼬집고 잡아당겼지만, 그런다고 주린 배가 갑자기 부를 수는 없는 일이었다.

그들은 한참 뒤에야 음식을 바닥에 던졌다. 소녀는 개처럼 기어 땅에 코를 박고 음식을 먹었다. 뭐가 좋은지, 그들은 소녀를 보며 웃고 또 웃었다. 하하, 흐흐, 허허, 끌끌.

영원히 멈추지 않을 것 같던 웃음이 사그라진 건, 소녀의 묵은 때를 벗기겠다며 사내 두엇이 나서고부터였다.

간만에 음식을 급하게 먹어 탈이 난 소녀가 배를 잡고 대굴대굴 굴렀다. 사내들은 그 모습까지도 즐거워했고, 가까운 냇가로 데려가 소녀를 씻기고 얼마나 값을 받을 수 있는지 가늠해 보기로 의견을 모았다.

사내들의 억센 손길이 힘없이 늘어진 소녀의 팔다리를 주물러댔다. 더럽고 여기저기 찢겨 넝마가 된 드레스는 보기와 달리 꽤 고급스러운 것이었다. 프릴과 수 장식이 정교했고, 더러울 뿐 새것 같았다. 잘하면 몸값을 높게 칠 수도 있겠다는 기쁨도 잠시, 그들은 소녀의 알몸을 보고 깜짝 놀랐다.

비쩍 마른 가슴은 판판하다 못해 푹 파였다. 양다리 사이에는 예상치 못한 것이 달랑 달려 있었다.

소녀는 소년이었다. 비쩍 마르고 곯은 사내아이였다.

여자 아이라 믿어 의심치 않았던 노예 상인과 무리의 얼굴에 그늘이 졌다.

사내아이는 돈이 되지 않는다.

노예 상인은 그 한마디만 내뱉고는 몸을 돌렸다. 그 너머로 세모꼴 진 흉흉한 눈동자들이 소녀, 아니 소년을 노려보았다.

알몸으로, 실망한 늑대들에게 던져진 소년은 곧 닥칠 위험을 예감하고는 몸을 웅크렸다. 두 눈을 질끈 감았다.

퍽ㅡ! 첫 타는 소년의 옷을 벗겼던 사내 중 한 사람의 발길질이었다.

"제기랄, 원 재수가 없을라고."

"이 새끼는 뭐가 되려고 쪼그만 게 벌써부터 이러고 다니는 거야."

"에이, 얼굴이라도 반반하면 확 남창가에 팔아버릴 텐데. 젠장, 그쪽은 어떻게 된 게 여자들보다 얼굴을 더 따지냐."

"좋다 말았네."

손을 쓰지 않았다. 살짝만 밟아도 툭, 부러질 것 같은 소년을 차고 밟고 짓이겼다. 모두들 일찍 결혼했으면 소년만 한 아들이 있을 법한 나이들이었지만, 소년을 불쌍히 여기거나 가여워하는 기색은 한 톨도 보이지 않았다.

억, 윽. 소년은 발길질 세례에 이리 차이고 저리 밟히면서도 짧은 비명이나 겨우 내질렀다. 그마저도 얼마 지나지 않아 사그라졌다. 사내들의 거친 욕설에 미약한 숨소리마저 묻혔다.

소년은 죽은 듯이 축 늘어졌다. 하지만 정신을 잃지는 않았다. 차라리 그럴 수 있으면 좋으련만. 눈은 쉽게 감기지 않았다.

한참 후, 사내들이 하나둘 물러섰다. 소년이 썩은 고깃덩이

처럼 짓눌리고 퉁퉁 붇고 난 후였다. 그들은 훅훅, 거친 숨을
내뱉었다. 더러는 소년에게 침을 뱉으며 등을 보였다.

어느 사내가 바닥에 떨어진 드레스를 집게손가락으로 들어
소년에게 던졌다. 입가에는 비웃음이 만연했다.

드레스는 나풀거리며 하늘을 날아 소년의 얼굴을 폭삭 덮었
다.

분한 마음을 조금이나마 달랜 사내들은 낄낄대며 사라졌다.
으슥한 빈 터에 소년만이 남았다. 앞서 사라진 누구도 죽어가
는 소년을 돌아보지 않았다. 그들의 긴 그림자가 영영 사라지
고는 누구도 그곳을 지나치지 않았다. 소년을 발견한 사람도
없었다.

툭, 툭.

한밤이 되자 소나기가 쏟아졌다. 빗줄기는 예전처럼, 소년
을 두들겨 패며 온기를 빼앗았다.

끄윽, 끄윽…….

겨우 정신만 붙어 있는 누더기 몸뚱이가 흔들리기 시작했
다. 빗물에 몸의 흙먼지와 때가 씻기고 말라붙은 상처들이 드
러났다. 어깨가 들썩였고 드레스 안에서 뜨거운 숨이 쏟아졌
다.

차가운 빗물에 섞이지 못한 뜨거운 눈물이 소년의 얼굴을
적셨다.

새장을 벗어난 뒤 맞이한 세상은 배려없이 쏟아지는 소나기
의 굵은 빗줄과 같았고, 호되게 신고식을 치른 어린 새는 털이

뽑힌 채로 흙바닥에 쓰러져 날개만 파르르 떨었다.

　소년은 뜨거운 눈물에 맹세했다. 오늘 부러진 날개로 반드시 다시 날겠노라고. 비온 뒤 굳는 땅처럼, 부러진 뒤 더 단단해지는 뼈처럼.

2

켐 급 용병이 되는 건 그리 어려운 일이 아니다. 성한 팔다리와 동전 몇 개만 있으면 충분하다. 땅에 매여 있던 사람들이 도망쳐 이리저리 떠돌다가 으레 용병 길드에 흘러드는 것도 이 때문이다.

죽지 않고 살아남은 소년도 구걸하듯 동전 몇 개를 구해 손에 쥐고, 용병 길드를 찾았다. 불행과 굶주림에 마른 나뭇가지 같은 몸은 철검 하나 드는 것도 벅찼지만, 용병이 될 수 있었다.

아스테리아 황국의 내전, 세이안국의 불안한 정세, 이디스 제국의 제후들 간 갈등. 대륙이 불안해질수록 용병은 점점 더 많이 필요하다. 나무 방패를 들고 화살받이가 될 조무래기 용병 또한.

소년이 켐 급 용병이 되면 제일 먼저 그 나무 방패를 들게
되리라, 검사관은 혀를 끌끌 차며 소년을 내려다보았다.

패에 이름을 새겨야 된다고 했다. 검사관은 소년에게 물었
다.

"이름이 뭔가?"

"……."

소년은 침묵했다. 대답하지 못했다.

"이름이 없는 모양이군."

검사관은 대수롭지 않게 납득했다. 어린아이가 이름을 갖는
것도 기억하는 것도 쉽지 않은 세상이다.

검사관은 자기 멋대로 글자를 휘갈겨 쓴 뒤 말했다.

"넬, 넬 켐이다. 앞으로 네 이름은."

소년의 이름은 '넬' 이 됐다. 소년이 움츠린 어깨를 들썩이
며 고개를 끄덕였다. 검사관의 얼굴에 엷은 미소가 드리웠다.
소년 앞에서 십수 명이 '넬' 이 되어 용병패를 받았고 그들이
살아 있는지 첫 의뢰 수행으로 죽어버렸는지는 알지 못하지
만, 태어나 세상의 빛을 보지도 못하고 죽어버린 아들의 이름
을 줄 때마다 그들의 오랜 생존을 기린다. 그들은 모르겠지만.

"악착같이 살아남아 봐라, 꼬맹아."

건네주는 용병패가 소년의 죽음 대기표라는 걸 모르지 않는
다. 정말 소년이 오래도록 살아남으리라는 기대도 하지 않는
다. 하지만 간단한 인사말로 말했다.

그 말을 끝으로 소년은 넬이 되었다.

*　　　*　　　*

대부분의 켐 급 용병이 그러하듯, 넬은 이전과 별다를 것없이 하루하루를 버텼다. 어느 영지 간의 내전에 참가해 말라비틀어진 빵 한 조각에 목숨을 팔았다. 산적으로 급조된 용병대에 강제로 끌려가 함께 상인의 짐마차를 습격하기도 했다.

하루가 멀다 하고 당장 자빠져 죽어도 이상하지 않을 만큼 다치고, 몸에 하나둘 상처가 생겨났다. 그래도 넬은 죽지 않고 살아남았다.

마른 장작개비도 안 될 몸이 백 년 된 나무의 줄기처럼 굵직해지고, 온몸이 지렁이 기어가듯 누덕누덕해졌을 때, 죽음에 양 발을 담그고 목을 치켜들어야 했던 어린 시절을 졸업했다.

그리고 넬은 비로드 급 용병이 되었다.

끄아아악!

쿨쩍쿨쩍, 쫘악.

빌어먹을!

젠장.

어머니, 아파요! 나 죽으려나 봐요.

살려줘.

죽어라!

죽고 싶지 않아!

진격하라!

찔러, 찌르라고!

죽어!

대륙 구석 어느 곳의 이름 모를 남작과 이름이 기억나지 않는 백작의 싸움이다. 그 둘의 땅따먹기, 혹은 땅 지키기 싸움이 건만 죽어나는 건 그들이 아니다.

"죽어라!"

눈이 희번뜩하게 까진 놈이 두 손으로 꼭 쥔 칼을 높이 쳐들었다.

"니 새끼나 죽어라!"

넬은 남자를 집어삼킬 듯 소리치며 손에 든 칼을 휘둘렀다.

"컥!"

남자의 허리가 단숨에 두 동강났다.

남자는 둘로 나뉘어 땅에 떨어진 뒤에야 비명을 질렀다.

"으악, 으악!"

어디에서 싸구려 약을 구해 취한 것 같았다. 몸이 동강나고서도 저리 날뛰다니. 넬은 이 사이로 침을 찍 뱉었다. 도마 위 생선이 머리가 잘렸는데도 팔딱대고 있는 꼴을 보는 기분이다.

챙챙, 사방팔방에서 살기 위한 쇠붙이와 돈을 벌기 위한 쇠붙이, 누구든 모조리 죽이겠다는 쇠붙이가 부딪치고 있다. 귀가 얼얼할 정도로 요란하다.

"야아압!"

그 속에서도 선명히 들리는 누군가의 비명과 고함이 신기할 따름이다.

도끼를 든 우락부락한 놈이 달려든다. 덩치는 어느 누구에게도 밀리지 않을 만큼 자신 있건만, 눈앞의 놈도 만만치 않았다. 하지만 울룩불룩한 몸뚱이에 그림처럼 그려진 상처는 자신보다 적었다.

넬은 이를 드러내 웃으며 날아드는 도끼를 칼로 막았다.

쩡!

두꺼운 도끼날과 단단한 칼날이 부딪쳐 손이 얼얼하게 저려왔다. 그 느낌이 짜릿하니 기분이 좋았다. 상대방도 마찬가지인지 가래 끓는 웃음소리가 들렸다.

넬은 혀로 입술을 훑어, 묻어 있는 누군가의 피와 흙먼지를 삼켰다. 입 안의 까끌까끌하고 단내나는 그 맛이, 아직도 살아 있음을 증명해 주었다.

넬과 놈의 칼과 도끼가 맞붙은 사이, 누가 놈의 등 뒤에 창을 내리꽂았다. 컥, 놈은 예상치 못한 공격에 눈을 부릅뜨고 무릎이 꺾여 쓰러졌다.

'미친놈, 전쟁터에서 일 대 일 싸움을 즐겼던 거냐?

넬은 아직은 살아 있어 부들부들 떠는 놈의 머리통을 발로 까부시며 훌쩍 뛰었다. 넬이 있던 자리에 휙, 커다란 창 하나가 날아와 박혔다. 방금 놈을 죽였던 창이었다.

용병은 병사나 기사처럼 내가 누구의 편이네, 알리는 차림새가 아니다. 써오던 무기를 들고 입고 다니던 옷과 간단한, 혹은 값싼 갑주를 걸친다.

그러니 양쪽에서 우르르 달려들어 맞붙이 치면 누가 누구 편인지 알지 못한다. 그저 날 향해 달려오는 저쪽 놈들이 적이요, 내가 이쪽에서 달려드니 저놈들의 적이다, 하는 것이다.

한창 싸우다 보면 방향 감각을 잃는 건 당연한 일. 그리되면 달려오는 족족 싸우고 죽이면 된다. 얼굴이 낯익어도 같은 편이라 확신이 들어도 저쪽에서 달려들면 싸워야 한다. 새삼 동료니 같은 편이니 찾기엔 칼부림이 너무 깊어졌음을 다들 온몸으로 느끼게 된다.

창 던진 놈에게는 넬이나 죽은 그놈이나 다 적이다. 그건 넬에게도 마찬가지. 창을 되찾으러 달려오는 놈의 머리를 단숨에 배어버렸다. 분수처럼 숫은 피가 넬의 얼굴을 적셨지만 닦을 새도 없었다.

목이 마르면 혀로 얼굴을 핥아 삼켰다. 피에는 비린내가 난다고 하지만 목마른 단내만큼 지독하지는 않았다.

예전의 자신처럼 비리비리한 두 놈을 베고 주변을 휘휘 둘러보니 머리 긴 용병이 하나, 치고받고 정신없는 전쟁터에서 멀뚱하니 서 있다. 주변의 연놈들도 자기들 싸우는 데 바빠 그 용병의 손이 노는 걸 신경도 쓰지 않는 듯했다.

넬은 씩 웃으며, 바닥에 나뒹구는 화살 하나를 들어 그 용병의 뒤통수를 향해 던졌다.

어렸을 때, 고린내 나는 생선처럼 비쩍 말랐던 몸이 남의 피를 먹고 살을 뜯어서인지 무럭무럭 잘 자랐다. 화살이 머리카

락처럼 얇게 느껴질 정도로.

화살을 잡아 던지면 활로 쏜 것만큼은 아니어도, 가까운 거리의 사람 한둘은 꿰뚫을 수 있을 만치 힘도 세졌다.

날아간 화살이 정확히 용병을 향했다. 전쟁터에서 고고합네, 멀뚱하니 싸돌아다니며 무기가 깨끗한 이상한 새끼들을 넬은 이해하지 못했다. 아니, 이해하지 않았다. 전쟁터에서 그런 놈들을 찾아가며 죽이는 것을 쏠쏠한 재미로 삼을 만큼.

또 얼간이 한 놈을 찾아낸 넬은 즐거움에 킥킥대며, 뒤에서 달려드는 어느 놈의 머리통을 큰 손으로 덥석 잡아 멀리 날렸다.

그런데,

넬이 날린 화살이 용병 머리에 닿기 전, 멈췄다. 어느 손이 불쑥 나타나 넬의 화살을 막은 것이다.

"젠장."

넬이 인상을 찌푸리며 손의 주인을 보았다. 사내놈이었다. 여리여리하게 생겼는데 비쩍 말랐다기보다는 뾰족해 보였다. 비쭉 치솟은 두 눈 때문에 더 그렇게 보였다.

그 또한 화살을 잡은 채로 넬을 쳐다보았다. 그러며 뭐라 말하자, 뒤통수를 훤히 드러내놓고 있던 용병이 고개를 확 돌렸다. 머리가 길어 설마 했는데, 여자 용병이었다. 생긴 건 별로 여자 같지 않았지만.

여자 용병이 넬과 화살을 번갈아보더니 피식 웃었다. 사내가 화살을 던져주자, 여자 용병이 가벼이 잡아들어 넬을 향해

집어 던졌다. 공을 집어 던져 주듯 가벼운 손짓이었는데 날아
드는 화살의 속도는 장난이 아니었다.

"컥!"

넬은 채 피하지 못했다. 화살은 정확히 넬의 어깨를 꿰뚫었
다. 넬이 다리를 휘청거렸다. 물론 꺾여 쓰러지지는 않았다.
넬이 화살에 당하자 기다렸다는 듯 주변의 용병들이 넬의 살
을 뜯으려 달려들었다.

소소한 취미를 즐기려 했던 것뿐인데, 자칫 잘못하면 자신
보다 한참 작고 덜 날카로운 승냥이 떼에 잡아먹힐지도 모를
상황이 되어버렸다.

넬은 얼른 화살의 깃 부분을 꺾어 관통한 화살을 뽑아냈다.
시큰하니 어깨가 얼얼하고 아팠지만 이를 악물고 참았다.

흐흐, 허허. 웃음소리가 들렸다. 전쟁터에서 손을 편히 쉬고
서 있는 여자 용병과 사내의 것이었다. 둘은 느긋하게 넬을 관
람하고 있었다. 둘을 향해 주변의 누구도 달려들지 않았다. 그
둘이 존재하지 않는다는 듯.

"빌어먹을!"

넬은 마구잡이로 칼을 휘두르며 이를 뿌드득 갈았다.

'내 저 연놈들을 잡아 허리를 꺾어 죽여 버릴 테다. 반드
시!'

주변의 놈들부터 처리하고 저놈들을 가만두지 않으리라. 넬
은 성난 황소처럼 날뛰면서 포효했다.

그 둘이, 한창 이름을 드날리고 있는 에이어 급 용병 빌라와
밀러라는 걸, 이때는 미처 알지 못했다.

＊　　　＊　　　＊

여자 용병과 사내를 죽이겠다고 길길이 날뛰었건만 그러지
못했다. 넬이 다친 걸 본 승냥이들은 계속 달려들었다. 누구든
죽이고, 계속 죽여야만 살아남는다고 생각해 미쳐 버린 동료
들이었고 적이었다.

넬 또한 미쳐 버린 그들 중 하나였다. 도망칠 곳 없는 전쟁
터에서 밀려드는 적들과 싸우고 싸웠다.

어느새 해가 지고, 그날의 전투가 끝났음을 알리는 뿔 소리
가 들렸다.

뿔 소리는 오늘도 살아남았다는 것을 알려주는 더없이 훌륭
한 각성제였다. 방금 전까지 죽을 둥 살 둥 칼질하던 용병들과
병사들, 기사들이 일제히 병장기를 떨어뜨리고 그 자리에 주
저앉았다.

그제야 절친한 동료의 시체를 찾아 떠돌기도 했고, 그제야
아파오는 상처를 움켜쥐고 비명을 질렀다. 그제야 밀려오는
두려움과 공포에 질려 기절했다. 그제야 두 손에 담뿍 묻은 핏
물의 피비린내에 괴로워하며 눈물을 토해냈다.

넬은 시체라도 찾아 헤매고픈 동료가 없었다. 어깨의 상처
에 아파하며 질질 짤 만큼 미련하지도 않았다. 새삼 두려워하

고 힘들어 할 만큼 어리지도 않았다. 얼굴과 몸에 덕지덕지 묻은 피와 살덩이를 끔찍해할 순번도 아니었다. 그냥, 피가 질질 새는 어깨를 붙잡고 터덜터덜 걸었다.

보수를 약속하고 넬을 고용한 이는 백작이다. 넬은 남작의 주둔지를 등지고 백작의 주둔지 쪽을 향했다.

시체가 산처럼 쌓인 들판을 걸으면서 쓸 만한 칼이 보이면 들고 있던 칼을 버려 바꾸고, 아직 성한 신발을 신고 있는 발 큰 시체가 보이면 구멍 뚫린 신발을 벗고 그 신발을 빌렸다.

어차피 해가 지면 배고픈 아이들이 몰려들어 옷과 쇠붙이를 수거해 가고, 밤이면 배고픈 들짐승들이 씹어 먹을 만찬이었다. 필요하여 빌린들 죽어가는 길에 큰 아쉬움은 없으리라.

넬은 어느 시체의 셔츠가 피가 좀 덜 묻어보이자, 그것을 벗겨내 찢었다. 넬이 목숨을 계약한, 이름을 까먹은 백작은 한낱 비로드 급 용병이 어깨 좀 다쳤다고 약이나 약초를 내줄 만큼 멍청한 귀족이 아니다.

넬도 아이들이 읽는 영웅 민담에나 나오는 마음씨 고운 귀족을 기대해 본 적 없다. 기대하지 않기에 잘게 찢은 셔츠로 어깨를 칭칭 동여매고, 낡은 가죽 갑옷으로 잘 가렸다. 다쳤다고 표가 나면 내일 당장 전투에서 떼거지 공격을 받을지도 모른다.

넬이 주둔지에 발을 대자마자 저녁 식사를 알리는 뿔 소리가 울렸다. 넬은 그대로 배식대로 가 찌그러진 그릇에 멀건 스프와 납작한 빵 비스름한 밀 구이를 받았다.

“……!”

뜨끈한 스프가 텅 빈 뱃속을 채 데우기도 전에, 넬은 불시의 공격을 받았다.

“어떤 새끼야!”

뒤통수를 노리는 따끔한 느낌에 손을 휘두르자 주먹만 한 돌이 잡혔다. 끝이 제법 뾰족해 정통으로 맞았다간 제법 피 좀 흘렸을 터였다.

넬은 이를 뿌드득 갈며 주변을 둘러보았다. 넬의 흉흉한 눈빛에 식사하던 용병들이 얼른 고개를 숙이고 돌렸다. 괜하게 시비 걸렸다간 뼈도 못 추릴 거라는 걸 알고, 조심히 몸을 웅크렸다.

넬은 이번 귀족 전쟁에 참가한 용병들에게 제법 알려져 있다. 엔간한 용병보다 큰 덩치로 양손 검을 한 손 검처럼 휘두르는 모습이 곱게 보일 리 없었다.

“짜식, 제법인데?”

소심한 용병들 사이에서 시원한 목소리가 들렸다. 이 돌의 주인이리라. 넬이 눈을 번쩍 뜨고 고개를 돌렸다.

“……!”

허리에 한 손을 척 올리고 선 용병은 아까 전쟁터에서 넬의 어깨를 꿰뚫었던 여자 용병이었다. 그 여자 용병의 곁에는 마찬가지로 아까의 뾰족한 사내가 삐딱하게 서 있었다.

“저런 둔한 멧돼지를 데리고 놀라고? 취향이 많이 고약해졌군.”

뾰족한 사내가 혀를 끌끌 찼다.

"무슨 소리! 저런 게 의외로 총각일 가능성이 높다고."

여자 용병은 가당찮다는 듯 소리쳤다.

"빌어먹을 새끼들이!"

여자 용병의 말대로, 의외로 아직 총각인 넬은 자리에서 벌떡 일어섰다.

안 그래도 내일을 기약한 것에 몸이 달아 열 받아 있던 상태다. 자진해 죽겠다고 눈앞에 나타나 주니 이 얼마나 반가운가. 넬은 그 귀한 저녁 식사도 박차고 둘에게 달려들었다.

그 둘을 알아본 다른 용병들이 고개를 반대로 돌리며 조용히 넬의 버르장머리 없음을 추모하고 있는 새.

"컥!"

넬은 둘의 합공도 아닌, 여자 용병의 발길질 몇 번에 돼지 멱따는 소리를 내며 바닥을 뒹굴어야 했다.

"거봐. 총각이 맞대니까? 이 수줍어하는 꼬락서니를 봐봐."

"그래. 그래. 잘 찾아냈다. 부디 잘 키워서 맛있게 잡아먹으려무나."

넬은 여자 용병과 뾰족한 사내의 대화를 듣지도 못하고 가물가물한 눈을 감았다. 눈을 감자마자 닥치는 어둠은 다행히도 과거의 것과는 조금 달랐다.

*　　　*　　　*

땅에서 도망쳐 용병이 돼, 땅의 귀족을 상대로 당당하게 자유를 쟁취한 밀라 에이어.

최고의 용병이었지만 최악의 용병이기도 했던, 붉은 티르를 죽여 단숨에 명성을 얻은 빌러 에이어.

둘은 막 비로드 급이 되어 전쟁터나 검투장을 떠돌아 빌어먹고 사는 넬이 우러러볼 수도 없는 최고참 선배였다.

그걸 모르고 감히 덤비고 비참하게 패배한 넬은 밀라의 뒤를 질질 끌려 다니게 되었다. 넬의 첫날밤을 날름 잡아먹은 밀라는 넬을 동생처럼, 아들처럼 대했다.

빌러도 쉽게 넬을 받아들였다. 밀라가 총각 사냥을 나가 돌아오지 않는 밤이면 같이 술병을 들이켜며 밀라의 변덕에 끌려 다니는 동병상련의 처지를 달랬다.

밀라는 자신이 이끄는 용병대를 믿을 만한 놈에게 잠시 맡겨두고 빌러와 함께 전쟁터를 떠돌아다니는 중이라고 했다. 용병대를 이끌게 되면서부터 그 큰 무리를 유지하는데 고민하느라고 마음껏 뛰어놀지 못하는 게 싫다고 했다.

빌러에게 어쩌다 저런 여자랑 엮여 같이 싸돌아다니게 됐느냐고 슬쩍 물어보았다. 빌러는 씩 웃으며 대답을 피했다. 술을 진탕 먹이고 물어봐도 같은 미소였다.

밀라는 넬과 빌러를 끌고 다니며 그녀 마음대로 사고를 치고, 의뢰를 받고, 놀고, 술 먹고, 자고, 떠들었다. 투덜거리며 밀라에게서 벗어나려고 했던 넬도 어느 샌가부터 그런 하루하루를 즐기기 시작했다.

밥 먹으라고 찾으면 처음 보는 사내놈과 뒹굴며 자고 있는 밀라에게 익숙해졌다. 저러다가 덜컥 애라도 가지면 어뜩하냐고, 좀 말려 보라고 빌러를 재촉하는 것도 일상이 되었다. 가끔, 총각을 못 찾았으니 꿩 대신 닭 좀 되라고 침대로 기어들어오는 밀라의 능글맞은 손길에 놀라 빌러에게 도망치지도 않게 됐다.

스스로 자유를 얻은 밀라의 뿌리부터 자유로운 삶을 동경했다. 아름드리나무처럼 땅속 깊이 뿌리 내려 어떤 일에도 흔들리지 않는 빌러의 굳건함을 존경했다.

밀라처럼 되고 싶었고 빌러처럼 되고 싶었다. 자신의 까닭 없는 사랑을 강요하면서도 어머니를 지켜주지는 않았던 아버지, 벅찬 사랑과 뒤따르는 고난에 괴로워하며 자신을 지켜주는 것을 벅차했던 어머니. 자신을 낳아준 부모에게서 느끼지 못했던 온기를 밀라와 빌러에게 받았다. 둘에게는 내색도 하지 않았지만, 밀라와 빌러와 가족이 되고 싶다고 생각했다.

지금보다 더 강해지면 될까. 더 많이 웃고 떠들고 호탕해지면 될까. 에이어 급 용병이 되면 될까. 그러면 저 위 높은 곳에서서 바닥의 자신을 내려다보는 그들과 조금 더 가까워질 수 있지 않을까. 함께 하고 있지만 까마득하게 높은 둘에게 인정받을 수 있지 않을까. 넬은 살아남기 위해서가 아니라 다른 이유로 더 높은 곳을 올려다보기 시작했다.

그러면서 한편으론 굳게 믿어 의심치 않았다. 언제고 이런 날이 계속되리라고. 영원히, 영원히.

그 하루하루.

처음으로 맛본 행복을,

자신의 손으로 부술 때까지…….

＊　　　＊　　　＊

또 비가 오는 날이었다.

몸을 으슬으슬 떨게 만드는 자욱한 안개비에 한치 앞도 내다볼 수 없는 어둑한 하늘. 그 속에서 뚝뚝 떨어지는 핏줄기가 선명하게 보인다는 현실이 너무도 싫었다.

넬은 손에 든 검을 떨어뜨렸다. 물이 고인 바닥에 찰박, 물 튀기는 소리를 내며 검이 나뒹굴었다. 주변의 쓰러진 용병들은 차갑게 식어 그 소리에도 깨어나지 않았다.

스무 명이 훌쩍 넘는 용병들의 난전이 벌어진 공터는 단 두 사람의 뜨거운 숨소리밖에 들리지 않았다. 저쪽의 우두머리와 이쪽의 우두머리.

저쪽의 우두머리는 한쪽 눈에서 피눈물을 흘리고, 한쪽 팔이 싹둑 잘려 있다. 그의 팔은 바닥의 시체들 틈 어딘가에 꽂혀 있을 것이다.

그의 뾰족한 얼굴은 흐르는 피와 대조적으로 새하얗게 질려 있었다. 뾰족한 턱이 덜덜 떨렸지만, 하나 남은 눈은 어지러움 속에서도 끈기 있게 살아 있다는 빛을 뿜었다.

이쪽의 우두머리는 거대한 덩치에 여기저기 상처가 가득했다. 저쪽의 우두머리처럼 큰 상처는 없었지만 얼굴은 저쪽의 우두머리보다 먼저 나자빠져 죽을 듯 새까맸다. 당황하다 못해 혀를 깨물어 입 안에서 주르륵, 피가 샜다.

"뭐야, 그쪽에 제법 실력있는 놈이 있다고 하더니, 그게 너였냐, 넬?"

저쪽의 우두머리가 말했다. 쓰러지지 않으려 안간힘 쓰는 몸과 달리 목소리의 떨림은 숨길 수 없었다.

"비, 빌러……."

이쪽의 우두머리, 넬은 넋이 나간 얼굴로 저쪽 우두머리, 빌러의 팔 잃은 어깨에서 쏟아지는 피의 폭포를 보았다. 오싹, 온몸에 소름이 돋았다.

"제기랄, 어쩐지 느낌이 안 좋았어."

털썩, 빌러가 그 자리에 주저앉았다.

당장 달려가 빌러를 부축하고 상처를 지혈하고 어디로든 데리고 가 치료해야 한다. 생각은 선명했지만 몸이 움직이지 않았다. 두 다리가 땅바닥에 잠겨 굳은 마냥 떨어지지 않았다. 입술도 푸르르 떨리기만 할 뿐이다. 괜찮냐는 말 한마디 하지 못했다.

처음 밀라와 빌러를 만났던 날, 밀라가 던졌던 뾰족한 돌을 그대로 맞았더라면 이런 느낌이었을까. 이만큼 아팠을까. 뒤통수를 뭔가로 세게 얻어맞은 듯 얼얼했다.

"실력이 많이 늘었으니 만만히 보지 말라고, 밀라에게 들었었는데, 농담으로 넘겨들을 말이 아니었군. 진짜였어."

빌러가 한 손으로 팔 잃은 어깨를 꽉 감싸 쥐며 천천히 말했다.

"많이 늘었구나."

피의 폭포가 빌러의 몸속 피를 모두 쏟아낼 듯 거셌다.

"크윽."

빌라가 고통을 참지 못하고 신음 한마디를 내뱉었다.

"빌러!"

그제야 제정신이 든 넬이 퍼뜩 고개를 들고 빌러에게 달려왔다.

급하게 가죽 갑옷을 벗어 던지고 입고 있던 셔츠를 찢어 어깨에 칭칭 감아 맸다. 넬은 손이 떨려 셔츠를 제대로 찢어내지도 못했다. 넬이 덩치에 맞지 않게 덜덜 떨자 빌러가 그 와중에도 웃음을 참지 못하고 몸을 들썩였다.

"어째서 지금 이 상황에서 웃음이 나오는 거야!"

넬이 빌러를 업고 버럭 소리를 질렀다. 자신이 이끌고 온 무리의 용병들이 죽은 듯 늘어져 있지만 잘 살펴보면 아직 죽지 않은 이도 몇 있을 것이다. 넬은 그들은 신경도 쓰지 않고 빌러만 업은 채 뛰었다.

넬의 등은 덩치만큼이나 크고 넓었다. 빌러는 넬의 등에 기댄 채로 계속 킥킥댔다. 넬은 그것이 죽기 전, 잠깐 보이는 생생하고 미친 듯한 현상인 줄 알고 놀라 젖 먹던 힘까지 내달렸다. 성에서 도망칠 때에도 이렇게 열심히 뛰지는 않았던 것 같았다.

밀라는 용병대를 잠시 누군가에게 맡기고 온 거라고 했지만, 사실은 다른 용병들의 만류를 뿌리치고 도망쳐 나온 거였다. 밀라를 찾아다니던 용병대 용병들이 용병대에 급한 일이 생겼다면서 밀라를 잡아갔다.

나중에 밀라가 다시 도망쳤다는 소식을 들으면 다시 모이자고, 밀라를 배웅한 빌러와 넬은 의견을 나누었다.

예기치 못한 이별이었지만 생각만큼 섭섭하거나 슬프지는 않았다. 밀라가 다시 도망쳐 나올 테니 기다려 달라고 분명히 말했고, 빌러도 다시 만나자고 말해줬다. 그걸로 충분했다.

넬은 빌러와 헤어지고 곧바로 의뢰를 받아 돌아다녔다. 그들을 다시 만났을 때 조금이라도 더 당당해지기 위해서, 실적을 쌓고 실력을 높이려는 목표였다. 에이어 급에 오르기까지는 바라지도 않았다. 또 그만큼 오래 헤어져 있으리라고는 생각하고 싶지 않았다.

밀라와 빌러, 둘 중 누구와 적이 되어 만나게 되리라고도 생각하지 못했다.

"제기랄!"

짙은 안개 때문이다. 적에 대해 제대로 말해주지 않은 빌어먹을 의뢰인 때문이다. 욕심을 부려 위험도 높은 의뢰를 덥석 받아 문 잘못이다.

넬은 수없이 조금 전 상황을 가슴속으로 되짚어보며 이를 악물었다.

빌러의 얼굴을 볼 자신이 없다. 빌러와 자신을 만나기 위해

자신의 용병대에서 도망쳐 나올 밀라와 다시는 얼굴을 마주할
수 없을 것이다.

영원하리라 믿었던 관계,

끊어짐이 있다 해도 변치 않으리라 믿었던 온기.

처음으로 자신이 빵을 먹기 위해 사람을 죽이는 괴물이 아
니라 사람과 웃고 떠들며 즐길 수 있는 사람이라 생각할 수 있
었던 하루하루.

그 모든 것이 산산조각날 것이다. 아니, 이미 산산조각났다.

끄윽, 울음이 터져 나왔다.

'내가 부셨어. 내가 모두 부셔 버렸어.'

빌러는 한쪽 팔을 잃었다. 한쪽 눈도 다쳤다.

스스로 벴기에 그 감촉을 기억한다. 삶은 돼지 다리를 잘라
내듯 힘주어 내리친 칼에 서걱, 무언가 잘린 그 느낌이 손바닥
에 감돈다. 칼끝을 주저없이 푹 밀어 쿡, 눈알에 박은 칼끝의
감촉을 기억한다.

팔을 다시 붙일 수 없다. 피눈물 흘린 눈이 다시 세상의 빛
을 볼 수 있을 리 없다.

몸뚱이로 빌어먹고 사는 용병이 팔 없이 눈 없이 다시 용병
질을 할 수 있을까? 최고의 에이어 급 용병이라도 그건 불가능
하다.

빌러는 이제 용병일 수 없다. 그러니 빌러는 더 이상 밀라와
함께 할 수 없다. 빌러와 밀라와 다시 함께 하기를 바랐던 자
신의 소망도 물거품이 되어버렸다.

하하, 흐흐, 허허, 그리도 재미있게 웃고 즐겼던 날은 다시 오지 않을 것이다.

끄으윽, 넬이 온몸의 핏물을 끓어 뜨겁게 흐느꼈다.

왜 몰랐을까. 빌러 임을 몰랐을까.

안개가 그리 엷지도 않았는데, 빌러의 숨소리와 발소리는 이제 눈감고도 알아차릴 수 있을 정도가 됐는데. 다시 만나 주점 술병을 동 낼 날을 손꼽아 기다렸는데.

상대편의 우두머리가 에이어 급 용병이라는 소리에 욕심을 내서인 걸까. 이번 의뢰를 완수하면 들어올 두툼한 돈주머니에 혹한 걸까. 그리움에 지쳐 누가 누구인지도 잊어버리게 된 것일까.

넬은 스스로를 이해할 수 없었다.

"끄아아아아악!"

새까맣게 탄 심장이 뜨거워 소리를 질러도, 피를 많이 쏟아 정신을 잃은 빌러는 답해주지 않는다. 등 뒤에 축 늘어진 빌러의 무게가 넬의 탄 심장을 짓이겨 재로 만들었다.

*　　　*　　　*

빌러는 죽지 않았다. 의사는 온몸의 피가 다 빠져나간 듯 새파란 빌러를 보고 회생을 말하지 못했다. 하지만 빌러는 살았다.

대신 그는 더 이상 용병이 아니어야 했다. 검을 들어 누군가

를 죽일 수도, 방패를 들어 달려드는 도끼와 창을 막을 수도 없
었다.

넬은 붕대를 칭칭 감고 침대에 누운 빌러 앞에서 고개를 들
지 못했다. 확인 사살하듯, 용병 길드에서 빌러의 용병으로서
의 은퇴를 선언했을 때는 그 길드원의 목을 졸라 죽이려 했다.

차라리 빌러가 넬보다 차분했다. 그는 담담하게 자신의 상
황을 이해했다. 넬을 원망하지도 않았다. 그리고 쉽게 자신의
상황을 받아들였을까마는 적어도 넬이나 다른 사람 앞에서는
내색하지 않았다.

한밤중, 말이 피거품을 물 정도로 닦달해 달려온 밀라가 침
대 맡에 서서야 빌러는 꾹꾹 눌러 두었던 울음을 토해냈다. 빌
러의 울음은 요란스럽지 않았다. 팔팔 끓어 마침내 끓이던 물
이 다 사라진 냄비가 조용히 타들어가듯. 빌러는 그렇게 탄내
나는 눈물을 흘렸다. 넬은 닫히지 않은 문 뒤에 서서 새어 나
오는 빌러의 눈물에 가슴을 쳤다.

빌러도 밀라도 넬을 원망하지 않았다. 용병으로 살며 언젠
가는 각오했던 일이라 말해주었다. 죽지 않은 것도 다행이라
생각한다며 오히려 넬을 위로했다.

하지만 넬은 스스로를 용서할 수 없었다. 그래서 둘을 떠났
다.

아주 인연을 끊지는 못했다. 빌러는 용병 길드의 길드장이
됐고, 밀라는 여전히 현역으로 뛰어다녔다. 넓으면서도 좁은
용병계에서 부딪기고 살다보니 가끔은 둘과 마주쳤다.

그럴 때면 넬은 어색하게나마 인사를 건네고는 곁에 오래
머물지 않았다. 도망치듯 내뺐다.

뾰족하게 생기고 말도 뾰족하게 하지만, 의외로 성격은 좋
은 어느 용병과 호탕하고 호쾌하여 함께 있는 것만으로도 그
시원한 웃음소리에 전염되게 만드는 어느 용병. 두 용병과의
행복했던 청년 시절은 그렇게 막을 내렸다.

3

한 사람 한 사람의 고함이 모여 거대한 염원이 되는 곳이 있
다. 동전 한두 개로 금화 수십, 수백 개를 벌 수도 있고, 금화
수천을 투자해 고용한 검투사가 상대편 금화 다섯 개짜리 검
투사의 한 방에 나가떨어지는 일도 종종 있는 곳이다.

검투장. 돈을 벌고자 하는 사람과 목숨을 파는 사람과 피에
열광하는 군중이 있는 그늘 속 도박장이다. 닭장 같은 우리에
사람 두엇을 넣어 놓고 피터지게 싸우도록 한다. 각기 검투사
에게 돈을 건 사람들은 목이 터져라 자신의 돈을 등에 지고 싸
우는 검투사를 응원하고, 이긴 자에게 환호한다.

전문 검투사도 많지만 켐 급, 비로드 급 용병들이나 떠돌이
부랑자들도 많이들 참가한다. 넬도 굶주려 죽느니 남의 칼에

맞아 죽자, 싶은 마음에 검투장에 드나들었다.

밀라와 빌러를 만나고는 한 번도 들르지 않았지만, 그들과 헤어지고는 다시 발걸음 했다.

예전엔 죽기 살기로 싸웠다. 이에 칼을 물고 달려들었고, 겨우겨우 이기거나 죽을 만큼 다치고 졌다. 하지만 밀라와 빌러와 헤어지고 다시 검투장에 돌아왔을 때, 어떤 검투사도 넬의 상대가 되지 못했다. 최고로 칭송받는 에이어 급 용병 밀라, 빌러와 함께 한 넬은 빌러의 말마따나 실력이 껑충 뛰어 있었다.

그래도 넬은 검투장에 설 때마다 지독한 죽음을 느꼈다. 검투장에 서면 울컥 피가 뜨거워졌다.

검투장은 피에 절어 지독한 악취가 난다. 너머의 군중들은 피에 안달나 죽여라, 죽여라, 소리친다. 그 열기에 취해 상대편 검투사를 바라보노라면 그 또한 피 냄새를 진득하니 풍기며 넬을 노린다. 등골을 찌릿하게 타고 흐르는 감각은 지독한 쾌감이고, 슬픔이다.

용병이 목숨은 팔아도 자존심은 팔아선 안 된다는 것은 밀라의 신조였다. 그래서 밀라는 쉽게 돈을 벌기 위해 검투장을 찾는 용병들을 경멸했다. 넬은 검투장이나 전쟁터나 다를 바 없노라 생각했지만 밀라의 생각은 달랐다. 밀라를 신봉하고 있던 넬은 납득하거나 이해하려는 생각은 하지도 않고, 그저 밀라의 생각을 받아들였다.

이제 와 밀라와 헤어지고, 관심을 끌려고 투정 부리는 어린 아이처럼 검투장에 붙박여 살게 된 건 왜일까? 아무도 이런 자

신을 알지도 못할 텐데.

'설사 안들 그녀가 어째. 여기까지 쫓아와 날 말려주지도 않을 텐데.'

우와아아아, 대기실에 앉아 있어도 밖의 함성이 쏟아지듯 밀려왔다. 또 누군가 쓰러지고 다른 누군가가 두둑한 돈주머니를 차지한 거겠지. 넬은 판을 넣은 가죽 토시를 양팔과 다리에 단단히 고정하며 중얼거렸다.

"이봐, 다음 차례야. 어서 나오라고."

사내가 문에 쳐 놓은 낡은 천을 들고, 고개를 빠끔히 내밀며 소리쳤다. 넬은 성의없이 대답하고 자리에서 일어섰다. 낡은 경장 갑옷을 걸치고 투구도 쓰고 가죽 토시를 꼈다. 커다란 대검을 들고, 다른 한 손에는 울퉁불퉁하고 투박하지만 단단한 방패를 들었다.

밀라, 빌러와 함께 다닐 때 얇은 가죽 갑옷만 입고 다녔던 걸 생각하면 꽤나 호화로운 모습이다. 밀라가 보았다면 이건 용병다운 차림새가 아니라고 빽, 소리부터 질렀으리라.

넬은 쓰게 웃으며 대기실을 나왔다. 대기실에서 검투장으로 향하는 긴 복도에는 검투사의 갑옷이라도 매만지며 행운을 바라고픈 사람들이 죽 늘어서 있다.

게다가 넬이 요 얼마간 검투장에서 연전연승하는 승리의 검투사인 만큼, 다른 검투사들도 서 있었다. 무심히 지나치는 넬의 갑옷을 쓰다듬으며 넬의 행운이 자신에게도 깃들기를 바랐다. 무척이나 간절해 보였다. 넬 또한 그런 시절이 있었기에 그들을 매몰차게 뿌리치지는 않았다.

"……!"

갑자기 옆에서 누군가가 넬의 팔을 쏙 잡아당겼다.

"뭐야!"

죽고 사는 승부를 앞둔 검투사의 마음이 흐트러지게 하는 건 무례한 행동이다. 넬은 있는 대로 인상을 쓰고 고개를 돌렸다. 안 그래도 컴컴한 복도에서 새까만 로브를 둘러쓴 웬 놈이 보였다.

"너냐?"

넬이 묻자 그는 고개를 저으며 손가락으로 밑을 가리켰다. 넬이 손을 따라 고개를 숙이자 웬 땅딸막한 할아버지가 보였다. 한껏 고개를 치켜들고 넬을 올려다보는 폼이 불편해 보였다.

"드워프?"

인간 할아버지치고는 너무 땅딸막한 키와 빳빳한 수염, 번쩍이는 왕방울만 한 눈에 넬이 인상을 풀었다.

"이봐, 나는 예전에 네가 처음 승부를 벌일 때부터 네게 돈을 건 단골이시라고. 알아서 잘 모셔."

뜬금없는 늙다리 드워프의 말에 넬이 고개를 숙였다.

"……."

잠시, 뭐라고 대답해야 할지 고민했다. 드워프의 반짝반짝 빛나는 눈을 보건대 제정신 같았다. 술에 취해 헛소리를 하거나 돈을 너무 많이 잃어 정신이 나간 건 아닌 게 분명했다.

'정말 단골인가?

신분을 숨기고 검투장에 온 여자들이 검투사를 꼬이는 경우는 종종 있다. 대부분 고급 분향 냄새를 풍기며 몸을 비비 꼬곤 했다. 검투사 중 누구도 그녀들이 평범한 여염집 여자라고 생각하지 않았다. 그들이 별미를 맛보러 오듯 검투사를 찾을 때마다 검투사도 흥미 삼아 여흥 삼아 그 유혹을 받아들이곤 했다. 넬 또한 마찬가지.

그러나 단골이랍시고 땅딸막한 드워프가 찾아오는 건 처음인지라 기분이 묘했다.

"예전엔 아슬아슬하게 이겨줘서 돈을 많이 벌기도 하고, 갑자기 픽 쓰러져서 많이 잃기도 했지. 요즘도 계속 그쪽에게 걸기는 하는데, 계속 이기는 터라 배당이 좋지가 않아."

드워프가 투덜거렸고 넬은 피식 웃었다.

'단골로서 승리를 기원해 주러 들른 건가. 꽤나 의리있는 단골이군. 남자에 드워프라는 게 조금 아쉽지만.'

우아아아, 밖의 함성은 그 크기가 더해지고, 더뎌지는 넬의 등장에 애타 했지만 넬은 신경 쓰지 않았다. 예전과는 달리, 지금 아쉬운 건 넬이 아니라 저들이었다.

"뭐, 심심하게 그냥 지라고 이야기하러 온 거 아니니까 안심하고. 힘내라고! 나는 오늘도 너한테 걸었으니까."

드워프가 자신의 가슴을 주먹으로 탕탕 두들기며 외쳤다.

"이보슈."

넬은 방패로 자신의 단골이라는 드워프의 머리를 꾹 눌렀다.

"으악!"

드워프가 넬의 힘을 이기지 못하고 자빠졌다. 드워프 뒤에 서 있던 검은 로브를 입은 사람이 받쳐 줘 볼썽사납게 넘어지는 것만은 면할 수 있었다.

"내가 원래 남자한테는 안 친절한데, 댁은 드워프니까 특별히 마음에 없는 짓을 해주지."

넬이 씩, 웃었다.

"내 이번 경기는 댁을 위해 열심히 뛰도록 하지. 기뻐하라고. 내가 남자를 마음에 담고 검투장에 나가는 건 오늘이 처음이니까."

대기실에서 가라앉았던 기분이 붕 떴다. 눈이 반짝거리는 단골 드워프 덕분이었다.

넬은 무어라 소리치는 드워프를 지나쳐, 뚜벅뚜벅 걸어나갔다.

깜깜하다 싶은 좁은 복도를 걸으면 어떤 좋은 세계가 기다리고 있는 듯, 문은 새하얗게 빛난다. 멋모르던 시절에는 그 빛에 홀려 저도 모르게 뛰어나갔다가 낭패를 당하곤 했다. 그 실수들을 딛고서야 이 빛이 구원의 빛이 아니라는 걸 알게 됐다.

넬은 눈이 부셔, 얼굴을 잔뜩 찡그리며 빛 속으로 나아갔다.

우와아아아아아아.

떠들썩한 함성 소리가 넬을 반겼다. 눈이 빛에 익숙해지자 눈을 깜박였다. 잔뜩 흥분한 군중들과 닭장처럼 빽빽하게 쳐

있는 철창, 그리고 먼저 나와 넬을 기다리고 있는 상대편 검투
사.

그토록 환한 빛은 검투장이었다.

넬은 쏟아지는 환호를 받으며 검투장 한가운데 섰다.

"…응?"

가만히 보니 뭔가가 눈에 거슬렸다. 넬은 미간을 찌푸리고
검투장 안을 휘 둘러보았다.

그리고 발견했다. 눈에 거슬렸던 그것을.

"젠장."

이가 절로 갈렸다.

상대편 검투사는 우락부락한 넬과 달리 곱상하고 선이 가늘
었다. 여자인가 싶었지만 판판한 가슴을 보니 남자였다. 무엇
보다 머리 색이 보기 드문 은발이었다.

넬은 상대편의 은발 머리에 눈이 뒤집혔다.

지우고자 애썼던, 기억하지 않으려 묻어두었던 누군가의 모
습이 어렴풋이 떠올랐다. 치가 떨리도록 두렵고 싫었던, 깨끗
하고 빛나는 은발.

앞의 검투사는 넬이 기억하는 옛날 누군가의 머리와 똑같지
는 않았다. 회색빛에 가까운 탁한 색이었다.

하지만 은발은 은발이었다.

넬의 눈이 번뜩였다. 칼과 방패를 꽉 그러쥐고, 상대편을 노
려보았다.

그는 전문 검투사는 아닌 것 같았다. 주변에서 쏟아지는 함

성을 의식하며 몸을 움찔거렸다. 검투장에 익숙한 용병 같지도 않았다. 얼굴은 벌써 허옇게 질려 있었다.

평소 같으면 이런 조무래기를 상대하는 것을 탐탁찮아 했을 것이다. 설렁설렁 놀아주다가 상대방이 지쳐 보이면 무기를 쳐내 날려 버렸을 것이다. 검투장에서 볼거리를 제공하고 돈을 벌고 있는 선배로서 애송이에게 한 수 가르쳐 준다는 심정으로.

그런데 이번에는 달랐다.

넬은 마치, 강적을 앞에 둔 듯 잔뜩 긴장하며 상대편에게 검을 겨눴다.

드워프에게는 그를 위해 싸우겠다고 말했지만, 넬의 가슴속에서 드워프는 지워진 지 오래였다. 탁한 은발 위에 오만하게 빛나는 금발이 덧 입혀졌다. 그것에 넬은 치솟는 울분을 터뜨렸다.

뿌우, 크지만 낮은 뿔 소리가 울리자마자 넬은 번개처럼 튀어나갔다. 상대편이 채 검을 들고 방어도 하기 전에.

넬은 분노와 겁에 질린 얼굴로 포효했다.

"크아아악!"

*　　　*　　　*

검투장 근처의 술집들은 경기가 있을 때마다 남부럽지 않은 호황을 누린다. 지친 검투사들은 물론 경기를 보느라 손에서

땀을 뺀 도박꾼과 구경꾼도 비틀거리며 주점을 찾는다. 경기에서 다쳤든 몸을 건사했든, 돈을 많이 땄든 잊었든, 구경이 재미있었든 역겨웠든, 텅 빈 속을 술로 채웠다.

넬도 아무 술집, 자리 남은 곳을 찾아들어 갔다. 넬을 알아본 사람들이 슬금슬금 자리를 비켜주었다. 넬은 북적거리는 주점 안에서 원하는 자리를 차지할 수 있었다. 구석지게 앉아 자신을 힐금힐금 바라보는 사람들의 시선을 무시하며 안주 없이 술을 주문했다.

넬을 알아본 주점 주인은 다른 손님들 누구보다 먼저 넬의 주문을 받았다.

넬은 길게 한숨 쉬며 술병을 들어 입에 콸콸 부었다.

"크으!"

짜릿하면서도 씁쓸한 맛이 목구멍을 휘저었다. 그 잠깐의 느낌을 음미하다 다시금 한숨을 푹 내쉬었다.

넬이 오늘 상대한 건 셋. 그중 첫 번째로 상대한 은발 머리는 거의 반 죽어 실려 나갔다. 거의 이성을 잃고 패고 두들겼다. 검투장의 치안을 유지하는 검사들이 우르르 달려들어 말리기까지, 그 탁한 은발 머리 위에 덧입힌 화사한 은빛에 혼이 빠져 버렸다.

그 뒤 두 경기도 무난히 치렀지만 첫 경기에서 받은 충격에서 벗어나지 못해 여러 번 위험해지기도 했다.

'밀라와 빌러와 헤어진 것 때문에 마음이 많이 약해진 건가. 새삼, 새삼……'

이젠 잊었다고 생각한 과거와 마주하는 건 꽤나 곤혹스러운 일이다. 화려했지만 음침하고 어둑했던 성과 그 성에서 유일하게 빛났던 은빛 소년. 죽어라 도망친 그때의 기억이 되살아나 구역질이 났다.

"젠장!"

은발 머리는 검투장에 선 것이 오늘이 처음이라고 했다. 떠돌이 여행자로 여비라도 벌까 해서 검투장에 고개를 디밀었다고 했다.

용병도 아니면서, 여행자 주제에 뭔 돈을 얼마나 벌겠다고 검투장을 찾았단 말인가. 넬은 은발 머리의 재수없음을 한탄하며 손에 든 술병을 깨끗하게 비웠다.

술병을 깰 듯 내려놓으며 술을 좀 더 주문하려 할 때였다. 갑자기 앞에서 불쑥, 술병이 나타났다.

"이봐, 뭔 술을 그리 급하게 마시는 거야?"

아까의 드워프였다. 등 뒤에 그림자 같은 로브 쓴 멀대도 서 있었다.

"너 때문에 오늘 돈 좀 땄다. 처음 은발 머리를 반 죽여줘서 니가 미쳤다는 소문이 돌았거든. 덕분에 배당이 확 늘어버렸어."

말마따나 꽤나 짭짤했던 것 같다. 수염이 덥수룩한 얼굴을 실룩이며, 입술을 길게 찢었다.

"어이, 오늘은 내가 쏘지. 어때?"

거절은 용납하지 않겠다는 듯 넬이 대답하기도 전에 자리를

잡고 앉았다. 옆의 로브 쓴 멀대도 말없이 드워프를 따랐다.

드워프가 걸진 목소리로 술을 잔뜩 시켰다. 공술을 싫어하는 이가 뉘 있으랴. 넬은 드워프의 주문을 막지 않았다.

"참고로 내 이름은 가크다. 여기 옆에 선 이 녀석은 이네아고."

넬은 별로 궁금해하지도 않았건만 드워프가 자신과 옆의 멀대를 소개했다. 넬은 듣는 척 마는 척 대충 고개를 끄덕이며 드워프가 계산할 술을 마음껏 마셨다.

"어이, 폭풍."

넬에게 질세라 술병 마개를 뜯던 드워프가 뜬금없는 단어로 넬을 불렀다.

넬은 검투장에서 자신의 이름을 내세웠다. 피에 젖은 칼날이니, 휘몰아치는 철퇴니, 껄떡지근한 별명으로 자신을 소개하는 검투사들도 많지만 넬은 특별히 그럴 필요성을 못 느꼈다. 때문에 넬의 단골이라는 드워프는 넬의 이름을 알고 있을 것이다. 저런 이상한 단어로 부를 이유가 없다.

"…뭐?"

"몰라? 니 별명이야."

넬이 멀뚱하니 자신을 바라보자 드워프가 입가의 수염에 맥주 거품을 대롱대롱 매달고 말했다.

"유쾌한 폭풍 넬. 어때?"

"유쾌? …폭풍?"

"그래. 요즘 검투장 내에서 널 부르는 별명이야. 유쾌한 폭풍!"

드워프는 자신이 폭풍이라도 된 마냥 짤막한 팔을 좌우로 흔들거리며 소리쳤다.

"네가 검투장에서 그 큰 덩치로 훌쩍 훌쩍 뛰어 상대편 검투사를 물리칠 때마다 얼마나 통쾌한지 몰라. 그리고 너도 그럴 때마다 툭툭 웃잖아? 시원시원하게 말이야."

수염이 덥수룩해서 그렇지 하는 말이나 행동은 세상 물정 모르는 소년처럼 티가 없었다.

'그게 시원하게 웃는 걸로 보이는 건가, 정말 즐기는 것처럼 보이는 걸까?'

자포자기 심정에서 나오는 헛웃음이 그리 즐겁게 보였다니, 참 아이러니한 일이 아닐 수 없다. 넬은 목을 축이며 숨을 꿀꺽 삼켰다.

"유쾌한 폭풍이라……."

유쾌한 폭풍. 미묘한 조합으로 이루어진 단어를 입 안에 굴려 보았다. 자신의 별명이라고는 하지만 넬은 한 번도 들어본 적이 없었다.

'도대체 내 어디를 무엇을 보고 유쾌하다는 거지? 폭풍이라는 거지?'

피식, 실소가 터졌다.

'누군지는 몰라도 날 장님 눈으로 봤군.'

폭풍이라니, 자유로운 바람이라니? 헛숨으로 빵빵한 옆구리가 뻥 터질 것 같았다.

아직도 비 오는 날 음침하던 성에 언제나 두려움 그 자체였던 은발 머리에 잡혀 살고 있다. 밀라와 빌러에게서 도망쳤으면서도 고개를 빠끔히 내밀고 그들이 날 뒤쫓아 와주지 않을까 바라고 있다. 그러지 않을 걸 알면서도 간절하게 바라며 발을 동동 구르고 있다. 그런데 폭풍이라니?

'폭풍? 뭘 보고?'

드워프의 입에서 나온 유쾌한 폭풍이라는 낯간지러운 별명이 자신의 것이라는 게 잘 믿어지지 않았다.

'어울리지 않아. 어울리지 않아도 너무 어울리지 않잖아.'

누가 만든 건지는 몰라도 넬을 잘못 본 듯싶었다. 유쾌한 폭풍이라니. 넬은 하, 헛숨을 터뜨리며 웃었다.

"마음에 들어?"

가크는 그 웃음을 다른 의미로 이해한 듯 신이나 물었다. 자신이 지은 마냥 기뻐하는 모습을 보자니 수염난 할아버지 얼굴도 꽤나 볼만했다.

"나쁘지 않네. 느낌이 썩 좋은데?"

넬이 씩 웃으며 말했다. 드워프는 그 말을 곧이곧대로 들으며 어깨를 들썩였다.

"그렇지? 네가 좋아할 줄 알았다."

핫핫핫, 드워프가 시원하게 웃으며 맥주를 쭉 들이켰다. 거칠 것 없이 툭 터지는 웃음소리가 넬이 알던 누군가의 웃음과 비슷했다.

"그 별명을 지은 게 가크입니다."

곁에서 가만히 있던 로브 쓴 멀대가 조그맣게 중얼거렸다.

"얌마, 그 이야기를 왜 해!"

드워프가 켈록, 기침하며 입 안의 술을 뿜었다. 넬은 얼른 고개를 돌려 날아오는 술거품을 피했다.

"자기가 멋대로 만들어놓고 당사자에게 괜찮다고 물어보는 건가? 드워프의 취미는 묘하군."

"내가 만들긴 했지만 다들 그럴듯하다면서 잘들 쓰고 있다고. 검투장에서 네놈을 부를 때 짤막한 이름보다 내가 지은 멋들어진 이름을 쓰는 녀석들이 더 많아!"

자신이 언제부터 넬이 아니라 유쾌한 폭풍으로 불렸단 말인가. 넬이 기가 막혀 입을 쩍 벌리자 가크는 어깨를 쫙 펴며 당당하게 외쳤다.

"고마워해라! 네 단골로서 그런 멋없는 짤막한 이름보다 멋들어진 별명을 널리 퍼뜨려 주고 있으니."

"……."

검투장 주인에게 부탁해 다음 자신의 상대로 이 멍청한 드워프를 세워 달라고 부탁해 볼까. 넬은 진지하게 자신의 생각을 검토했다. 이 드워프라면 오늘 은발 머리보다 더 잔인하게 패서 뼈와 살을 노글노글하게 만들 자신이 있었다.

드워프는 스스로 흥에 겨워 이런저런 이야기를 주저리주저리 늘어놓았다. 대부분이 자신과 옆의 멀대가 겪었던 과장된 경험담이었고, 넬은 하나도 귀담아 듣지 않았다.

한참 뒤, 드워프가 술병 마개를 이빨로 물어뜯고 있는 넬에게 말했다.

"이제 돈도 제법 벌었을 텐데, 왜 계속 여기에 있는 거야? 별다른 이유가 없다면 우리와 함께 모험을 해보지 않을래?"

"모험?"

'이건 또 무슨 생뚱맞은 소리?'

모험, 모험이라니. 요즘 세상에 모험이라는 말을 이리도 당당하게 자신있게 내뱉는 사람, 아니, 드워프가 있다니.

넬은 지끈거리는 머리를 부여잡았다. 평소 장식용으로 밖에 두지 않았던 머리를 굴리려니 고통이 뒤따랐다. 생각 같은 건 거의 안 하고 사는 넬에게 앞의 드워프는 벅찬 존재였다.

'설마 저 드워프, 아직 어린 거 아냐? 드워프 족은 그냥 그 종족 자체가 털 많은 종족이라고 하던데, 저 수염이 나이 들어서 난 수염이 아니라 그냥 달고 다니는 수염인 건가? 용사가 마왕으로부터 공주를 구해내는 동화책을 들고 다니는 나이, 인 건가?'

드워프의 생김새를 보면 절대 어리다고는 안 느껴졌지만 내뱉는 말이 워낙 순수하기 이를 데 없어, 넬은 잠시 드워프의 나이를 의심했다. 하지만 곧 이어지는 드워프의 말에 그 생각을 깨끗하게 지웠다.

"그래, 모험! 나는 세상에서 가장 아름다운 여인과 결혼하기 위해 세상을 떠돌고 있어. 여기 있는 이네아도 따로 말할 수 없는 목적을 가지고 이 세상을 돌아다니고 있지. 우리는 운명처럼 만나 의기투합했어. 그런데 우리 둘만으론 조금 재미가 부족하더라고. 적어도 다섯은 돼야 뭔가 모험대답지 않겠나. 그래서 내 특별히 유쾌한 폭풍에게 제의하는 거야. 유쾌한 폭풍 정도라면 우리의 동료가 될 자격이 충분하니까.”

드워프는 숨도 쉬지 않고 말했다. 넬은 숨을 고르는 드워프에게 조심스럽게 물었다.

“니가 그 희귀하다는 미친 드워프?”

“크악! 이놈이!”

자신의 정체를 알아챈 넬을 위협하려는 걸까. 드워프가 눈을 빛내며 넬에게 달려들려 했다.

“가크!”

말없이 넬과 드워프의 꼬락서니를 지켜보고 있던 로브 쓴 멀대가 드워프의 목을 들어 올렸다. 드워프는 허공에 대롱대롱 떠 차돌 같은 주먹을 넬을 향해 휘두르며 울분을 토했다.

“감히! 드워프계의 최고 꽃미남을 모욕하다니! 용서하지 않겠다!”

“설마 그 최고의 꽃미남이 본인이라고 말하고 싶은 건 아니겠지?”

“나다!”

“…드워프의 미적 감각은 그런 건가.”

넬이 슬슬 드워프를 약 올렸다. 드워프가 화가 뻗쳐 허공에서 몸부림치며 날 놓으려고 소리를 빽 질렀지만, 로브를 쓴 멀대는 드워프를 내려놓지 않았다.

“가크, 진정해.”

"지금 내가 진정하게 생겼냐!"

드워프는 다혈질, 멀대는 얼음덩이. 참 묘한 조합이었다. 넬은 술병을 빙빙 돌리며, 곁눈질로 둘을 살폈다. 쯧쯧, 작게 혀를 찼다.

'이상한 녀석들이군.'

어느새 복잡하던 머릿속이 드워프와 멀대로 인한 설익은 웃음에 정리됐다. 밀라, 빌러나 은발에 대한 압박은 감쪽같이 사라졌다. 하지만 넬은 그런 자신을 스스로 깨닫지 못했다. 그저 부산스러운 드워프의 분위기에 취해 편안한 마음으로 술을 홀짝였다.

4

“이봐, 꼬마 아가씨.”

누가 봐도 여자인 용병이 길가에 앉아 홀로 인형 놀이를 하는 어린 여자 아이에게 다가갔다. 낯선 사람을 조심하라는 부모님의 가르침을 잘 기억하고 있는 아이는 슬금슬금 뒤로 물러서며, 여차하면 달아날 준비를 했다.

하지만 곧, 여자 아이의 경계가 사르르 풀려 버렸다.

상큼하게 웃으며 여자 아이에게 접근한 용병은 품속에서 맛있어 보이는 사탕 한 움큼을 꺼냈다. 여자 아이의 눈이 대번 휘둥그레졌다. 용병은 아까운 기색없이 여자 아이의 두 손에 사탕을 가득 쥐어주었다.

“언니가, 우리 꼬마 아가씨가 너무 예뻐서 선물로 주는 거야.”

"이거 다~ 시에를 주는 거예요?"

여자 아이는 순진하기 이를 데 없는 눈을 말똥말똥 떠 용병을 올려다봤다. 그 티없이 맑고 순수한 눈빛에 홀딱 빠져 버린 용병은 찡하게 울리는 코끝을 문지르며 고개를 끄덕였다.

"그래, 그래. 우리 꼬마 아가씨 이름이 시에인가 보구나. 시에가 이 사탕 먹고 맛있어서 더 먹고 싶으면 언니가 얼마든지 더 줄게, 시에야."

용병의 얼굴은 감격으로 벅차올랐다.

용병에게서 사탕을 받은 직후부터 용병을 착한 사람이라 굳게 믿게 된 시에는 활짝 웃었다. 그 순수함에 반해 버린 용병은 비틀거리며 시에에게 다가갔다.

"시에야~"

용병의 얼굴에 느끼한 미소가 흘렀다. 용병의 손이 슬쩍 시에의 어깨에 올라갔다.

그때,

"지나!"

누군가가 용병을 불렀다. 그녀는 그 부름에 얼음이라도 된 듯 우뚝 굳었다.

"에라이, 변태야!"

산통을 깨는 고함 소리와 함께 무언가가 뒤통수를 향해 날아왔다. 지나가 피한다면 시에가 맞을 수도 있는 상황이었다. 지나는 충분히 피할 수 있음에도 그것을 그대로 맞았다.

퍼억—!

어느 발 큰 사내의 신발이 지나의 뒤통수를 후려갈겼다.

"커억!"

지나는 과장되게 괴로워하며 시에를 덮쳤다.

"꺄아악!"

놀란 시에가 양손에 든 사탕을 떨어뜨리며 소리를 빽 질렀다. 지나는 그런 시에를 품에 안고 바닥을 데굴데굴 굴렀다. 입가엔 회심의 미소가 한가득 흘렀다. 비록 공격을 받았지만 그로 인해 시에를 안을 수 있었다는 것에 지나는 심히 만족했다.

그런 지나의 속내를 모를 리 없는 신발의 주인이 급히 신발을 손에 쥐고 지나를 향해 달려들었다. 신발 주인은 넬이었다.

"얌마! 그 애 부모 달려오기 전에 얼른 안 놔? 또 치안대에 끌려가고 싶은 거냐. 이 변태야! 여자 주제에 여자 아이만 보면 못 잡아먹어 환장하는 건데! 차라리 남자 애를 건드리란 말이다!"

넬이 기염을 토하며 신발짝으로 지나를 마구 팼다.

"아구, 아구, 아구우~!"

지나는 여기저기 마구 얻어맞으면서도 시에를 놓지 않았다. 오히려 시에를 더 꼭 껴안았다. 어린아이 특유의 몽글한 감촉과 우유 냄새에 지나는 못내 행복해했다.

"나 이대로 죽어도 좋아!"

애 아빠 엄마가 들었으면 나자빠질 소리도 아무렇지 않게

지껄였다.

시에는 지나가 무슨 말을 하는지 이해하지 못했다. 그저 자신에게 사탕을 준 착한 아줌마가 우락부락한 아저씨한테 맞고 있는 것에 놀라 엉엉 울음을 터뜨렸다. 지나는 신발로 맞고 있으면서도 시에를 달래주었다.

시에가 맞지 않도록 최대한 조심하게 신발짝을 휘두르던 넬은 시에가 울자 놀라며 신발 타작을 멈췄다. 물론, 지나가 도망가지 못하게 지나의 등을 발로 꾹 눌렀다.

넬은 억지로 지나의 팔을 벌려 시에를 떼어냈다.

"시에야아!"

아이를 빼앗긴 어미처럼, 지나가 시에를 부르짖었다. 넬은 지나의 주둥이를 손바닥으로 찰싹 때려 한동안 말을 못하게 막은 뒤, 시에에게 단단히 주위를 주었다.

"꼬맹아, 낯선 사람을 조심하라고 아빠, 엄마가 말해주지 않든? 이런 부류의 아줌마는 무척 위험해. 이런 아줌마한테 끌려가면 영영 다시는 아빠 엄마를 만날 수 없어. 그런 건 싫지?"

넬은 최대한 다정하고 사근사근하게 말하려 했지만, 쉽지 않았다. 시에 또한 넬을 절대로 상냥한 아저씨로 보지 않았다. 시에는 넬이 자신을 어떤 위험에서 구해내 준 것임을 몰랐다.

시에가 보기에 넬은 우락부락하고 무섭고 사납게 생긴, 괴물 같은 아저씨였다. 게다가 자신에게 사탕을 준 착한 아줌마를 신발로 마구 패지 않았던가.

시에의 얼굴이 새파랗게 질렸다.

'젠장, 빌어먹을.'

넬은 자신의 외모가 어린 여자 아이에게는 통하지 않음을 아쉬워하며, 생각을 바꿔 위협적인 자세로 시에를 겁줬다.

"어흥! 콱 잡아다 마녀에게 팔아버릴 테다."

"으앙!"

효과는 즉각 나타났다. 시에가 그 자리에 주저앉아 엉엉, 울었다. 아까의 울음보다 배는 더 컸다.

넬은 시에를 단단히 겁을 준 뒤 가게 했다. 시에는 그 좋아하는 사탕이 바닥에 떨어져 있는 데도 주울 생각도 하지 못하고 집으로 도망갔다.

"시에야아아아아~"

뒤도 돌아보지 않고 사라지는 시에의 뒷모습을 보며 지나가 길게 손을 내뻗었다. 지나의 눈에 이슬이 맺혔다.

퍽!

그러거나 말거나, 넬은 지나의 허리를 있는 힘껏 밟았다.

"꾸엑!"

밟혀 꿈틀대는 지렁이 마냥 지나가 넬의 발아래에서 요동을 쳤다.

"내, 내 허리가! 대장! 이러기야? 허리는 여자의 생명이라고!"

"여자가 허리를 어디다 쓰려고 생명이래? 함부로 탐내지 마라, 허리 생명은 남자의 것이다!"

넬은 크헝, 성난 짐승처럼 울부짖으며 지나의 허리를 퍽퍽

밟았다.

"이놈의 허리! 아주 분질러 놔주겠어! 기어다니면 여자 아이한테 못 집적거리겠지! 크하하하하하!"

넬은 냉혹했다.

"사, 살려줘! 살려… 꾸엑!"

끝내 지나는 그 자리에서 정신을 잃고 말았다. 그제야 넬은 지나를 포대 자루 드는 마냥 어깨에 얹고, 동료들이 기다리고 있는 곳으로 향했다.

신발 한 짝을 들고 지나를 때려잡은 넬 덕분에 이 마을 여자 아이들이 지나의 마수로부터 지켜졌음을 마을 사람들은 알지 못했다.

*   *   *

넬이 지나를 엎고 돌아오자, 주점에서 기다리고 있던 가크와 이네아가 둘의 귀환을 반겼다.

"제기랄, 역시나 또 변태 짓하고 있었어."

넬은 옆의 빈 의자에 지나를 던지고 자신도 빈 의자를 끌어다 앉았다.

"역시나. 지나가 슬그머니 사라질 이유가 또 뭐 있겠어."

까만 로브 속에서 차분한 목소리가 흘러나왔다. 이네아의 말에 넬이 이를 갈았다.

"한 마을도 그냥 지나치는 법이 없어."

"그건 네가 할 말이 아닌 듯싶다만."

벌써 맥주를 댓 잔째 비우고 있는 가크가 넬을 노려보았다. 넬은 휘익, 휘파람을 불며 가크의 눈을 피했다.

"너무 몰지는 마. 지나의 사정 들어서 알고들 있잖아."

이네아가 기괴하게 꺾인 지나의 팔다리를 가지런히 놔주고, 지나를 의자에 똑바로 앉혀주며 말했다. 정신을 잃은 지나의 고개가 푹 꺾이자, 아예 두 손으로 지나의 목을 들어 고정시켜 주었다.

"제길, 그렇다고 마을의 여자 아이란 여자 아이는 다 건드리고 집적거리는 꼴을 가만히 보고만 있으라고? 그거 때문에 식량도 못 샀는데 마을에서 쫓겨난 적이 몇 번인지 기억도 못해. 치안대에 걸려 봉변을 당한 건 한두 번이냐?"

넬의 말에 가크가 고개를 주억거렸다.

"하지만……."

로브 속의 두 눈이 깜빡였다.

"넌 그게 문제야. 마음이 너무 약해. 그러니까 피 공포증을 벗어나지 못하는 거야."

가크가 이네아를 꾸짖듯 말하며 지나를 향한 일말의 동정마저 싹 쓸어버렸다.

넬과 가크라고 이네아가 하고 싶은 말이 무언지 어찌 모를까. 그저 도가 지나친 지나를 어느 정도 선에서 막아주는 게 지나를 위한 길이라고 생각하는 것뿐이다.

지나는 어렸을 때 부모를 잃고 여동생과 떠돌며 구걸로 하

루하루를 연명했다. 그러던 중 여동생을 잃었고, 여동생이 죽었다는 생각은 할 수 없었던 지나는 여동생을 찾기 위해 용병이 되었다.

지나의 마음속에서 여동생은 언제나 열 살 남짓한 모습의 어린아이의 모습에서 자라지 않는다. 흐른 세월만 따지자면 벌써 성년이 됐을 테지만, 지나에게는 아니었다.

여자 아이만 보면 머리 색이나 생김새는 상관없이 무조건 자신의 여동생처럼 보인다고 했다. 너무 애틋해서 견딜 수가 없노라고, 지나는 넬 일행에 합류한 지 한참이 되어서야 술에 취해 속내를 털어놓았다. 그제야 넬과 가크, 이네아는 어째서 이네아가 여자 아이만 보면 그리도 환장하는지를 이해했다.

하지만 이해하는 것과 용인하는 것은 별개다. 속사정을 알게 된 후에도 넬은, 동료들은, 이네아의 어린 여자 아이 애호 행각을 막으려 애썼다.

"처음 만났을 땐 그리 살벌했으면서. 한꺼풀 벗기고 보니 저런 변태라는 게 정말 믿겨지지 않아."

넬의 푸념에,

"놈이 아니라 년."

이네아는 잘못된 단어 사용을 지적했고,

"그건 니가 할 소리가 아니다. 나도 맨 처음 너 봤을 때, 니가 이렇게나 여자를 밝히는 놈인 줄 몰랐다고."

가크가 타박했다.

"정말 억울한 건 나야. 나름 검투장에서 휙휙 날아다니는 네

놈을 보고 뭔가, 저놈 참 멋있다고 생각했었다고. 그때의 내 순수를 돌려내라!"

"가만히 생각해 보면 그때의 대장이 지나 처음 봤을 때보다 더 살벌했었긴 했지."

가크와 이네아가 합심하여 넬을 공격했다.

"뭐야, 그래서? 어쩌라고?"

동료들의 반란에 넬이 분노해 두 주먹을 불끈 쥐자, 그 거대한 크기에 가크와 이네아는 금세 꼬리를 내렸다. 깨갱.

"뭐, 그런 건 아니고……."

"그냥 해보는 말이야. 해보는 말. 성질 머리하고는."

지나는 일행에 느직이 합류한 동료다. 가크와 이네아가 먼저 만나 떠돌다 검투장에서 만난 넬과 술김에 의기투합했고, 그 뒤 지나가 합류했다.

넬 일행과 지나는 제국 북부의 산적 토벌에 참가했다. 지금이야 넷 모두 에이어 급 용병이지만, 그때만 해도 넬과 가크, 이네아는 비로드 급 용병에 불과했다. 지나만이 에이어 급 용병이었고, 그 에이어 급 용병 중에서도 명성을 드날리고 있었다. 와이번 슬레이어라는 명예로우면서도 명예롭지 않은 별명이 그녀의 뒤꽁무니에 붙어 다녔다.

지나는 산적 토벌을 준비하며 머무른 산간 마을에서, 혈기를 참지 못한 용병 몇이 마을의 어린 소녀를 희롱한 걸 보고 그들을 난도질해 죽여 버렸다. 형체를 알아볼 수 없을 만큼 잘게 찢겨진 시체는 산전수전 다 겪었다는 넬 일행이 보기에도 역

겨웠다.

그로 인해 안 그래도 지나를 어려워하던 산적 토벌단 용병들은 그녀를 피했고, 넬 일행 또한 그랬다.

산적 토벌을 하다 방심해 죽을 뻔한 지나를 넬이 우연찮게 구해주지 않았다면 넬 일행과 지나 사이의 접점은 없었을 것이다. 아니, 혹여 운명이란 게 존재해 동료가 될 운명이었다 해도, 그건 한참 뒤의 일로 미뤄졌을지도 모른다.

지나가 자신의 목숨을 구해준 값이라며 넬 일행에게 술 한잔 사주는 것으로 인연이 시작된 것이 엮여 지나도 넬과 함께 움직이게 되었다.

이제는 소중한 동료다. 그러니 지나의 변태적인 성벽을 그러려니 이해해 줄 수도 있다. 하지만 넬은 그것이 정말 변태적인 성벽이 아니라 여동생을 향한 버리지 못한 집착임을 알기에 넬은 두 손을 걷고 지나를 방해하고 다니는 것이다.

넬의 굳건한 마음가짐에 이네아는 고개를 끄덕이며 한 발 물러섰다.

"한 잔의 술에 시름을 털어내고 있는 신사 숙녀 여러분."

때마침 어색해지려는 공기를 밝게 만들어줄 만한 목소리가 들렸다. 넬과 이네아, 가크는 반가운 마음으로 고개를 돌렸다. 주점 안의 다른 주객들도 모두 한곳을 집중하고 있었다.

한 손에 류트를 든 음유시인이 주점 한가운데에 자리를 잡고, 손님들을 향해 꾸벅꾸벅 인사를 하고 있었다. 음유시인이나 이야기꾼이 주점에 들르면 그날 매상이 오르기에 주점 주인은 싱글벙글 웃는 얼굴로 카운터에 앉아 있었다.

"……!"

대수롭지 않게 음유시인을 살피던 넬의 얼굴이 딱딱하게 굳었다.

음유시인은 남자인지 여자인지 쉽게 분간이 가지 않을 정도로 아름답게 생겼다. 옷의 자락이 풍성하게 해 입어 몸매를 드러내지 않아 더욱 헷갈렸다.

무엇보다 음유시인의 머리는 빛나는 은발이었다. 마치, 그 시꺼먼 성 속에 사는 소년처럼.

두근!

심장이 미친 듯이 뛰었다. 넬은 왼쪽 가슴을 움켜쥐며 고개를 숙였다.

음유시인의 미모에 취한 동료들은 넬의 변화를 미처 눈치채지 못했다. 주르륵, 그 짧은 새에 등줄기에서 식은땀이 흘러내렸다.

"안녕하세요, 세상을 떠도는 최고의 음유시인 트라베라고 합니다."

스스로를 최고라고 자부하다니. 자존심인지 자만심인지는 알 수 없으나 어느 정도 흥미는 갔다.

"오늘 저는, 신사 숙녀 여러분 앞에서 어느 왕자님의 노래를 들려 드리려 합니다. 오직 자신을 사랑하고, 자신이 사랑하는 공녀들을 위해 일생을 바친 고귀하고도 숭고한 왕자님이 있었습니다. 그 왕자님의 노래를 여러분께 바칩니다. 부디, 마음에

드시거들랑 저의 미천한 재주에 술 한 잔의 성원을 부탁드립
니다.”

음유시인이 다시금 사방을 향해 정중히 인사한 후, 주점 안
을 모두 둘러볼 수 있도록 한쪽 벽에 붙었다. 그 모습이 정말
동화 속 왕자님처럼 우아해 주점 안 여자들의 입에서 탄성이
새어 나왔다.

“옛날에 화사한 금발의 어느 왕자님이 살았습니다. 세상 모
든 귀족 공녀들이 왕자님을 따랐고 왕자님의 사랑을 바랐습니
다.”

디리링, 새하얗고 고운 손이 류트를 훑자 단조롭지만 아름
다운 음색이 만들어졌다. 목소리도 류트 음 못지않아, 사람들
은 음유시인의 이야기에 풍덩 빠져들었다.

“왕자님은 수많은 공녀 중 어떤 공녀 한 사람만을 선택하여
사랑하지는 않았습니다. 왕자님은 자신의 너른 품으로, 세상
모든 공녀들을 안아 품으려 하였습니다. 왕자님은 진정, 수많
은 공녀들의 왕자님이고 싶어했습니다.”

다른 음유시인들과는 조금 이야기가 달랐다. 나름대로 신선
한 터라, 사람들은 음유시인의 말을 중간에 끊지 않았다.

음유시인은 주점 안이 조용해지고 모든 사람들이 자신을 향
하자, 꽤나 기쁜 듯 연신 웃음을 날리며 이야기를 이어나갔다.

“그리하여 왕자님은 세상 모든 공녀님들의 왕자님이 되셨
던 것입니다.”

디리링, 류트의 선율이 주점 안 사람들의 마음을 흔들었다.

‘이게 끝?’ 그제야 사람들은 뭔가가 이상하다는 것을 느꼈다. 하지만 너무 늦은 판단이었다.

짤막한 이야기를 마치고 이어 노래를 부르기 위해 음유시인이 배에 힘을 단단히 주었다. 손에 가볍게 든 류트는 허리춤에 가져다 대고, 손톱으로 미친 듯이 류트를 긁어댔다.

끼기긱, 긱긱. 끽끽!

언제나 은은한 음을 전해주던 류트의 울부짖음에 주점 안은 금세 끔찍한 소리로 가득했다. 놀란 가게 주인이 음유시인을 말리려 했으나 실패했다. 이어 술이 얼근하게 오른 젊은 장정 서넛이 달려들었지만 음유시인은 꿈쩍도 하지 않았다. 음유시인은 손쉽게 그들을 뿌리치고는 그 괴팍한 류트 음에 자신의 생목소리를 더했다.

나는야 공녀 떼의 백마 탄 왕자님
왕자들 중에서도 보기 드문 꽃 같은 미남
이름 하여 백마 탄 왕자님
오늘도 공녀 떼를 사냥하지.
공녀들은 나를 원하지
공녀들은 나를 보면 좋아해.
나를 보면
좋지 죽지 미치지 쓰러지지.
공녀!
내 삶의 이유.

공녀!
공녀들은 나의 삶!

　전설 속의 동물, 드래곤이 소리를 지르면 근방의 살아 있는 모든 것은 그 소리에 질려 죽거나 두려움에 질리게 된다고 했다. 드래곤 피어. 아이들이 읽는 동화책 속에서나 나올 법한 전설의 기술에 버금가는 공격이었다. 아니, 그 전설의 공격을 넘어서는 극강의 기술인지도 몰랐다.
　"끄어억!"
　주점 주인은 카운터에 고개를 박고 쓰러졌다. 그는 눈을 감으며 자신이 살아오면서 누군가에게 큰 죄를 지었던가, 고민했다. 외상을 닦달했던 기억이 몇 있다.
　"……."
　도대체 어떤 미친놈이 외상값 받겠다고 구박한 주점 주인을 이런 고통스런 방법으로 암살하려고 하는 걸까. 정신을 잃기 직전, 주점 주인은 옆의 빵 가게 샘을 떠올렸다. 그 주정뱅이라면 능히 그러리라. 두고 보자!
　주점 주인이 쓰러졌음에도 손님들 중 누구도 좋아하지 않았다. 아니, 좋아할 새가 없었다.
　이때 술값을 내지 않고 도망가면 딱 좋을 테지만, 주점 안 어떤 손님도 감히 그럴 엄두를 내지 못했다. 그들의 고통은 주점 주인보다 더하면 더했지 덜하지는 않았다.
　각기 자신에게 닥친 끔찍한 고통에 괴로워하며 하나둘 의식을 잃어갔다. 모두들 귀를 싸매고, 체면이니 뭐니 신경도 쓰지 않고 바닥을 굴렀다.

"후후홋, 신사 숙녀 여러분, 진심으로 감사드립니다. 저의 노래에 이토록 황홀해하시다니. 이 미천한 음유시인은 너무도 감사하와 몸 둘 바를 모르겠습니다."

모두를 기절과 정신적 피폐로까지 몰고 간 음유시인은 사죄가 아니라 감사 인사를 했다. 괴로워하는 와중에서도 음유시인의 말을 용케 알아들은 사람들이 꾸엑꾸엑, 먹따는 소리를 내며 음유시인을 손가락질했다.

"아, 앙코르인 겁니까?"

그것을 다르게 알아들었는지, 음유시인은 더없이 기뻐하며 다시금 류트를 퉁겼다.

안 돼! 멈춰! 말려! 이럴 순 없어! 여기선 죽을 수 없어! 살고 싶어……. 엄마야. 사람들은 살기 위해 발버둥쳤다. 음유시인의 자비로운 배려를 원했다.

하지만 그들의 간절한 소망과 달리 기적은 쉬이 일어나지 않았다.

"뭐야, 저건."

음유시인의 노래가 강력한 각성제가 된 것일까. 시간이 지나도 영 깨어날 기미가 없었던 지나가 부스스 일어났다.

지나는 여자 아이만 보면 환장하는 푼수 같은 면만 가지고 있지는 않다. 와이번 슬레이어 다운 면모도 보여준다. 때문에 그녀를 믿고 싸움터에서 등을 맡길 수 있는 것이다.

넬의 사랑의 매에 정신이 들었는지 지나의 눈은 서늘하리만치 날카로웠다. 넬은 그 눈빛이 자신이 아니라 저 꽥꽥 대는 음유시인을 향하고 있다는 것에 진심으로 감사했다. 더불어 자신 몫의 분노까지 감당해 내야 하는 저 이름 모를 음유시인의 명복을 빌었다.

음유시인이 막 앙코르 곡을 부르려는 순간, 지나가 쏜살같이 달려나갔다.

"크악, 나의 음악회를 방해하다니. 용서하지 않겠다!"

"감히 그딴 괴성으로 나의 심기를 어지럽히다니!"

음유시인과 지나의 대결은 예상외로 격렬해지고 길어졌다. 음유시인은 생각보다 근성이 있었다. 지나를 상대로 이 정도까지 버티다니, 넬과 가크, 이네아는 진심으로 감탄했다.

하지만 그들은 섣불리 지나의 패배를 점치지 않았다. 그리고 그들의 선택은 옳았다.

반항이 길다 해도 결국 반항하는 자의 체력만 빠질 뿐이다. 음유시인은 지쳐 밀리기 시작했다.

얼마 가지 않아 음유시인은 지나에게 사정없이 짓밟혔다.

음유시인을 밟아대는 꼴이 자신이 했던 그 모습과 겹쳐져 넬은 크흠! 헛기침을 하며 지나에게서 등을 돌렸다. 비명에 얼얼해진 귀를 문지르면서.

5

커튼 없는 창을 통해서 아침 햇살이 쏟아져 들어왔다. 눈을 감아도 그 빛 때문에 훤하게 느껴져 고개를 돌렸다. 침대는 자신의 큰 덩치를 이리저리 움직여도 불편하지 않을 정도로 컸건만, 어째서인지 몸을 움직이려니 쉽지 않았다. 무언가가 누르는 기분도 들었고, 푹신하니 따뜻한 무언가가 품에 안겨 있는 것도 같았다.

넬은 그 무게감을 확인하고자 떠지지 않는 눈을 억지로 떴다. 인상이 절로 찌푸려졌다.

"아아……."

실낱같이 뜬 눈을 두고 고개를 돌려 살펴보았다. 그리고 보이는 풍경과 뒤따라오는 어젯밤의 기억에 넬은 지금 자신의 상황을 납득했다.

침대에 누워 있는 건 넬 혼자가 아니었다. 머리를 길게 풀어낸 알몸의 여자 둘이 넬의 팔을 한쪽씩 베고 잠들어 있었다. 색색, 고른 숨을 뱉으며 자는 모습이 꽤나 고단해 보였다.

어젯밤, 넬과 밤을 불 싸지른 여자들이었다.

이번 의뢰는 꽤 시간이 많이 걸렸다. 완수하기 까다로웠다. 커다란 산을 통째로 두고 뒤져 동굴을 찾고, 그 안을 탐사해야 했다. 고대 유적이나 그런 류는 아니어서 생명의 위협은 없었지만 까다롭고 끈질겼다. 한동안 산에서 살며 산을 샅샅이 뒤지고 살펴야 했다.

겨우 의뢰를 완수하고 하산한 넬 일행은 보이는 첫 마을의 여관 앞에 쓰러졌다. 하루 내내 코를 골며 자고 일어나서야 제정신을 차릴 수 있었다.

의뢰에 언제까지 완수해야 된다는 기한이 정해져 있지는 않으니 마을에서 좀 느긋하게 쉬며, 체력을 살리자는 넬의 의견이 받아들여졌다. 넬 일행은 삼 일 정도 마을에서 머무르기로 했다.

지나는 마을을 샅샅이 뒤져 찾아낸 순진한 여자 아이들을 꼬이고 다녔다. 넬은 그런 지나의 활동을 막기 위해 애쓰면서도 마을의 어여쁜 여자들에게 손길을 뻗었다.

어젯밤도 넬의 늠름한 모습과 그가 말하는 수많은 모험담에 홀딱 빠진 아가씨들이 넬의 단단한 어깨에 머리를 기댔다. 오른쪽에 누운 아가씨는 여관의 여급이요, 왼쪽에 누운 아가씨는 여관 앞 잡화점의 둘째 딸이다.

넬은 게슴츠레한 눈으로 그녀들을 사랑스럽다는 눈빛으로 바라보았다. 능글맞기 이를 데 없었지만 곤히 잠든 그녀들은 미처 넬의 눈빛을 보지 못했다.

벌컥!

넬이 아침의 나른한 여운에 한없이 젖어들고 있을 때, 노크도 없이 문이 활짝 열렸다. 어젯밤, 급한 나머지 문도 잠그지 않았던 걸까.

문이 열리는 순간, 넬은 어젯밤 자신의 실수에 혀를 찼다.

"대장, 밥 먹……!"

방 안의 상황을 전혀 예상치 못하고 뛰어들어 온 지나는 그 자리에서 우뚝 굳었다.

"좋은 아침."

넬이 하하, 어색하게 웃으며 고개를 까딱였다. 양손을 두 아가씨들의 베개로 만들어 버린 터라 손을 흔들지는 못했다.

"으아아악!"

이런 상황이 한두 번이 아니었음에도 지나는 기겁하며 문을 쾅, 소리나게 닫았다.

"이 새끼! 그러고도 대장이냐! 너 오늘 아침 굶어!"

문밖에서 지나가 고래고래 소리를 질렀지만 넬은 신경 쓰지 않았다.

"으음?"

"무슨…….."

문 닫히는 소리와 지나의 고함에 어슷하게 잠에서 깬 두 아가씨가 넬의 양팔에 고개를 파묻었다. 넬은 귓속말로 그녀들을 달래며, 그녀들을 다시 꿈속으로 안내했다.

넬이 두 아가씨의 달달한 숨 사이에서 지나의 행동에 투덜거릴 새, 지나도 아래층으로 내려가 식사하려 앉아 있는 가크와 이네아에게 투덜거렸다.

"저 새끼 저러는 거, 병이야. 병이라고!"

그 말에 둘은 위의 상황을 대략 눈치 챘다.

"남자가 여자 밝히는 걸 어찌 막으랴."

가크는 오히려 부럽다는 눈빛으로 천장을 올려다보았다.

"가크는 운명적으로 정해져 있는 오직 단 하나의 여자를 찾아 떠도는 거잖아. 저렇게 난잡하게 구는 게 부러워?"

지나가 대뜸 세모꼴 눈으로 가크를 쏘아붙였다.

"부럽다는 게 아니야!"

가크 또한 버럭 소리 질렀다. 지나에게 지지 않으려 애쓰는 마음이 여실히 드러났다.

"나는 암만 싸돌아다니고 뒤져봐도 그 여자가 나타나지 않아 애타 죽겠는데, 저놈은 오라지게 뻥뻥 저러고 노니, 내 상황과 비교할 뿐이다."

"결국 부럽다는 거잖아."

지나가 퉁명스럽게 말했다. 이에 발끈한 가크가 얼굴을 구기며 물었다.

"그러는 넌!"

“내가 왜?”

“새삼 남녀는 각기 한 사람만 만나 사랑하고 결혼하고 애 낳고, 키우다 죽어야 한다는 딱딱한 생각을 가지게 된 건 아닐 테고. 왜 그렇게 넬을 못 잡아먹어 안달이야?”

지나가 억울하다는 듯 대답했다.

“나는 조금도 재미 못 보게 사사건건 방해하면서 저만 저렇게 재미 보고 있잖아! 아씨, 억울해! 지도 즐길 거면 나한테도 즐길 자유를 달라고!”

“…….”

“…….”

원체 말이 없어 이 점에서도 할 말이 없는 건지, 아니면 가크처럼 말을 잃은 건지 이네아도 침묵했다.

“크흠흠.”

말하고 나니 조금은 민망해진 걸까. 지나는 괜한 헛기침을 하며 뒷머리를 긁적였다.

“아씨, 근데 트라베 이 녀석은 어디 간 거야?”

“나, 여기 있소~오~”

2층과 연결 된 계단에서 트라베가 터벅터벅 내려왔다. 난간에 기댄 모습이 많이 피곤해 보였다.

“넌 또 어젯밤에 뭘 하고 다녔기에 그 꼴이냐.”

지나의 뾰족한 화살이 트라베에게 돌려졌다. 가크가 안도의 한숨을 내쉰 것과 동시에 트라베가 히끅, 딸꾹질을 했다.

“어젯밤, 저 뒷산에서 뭔 지랄 맞은 소리가 들려서 밤새 잠을 못 잤는데. 그거 네가 한 짓이지? 마을에서도 유래가 없던 일이라 조잘대던데 말이야."

"히끅!"

트라베가 두 손으로 입을 틀어막았다. 그래도 들썩이는 어깨와 숨소리는 어쩌지 못했다. 지나가 어이없어 고개를 돌릴 때까지 트라베의 딸꾹질은 멈추지 않았다.

한참 뒤에야 이네아가 찬물을 가져다주었고, 트라베는 겨우 진정했다.

"훌륭한 음유시인은 하루도 연습을 거르지 않아. 산에 있을 때는 나의 아름다운 선율에 산에 사는 동물들이 자신들의 질서를 어지럽힐까 봐 걱정되 자제한 것뿐이야. 하지만 하산했으니 더 이상 자제할 필요없잖아?"

앞으로 계속 이러겠다는 의지가 엿보였다.

"오호라?"

그 숭고한 각오에 지나가 히죽, 웃었다.

뿌드득, 뿌드득, 지나는 넬 때문에 놀랐던 손가락의 관절을 소리나게 꺾어주었다. 순식간에 트라베의 얼굴이 새하얗게 질렸다.

"어, 어라? 왜 이러는 거야?"

지나가 밤잠에 그리도 목을 매는 여자였던가? 아니면 오늘이 한 달에 며칠씩 괴롭다는 여자들만의 그날? 트라베는 안 굴러가는 머리를 억지로 굴리며, 지나 너머의 가크와 이네아에게 도움의 눈빛을 보냈다.

　트라베의 절절한 눈빛에 가크와 이네아는 동료를 사랑하는 마음을 담아 고개를 끄덕였다. 오늘이 지나가 트라베 잡는 날임을 인정하는 의미였다.

　넬이 한동안 산속 생활에 괴로웠던 것만큼 지나도 많이 괴로워했다. 그리고 하산하여 마을에 들러 둘이 얼마나 기뻐했던가. 그런데 넬이 자기 즐거움만 쏙 누리고, 지나의 독특한 취미는 이 마을에서 절대 펼쳐지지 못하게 철통으로 방어하고 있다.

　넬은 성인 여자 취향, 지나는 어린 여자 아이 취향. 서로 분야가 다르건만, 넬은 언젠가 성인 여자가 될 여자 아이들을 미리 관리하는 차원에서 지나를 철저히 견제했다.

　넬과 지나는 세상 여자들을 두고 치열하게 싸워왔고, 이번 마을에서는 미리 동네 아줌마들 마음을 흔든 넬의 완승이었다.

　옆에서 희희낙락하는 넬의 꼬라지를 보며 지나가 얼마나 열이 받았는지, 가크와 이네아가 어찌 모르겠는가.

　그 화가 오늘에야 폭발하여 죄 없는 트라베를 향했으니. 그저 자신이 희생양이 아니었음에 안도하며, 가크와 이네아는 맛있게 식사를 했다.

　그렇게 그들은 평범한 아침을 맞이했다.

＊　　　＊　　　＊

넬 일행은 얼마 전 용병대로 등록했다. 이미 예전부터 넬을 대장으로 정하고 함께 의뢰를 수행했지만, 이번에 이네아의 주장을 받아들여 정식으로 용병 길드에 신고했다.

용병 길드에서 정한, '용병대를 구성하는 인원이 최소한 다섯 이상'이라는 조건을 아슬아슬하게 맞췄다.

구성원의 실력이야 기준에 걸릴까 걱정할 필요는 없었다. 지나는 넬과 만나기 전부터 에이어 급 용병이었고, 와이번 슬레이어라는 별명을 달고 다녔다. 넬과 가크, 이네아도 얼마 전 에이어 급으로 승급했다. 트라베도 비로드 급 용병으로서 엄청난 살상력을 가진 노래 실력을 인정받고 있다.

용병대의 이름은 '펠트 하르그'로 정했다. 엘프 어로 '끊어지지 않는 강'이란 의미를 가진 말이었고, 이네아의 제안이었다. 뜻이야 어쨌건 발음해 보니 제법 폼도 나고 멋있어 누구도 반대하지 않았다.

다섯 명의 용병 패에 멋들어진 글씨로 '펠트 하르그'가 새겨졌다.

좋은 의미로도 나쁜 의미로도 대륙을 떠들썩하게 만들 펠트 하르그는 서로 다른 다섯 용병이 함께 어울려 떠들썩하게 놀아보겠다는 작은 증표로서 시작되었다.

"젠장, 다 마음에 드는데 왜 하필 넬이 대장인지. 이제 와 생각하니 후회되네."

양손을 깍지 껴 뒤통수에 대고 느그적느그적 걷던 지나가 슬쩍, 넬에게 시비를 걸었다.

"이제 와서 딴말이냐? 그러니까 니가 대장감이 아니라는 거다."

넬이 크하하, 목청이 드러나게 웃으며 말했다.

펠트 하르그의 동료들과 함께 하며, 피식거리던 넬의 웃음은 가크보다 호탕하고 시원하게 변했다. 그런 넬의 모습이 처음부터 그러했다는 듯, 모두들 자연스럽게 생각하고 받아들였다.

가크만이 가끔, 처음 만났을 때의 넬을 기억하고 있을 뿐이었다. 팽팽하다 못해 끊어질 것 같았던 넬이 어느새 바닥에 닿을 만큼 헐렁하게 늘어져 있다.

드워프는 땅을 파 광물을 캐내어 속에 담긴 진정한 빛과 모습을 찾아주는 종족. 넬이 속 안 깊숙이 감추어두었던 시원한 샘물을 드러내고 있음에 자신의 안목이 틀리지 않았다고 홀로 즐거워했다.

물론 넬만이 변한 게 아니다. 지나도, 트라베도, 이네아도, 가크 자신도 변했다. 서로 다른 다섯 광물이 휘적휘적 섞여 서로가 숨기고 있던 빛을 발하고 있다.

그것이 펠트 하르그, 작은 냇물들을 받아 들여 끊어지지 않고 흐르는 강의 의미인 것이다. 가크는 이네아에게 눈을 찡긋거렸다. 그리고는 짧은 다리를 열심히 놀려 넬에게 달려들었다.

"뭐야, 언제 우리가 대장을 인격 따져 뽑았냐? 밤에 힘이 제일 넘치는 놈을 뽑아, 낮에도 용병대 일에 힘 좀 쓰라고 맡긴

거였잖아.”

가크는 껑충 뛰어 넬의 어깨를—힘껏 뛰어도 거기까지밖에 손이 닿지 않는다—퍽 쳤다.

“옳소!”

자신의 편을 들어주는 가크의 말에, 지나가 얼른 찬성하며 가크 옆에 들러붙었다.

이네아와 트라베는 한 걸음 뒤로 쳐져 그들의 모습을 재미나게 관람했다. 트라베가 이것이야말로 새로운 노래의 영감이라며 ‘밤일 잘하는 용병대 대장’ 이라는 곡을 흥얼거렸다. 이네아는 트라베의 입에 주먹을 집어넣어서라도 막아야 된다 생각하며 적절한 때를 기다렸다.

“그러고 보면 대장 별명도 마음에 안 들어.”

한술 더 뜨는 지나의 말에 넬이 아니라 가크의 눈썹이 비쭉 올랐다. 그걸 용케 놓치지 않고 본 넬이 큭큭, 웃었다.

“쳇, 저 웃는 거 봐. 저 자식 보고 폭풍이라니? 폭풍?”

지나가 자신의 목을 두 손으로 감싸 쥐고 우웨엑, 토하는 시늉을 했다.

“젠장, 폭풍이 다 얼어 죽었나. 누구야? 대장한테 그런 말도 안 되는 별명을 지어준 거?”

“나다.”

가크가 눈을 번쩍 빛내며 대답했지만 지나는 미처 듣지 못하고 계속 말했다.

“차라리 유쾌한 조루는 어때? 딱이잖아? 응? 그도 아니면 유쾌한 산들바람이라던가."

드워프는 자신이 만들어낸 것엔 굉장한 자부심을 가진다고 하지 않던가. 가크는 자신이 고심해서 지어 퍼트린, 공인까지 받은 넬의 별명을 깎아내리는 지나를 가만히 두고 보지 않았다.

"으악!"

가크가 있는 힘껏 지나의 발을 밟았다. 갑작스런 공격을 정통으로 맞은 지나가 밟힌 발을 잡고 그 자리에서 껑충껑충 뛰었다.

"뭐야, 가크! 이 망할 할배가!"

"아직 장가도 못 간 총각한테 할아버지라니, 아직도 정신을 못 차렸군."

가크가 지나의 다른 한 발도 꾹 밟았다.

"끄악!"

지나가 한 발씩 번갈아가며 펄쩍펄쩍 뛰었다. 그 모습이 개구리 춤을 추는 듯 새로워 보여, 펠트 하르그는 누가 먼저랄 것 없이 배꼽을 잡고 웃어댔다.

"빌어먹을! 가크, 가만히 두지 않겠어!"

지나의 다음을 기약하는 원한 어린 예고도 즐거움이 되었다.

크하하, 하하, 하하하. 시원하게 뻗어가는 웃음이 펠트 하르그를, 넬을 휘어 감았다.

시원했다.

넬은 가슴을 쫙 펴고, 숨을 크게 들이켰다. 그 시원함을 가슴에 가득 담았다.

그는 유쾌한 폭풍이 되었다. 처음 들었을 때 어울리지 않는다고 웃어넘겼던 화려한 별명이 그의 모든 것을 대변하는 그의 또 다른 이름이 되었다.

펠트 하르그, 동료들 때문일 것이다. 은발의 누군가와 다른, 밀라나 빌러와도 전혀 다른 이들. 이들의 곁에서 그는 펠트 하르그의 유쾌한 폭풍이 되었다.

펠트 하르그 안에서는 전쟁터에서 구더기가 드글드글한 빵을 먹어도 즐거웠다. 입 안에서 톡톡 터지는 구더기가 별미로 느껴졌다. 살기 위해 싸우는 게 아니라 이들과 함께 내일 더 즐겁게 위해 싸우게 되었다.

넬은 높은 하늘을 올려다보며 마음으로 소리쳤다.

나는 유쾌하다.

나는 무서워하지 않는다.

나는 겁먹지 않는다.

나는…….

나는, 넬.

유쾌한 폭풍, 넬.

넬이다!

어디선가 시원한 바람이 불어오는 것 같았다. 상쾌했다 기분이 좋았다. 입가엔 절로 미소가 덧그려졌다.

'그래, 나는 넬 에이어. 유쾌한 폭풍 넬이다. 나는 폭풍이야!'

바람이여, 불어라.
나는 너를 집어삼켜 폭풍이 되리니.

외전 2

훼일카드 민 데르 류 데카리온

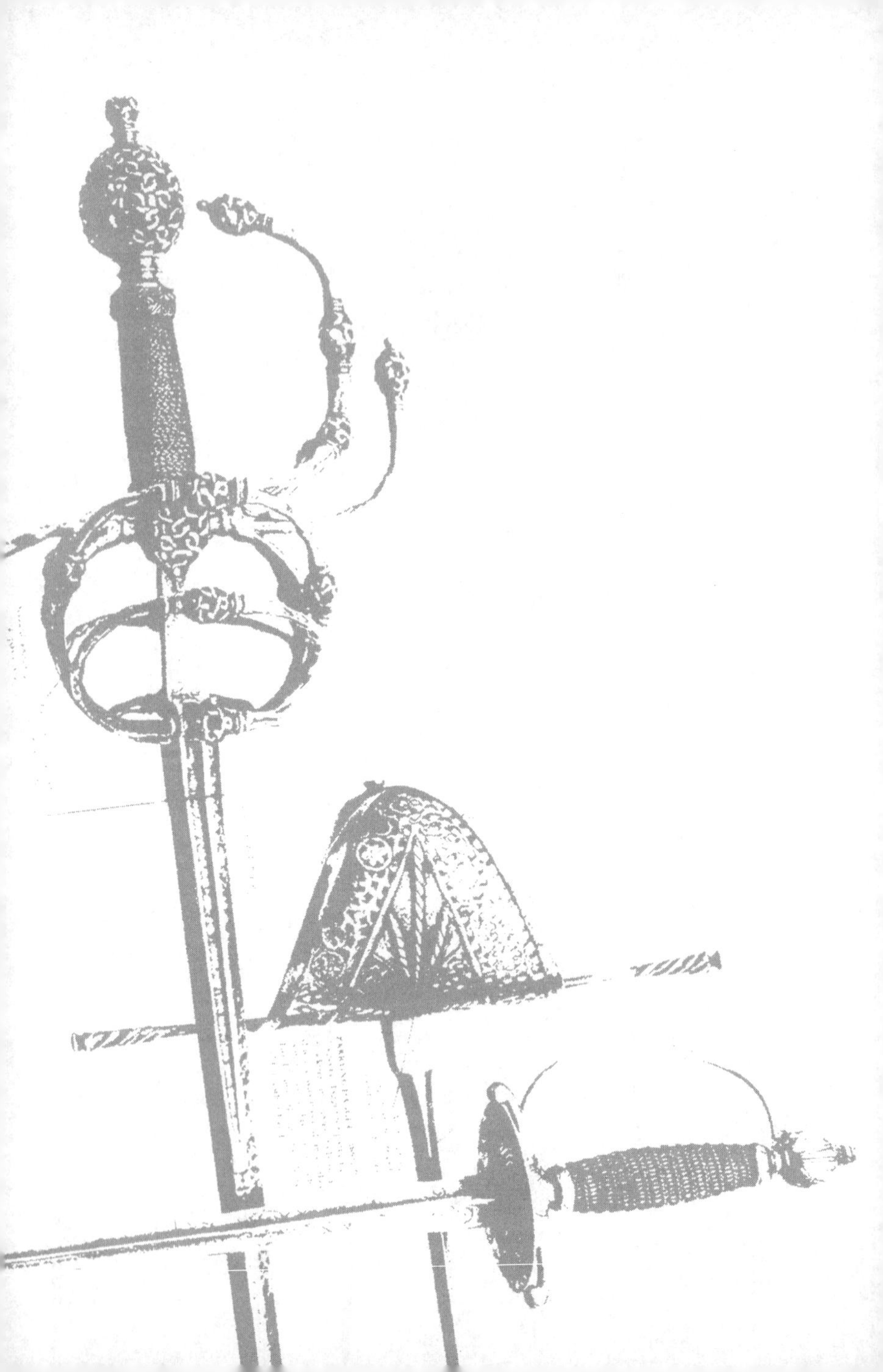

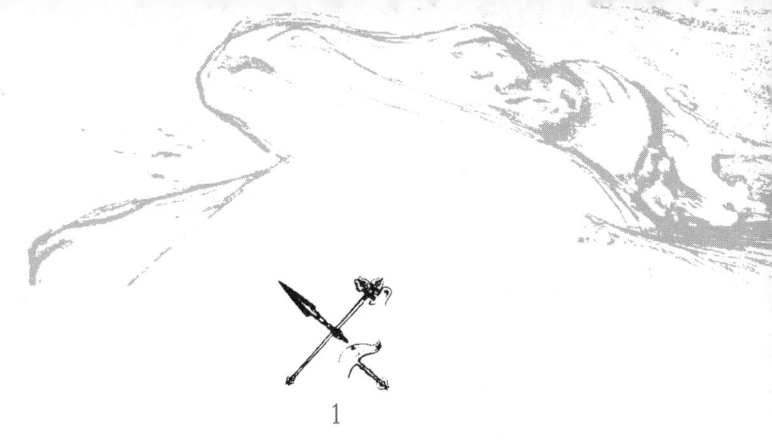

1

　제국의 드넓은 동쪽은 동제후 데카리온의 이름으로 묶였다.

　동제후령은 그 자체로 하나의 거대한 왕국이다. 동제후는 그 안에서 왕처럼 군림하고 지배하며 권력을 휘두른다.

　데카리온 가문에 충성을 맹세한 수많은 방계 가문과 봉신 가문들이 드넓은 영토 곳곳에 퍼져 있다. 동제후령 안에 사는 백성들은 자신이 제국의 백성인지, 동제후의 백성인지 헷갈려 할 정도로, 먼 황제보다 가까운 제후에게 복종한다.

　동제후령 중앙의 동제후 직할령에는 동제후의 막강한 힘을 상징하듯 웅장한 성이 하늘 높은 줄 모르고 솟아 있다. 제국의 수도 아라디함의 황성처럼 화려하지는 않지만 웅장하고 침중하다.

성이 서 있는 근방을 윈즈라 부르기에, 성은 윈즈 성으로 불렸다.

윈즈 성은 굳건한 데카리온 가문을 상징하듯 언제나 고요하고 잡음이 없었다.

그런데 그 윈즈 성이 요 며칠 부산스러워졌다.

하인, 하녀들이 새로 뽑혀 들어가고 윈즈 지방에서 가장 실력 있다는 산파가 일주일 전부터 성에 들어가 나오지 않았다. 황실에 아기 용품을 납품한 장인들이 부산스럽게 들락날락거리고, 근방의 이불을 잘 만들고 수를 잘 놓는 침모들이 전부 성으로 불려 들어갔다.

동제후의 후처, 미나트 부인의 해산 때문이다.

손이 귀한 동제후 가문에서 자손을 얻는다는 것은 매우 귀한 일이다. 동제후가 직접 움직이지 않아도 밑의 사람들과 방계 가문의 친척들이 더 부산을 떨었다.

어미가 하녀 출신이었지만 그들은 아이 소식을 달가워했다. 본처 로얄린 부인이 아들을 하나 낳고 더 이상 아이를 낳을 수 없는 몸이 된 지 몇 년이 흘렀다. 그간 동제후는 주변의 청에도 불구하고 새 부인을 얻거나 정부를 두지 않았다. 모두가 지쳐 포기하고 있었건만, 동제후가 갑자기 성의 하녀를 건드려 아이를 얻게 된 것이다. 주위의 관심이 쏠릴 수밖에 없었다.

윈즈 성의 모든 관심이 미나트 부인을 향하고, 분위기가 들뜨면 들뜰수록 뒤쪽에 길게 드리워진 그림자는 더욱 짙어졌다.

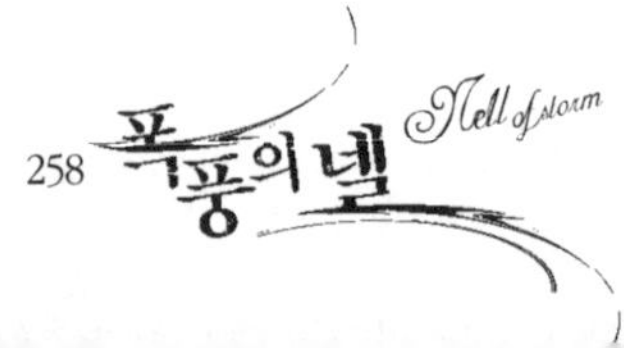

미나트 부인이 드디어 진통에 이성을 잃고 윈즈 성이 떠나가라 악을 쓰는 해산날에 짙은 그림자 또한 이성을 잃고 날뛰었다.

그 그림자를 남들 눈에 띄지 않게 감추고 달래는 역할은 어느 어린아이의 몫이었다.

"여자 아이여야 해. 반드시 여자 아이여야 한다고!"

동제후의 정처, 로얄린 부인은 손톱을 물어뜯으며 방을 왔다갔다 움직였다. 미나트 부인의 첫 비명이 윈즈 성에 울리자 아들의 방에 뛰어 들어와서는 줄곧 그 자세였다. 이미 열 손가락 손톱을 모두 물어뜯어 엉망이 되었지만, 신경 쓸 겨를이 없었다.

"여자 아이야. 여자 아이여야 해. 계집이 아니라면……. 가만두지 않겠어."

주문을 외우듯 중얼거리는 모습에서 평소의 기품과 우아함은 찾을 수 없었다.

명문 가문의 영향으로, 귀하게 자라난 그녀는 아름다운 동제후를 사모하는 수많은 공녀들 중 하나였다. 동제후를 깊이 사모해 상사병에 들떠 죽기 일보 직전까지 갔었다. 딸을 허망하게 죽게 할 수 없었던 그녀의 아버지가 동제후에게 무릎을 꿇고 청혼하여, 그녀는 동제후의 여인이 되었다.

동제후가 이상한 소문이 돌 정도로 여자에게 관심을 가지지도 않았을 뿐더러, 로얄린 부인은 필사적으로 동제후 곁에 어떤 여자라도 가까이 접근하는 걸 막았다.

그녀는 싫었다. 자신 외의 어떤 여자도 동제후 앞에서 미소 짓는 것이.

그녀의 집착을 동제후는 버거워했지만 그렇다고 다른 여자에게 마음을 두지 않았다.

로얄린 부인이 난산 끝에 아들을 낳고, 더 이상 아이를 가질 수 없는 몸이 된 후에도 동제후는 다른 여자를 가까이 하지 않았다.

그래서 안심했건만, 로얄린 부인이 방심하기를 기다렸다는 듯 동제후는 어린 하녀를 건드린 것이다. 그것으로도 모자라 윈즈 성에서 가장 아름다운 별궁을 그녀의 거처로 마련하고, 그곳에서 살다시피 했다.

별궁에선 언제나 동제후가 로얄린 부인에게 한 번도 보여준 적 없는 따뜻한 웃음소리가 들렸고, 얼마 지나지 않아 하녀는 임신을 했다.

로얄린 부인은 자신의 머리를 쥐어뜯으며 신음했다. 생각하기만 해도 괴로웠다.

'아악!' 그녀에게서 남편을 빼앗아 남편의 아이를 낳는, 죽이고 싶을 만큼 괘씸한 천한 것의 비명이 멀리서 들려오는 것 같았다. 그때마다 로얄린 부인은 경기를 일으키듯 몸을 떨었고, 더 바삐 방을 왔다갔다 걸어 다녔다.

"어머니."

소파에 앉아 있던 소년이 읽고 있던 책을 덮고 그녀를 불렀다.

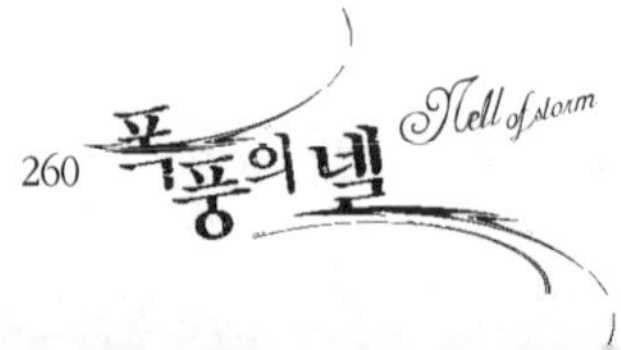

"오오, 내 아들. 훼일카드민!"

그녀는 부름에 재깍 응답했다. 야단스러운 걸음을 멈추고 소년에게 다가왔다. 쓰러지듯 소년 앞에 무릎을 꿇고, 얼굴을 소년의 다리에 묻었다.

"어머니, 걱정하지 마세요."

소년은 그녀의 어깨를 쓸어내리며 나직한 목소리로 말했다.

"여자 아이일 겁니다. 반드시, 여자 아이입니다."

소년이 신이 아닐진대 아직 태어나지 않은 아이가 여자 아이일지 남자 아이일지 알 수 있을 리 없다. 그저, 지쳐 쓰러질지 모를 어머니를 배려하는 갸륵한 마음이었다.

"오오, 내 아들. 내 아들!"

로얄린 부인은 고개를 들어 눈물이 글썽한 눈으로 소년을 올려다보았다. 그녀는 신을 예찬하는 신관 같았다.

그녀는 손을 뻗어 아버지를 쏙 빼닮은 은빛 머리카락을 더듬고, 차분한 청색 눈에 입을 맞췄다. 석상처럼 표정 없는, 하지만 우아하고 기품있는 소년의 얼굴은 그녀의 찬사를 당연하다는 듯 받아주었다.

소년의 몇 마디 말에 로얄린 부인은 마음을 조금 가라앉혔다. 그녀는 소년의 두 손을 꼭 잡고 소년에게 몸을 기댔다. 아직 어린 소년에게 로얄린 부인은 벅찼지만, 소년은 힘든 내색 한 번 보이지 않았다.

잠시 후,

예고 없이 문이 벌컥 열리고 나이든 시녀가 뛰어들어 왔다.

로얄린 부인이 별궁 근처를 서성거려 보라고 일러뒀던 시녀였
다.

"어찌 됐는가?"

로얄린 부인이 화살처럼 벌떡 일어나 시녀에게 다가갔다.
시녀는 기쁜 건지 슬픈 건지 알 수 없는 얼굴이었다.

"여아… 여아입니다."

시녀의 말에 로얄린 부인은 그대로 그 자리에 스르륵 쓰러
졌다.

"어머니."

소년이 얼른 로얄린 부인에게 다가가 그녀의 머리를 안았
다.

"훼일카드민, 내 아들."

긴장이 풀린 것일까. 축 늘어진 로얄린 부인은 손을 들어 자
신을 걱정하는 소년의 뺨을 어루만졌다.

"다행입니다. 다행이에요. 안 그런가요? 내 아들."

"어머니, 그런 천한 것들에게 신경 쓰지 마세요. 이러다 어
머니께서 아프시면 저는 그들을 결코 용서하지 못할 겁니다."

할 수만 있다면 아버지를 향한 집착의 끈마저 잘라내기를
바란다. 하지만 그 끈이 지금 어머니를 지탱하는 전부라는 것
을 알기에, 자신이 해산한 마냥 지친 로얄린 부인에게 그 말을
할 수는 없었다.

소년은 로얄린 부인을 꼭 안아주었다. 그녀는 소년의 품에
서 다행이라는 말만 끊임없이 되뇌었다. 로얄린 부인의 몸은

많이 차가웠다.

*　　　*　　　*

　동제후가 미나트 부인이 낳은 아이의 이름을 지어주었다. 에일린. 정식 이름은 에일린 데카리온이었다. 그 아이는 데카리온 가문의 두 번째 적통 후계자가 되었다. 일각에선 반대도 없지 않았지만, 모두들 훼일카드민 하나로는 불안해하던 터라 반대의 목소리도 금방 사그라졌다.
　에일린이 태어난 뒤로 동제후가 윈즈 성에 머무는 날이 늘었다. 일 년의 대부분을 수도 아라디함에 머물던 예전과는 확연히 달라진 모습이었다.
　그렇다고 소년, 훼일카드민과 로얄린 부인이 동제후를 볼 수 있는 시간이 늘어난 것은 아니었다.
　동제후는 별궁에 붙어 살다시피 했다. 그럴수록 로얄린 부인의 신경질이 늘었고, 동제후의 관심을 바라는 듯한 행동을 했지만 동제후는 신경도 쓰지 않았다. 로얄린 부인의 행동은 점점 더 심해져 도를 넘기 일쑤였고, 윈즈 성은 차마 밖으로 보일 수 없는 소란에 들썩였다.
　누구도 말리지 못하는 그녀를 말릴 수 있는 건 훼일카드민뿐이었다. 로얄린 부인을 막다 못한 하인, 하녀들은 언제나 동제후가 아닌 훼일카드민을 부르러 갔다. 그러면 훼일카드민은 만사 모든 일을 제치고 로얄린 부인에게 왔다.

　로얄린 부인은 훼일카드민 앞에선 순한 양처럼 얌전해졌다. 훼일카드민은 로얄린 부인을 어떤 약이나 강압적인 행동 없이 잠재우곤 했다.

　오늘도 훼일카드민은 예법 수업을 받다, 로얄린 부인에게 왔다.

　훼일카드민이 도착했을 무렵, 방 안은 엉망으로 변해 있었다. 오묘한 빛의 도자기는 깨졌고 값비싼 그림은 찢겼다. 양탄자는 더럽혀졌고 커튼은 과도로 난자당했다. 과도는 커튼에 매달려 달랑거렸다. 침대는 꽃병이 깨져 물과 사기 조각, 꽃잎으로 흠뻑 젖었다. 책꽂이는 쓰러져 가죽 양장의 책들이 구겨지고 찢어져 있었다. 바닥은 날카로운 사기, 유리 조각들이 잔뜩 뿌려져 있었다.

　그 아수라장 속에 로얄린 부인이 서 있었다.

　맨발이라 유리 조각을 밟을 수밖에 없었다. 그녀의 발에서 흘러내린 피가 양탄자에 자국을 남겼다. 그럼에도 그녀는 아프지도 않은지 히죽 웃었다.

　드레스는 밑단이 갈기갈기 찢겨졌고, 머리는 산발이었다. 별궁이 화사해질수록 깊게 패는 뺨과 주름으로 고운 얼굴이 슬프게 변했고, 몸은 바짝 말랐다.

　"오오, 훼일카드민."

　훼일카드민이 급히 달려오느라 거칠어진 숨을 헉헉 내쉬며 그녀의 앞에 서자 로얄린 부인의 얼굴에 희색이 만연했다. 그녀에게 유일하게 사는 낙은 소년이었다.

"곧 데카리온 동제후가 되실 귀한 분이 무슨 급한 일이 있다고 뛰어오시는 겁니까. 훼일카드민, 아무리 급해도 절대 뛰거나 빨리 걸어서는 안 됩니다. 결코 뭇 사람들에게 다급한 모습을 보여주어서는 안 돼요. 윗사람이 빈틈을 보이면 아둔하고 탐욕에 절은 천한 것들은 분수를 모르고 달려든답니다."

어린 아들의 실수를 깨우쳐 주기 위해 그녀는 사근사근 말했다.

바스락, 그녀가 움직일 때마다 밟고 있던 유리 조각들이 서로의 몸을 비벼 소리를 냈다. 그녀를 중심으로 사방에 퍼진 핏빛 얼룩은 더 커졌다.

"어머니."

훼일카드민이 살짝 미간을 찌푸렸다. 로얄린 부인이 입술을 굳게 다물고 고개를 저었다.

훼일카드민은 다시 얼굴에 미간을 펴고, 석고상처럼 표정 없는 얼굴로 어머니를 불렀다. 그제야 로얄린 부인이 활짝 웃었다.

감히 날뛰는 로얄린 부인 곁으로 다가가지 못했던 하녀들이 그제야 우르르 몰려왔다. 훼일카드민은 낮게 억눌린 목소리로 명령했다.

"어서 바닥을 쓸어라."

기다렸다는 듯 하녀들이 훼일카드민과 로얄린 부인 사이의 바닥을 쓸었다.

훼일카드민은 천천히, 마음은 급했으나 표정으로 드러내지 않고 걸음걸이도 적정한 속도를 유지한 채 걸었다.

로얄린 부인 앞에 서서 우아하게 손을 내밀었다. 로얄린 부인 또한 고고한 표정을 잃지 않고 훼일카드민의 에스코트를 받아들였다. 훼일카드민은 로얄린 부인을 옆방의 침대 위로 데리고 갔고, 그녀를 침대에 눕힌 후 대기하고 있던 주치의를 불렀다.

주치의가 로얄린 부인의 발에 박힌 유리 조각들을 빼내고, 상처를 다 치료했을 즈음에 그녀는 고른 숨을 내쉬며 잠들어 있었다. 훼일카드민의 자그만 손을 꼭 잡은 채로.

훼일카드민은 주치의가 물러가고도 한참 동안 로얄린 부인의 곁을 지켰다.

불쌍한 어머니! 어머니의 프라이드가 깎일까 두려워 함부로 입 밖으로 꺼내지 못했던 말을 속으로나마 중얼거렸다.

훼일카드민은 자유로운 손으로 로얄린 부인의 머리카락을 뒤로 넘겨 쓸어주며, 그녀의 느슨해진 손아귀에서 자신의 손을 빼냈다.

방문을 조용히 닫고 나오니, 밖은 로얄린 부인이 벌려놓은 방을 치우느라 정신이 없었다. 훼일카드민은 시녀들을 모두 불러 모았다. 그리고 이번엔 또 무슨 일로 그녀가 이리 광분했는지를 알아냈다.

이유라고 해봤자 언제나 별다를 바 없는 것이었고 이번에도 마찬가지였다. 동제후가 미나트 부인과 별궁에서 함께 점심 식사를 즐겼다는 말을 듣고 그리 이성을 잃었다 했다.

주인이 듣고 싶어 하지 않는 이야기까지 귓가에 수군대는 건 주인을 잘 보필하지 못하는 것이라고, 훼일카드민은 로얄린 부인을 돌보는 하인, 하녀들을 불러놓고 꾸짖었다. 그들은 어린 소년 앞에서 감히 고개를 들지 못했다.

훼일카드민은 큰일이 없는 한, 동제후를 이어 다음 대 동제후가 될 것이다. 동제후가 미나트 부인을 총애하고, 그가 낳은 아이를 예뻐한다 해도 그 아이가 훼일카드민의 자리를 위협할 순 없다. 어머니가 천한 하녀 출신이지 않은가. 무엇보다 아이는 여자 아이였다.

그 아이에게 후계권을 준 것은 훼일카드민이 잘못됐을 만일의 사태에 대비하기 위함이다. 설사 훼일카드민이 잘못된다 하여도 동제후가 되는 건 그 아이와 남편 사이에서 태어날 남자 아이지, 그 아이가 될 수는 없었다.

그렇기에 윈즈 성에서 동제후 버금가는 복종의 대상은 훼일카드민이다. 자신들의 목숨을 쥐락펴락하는 훼일카드민 앞에서 누구도 감히 고개를 들지 못했다.

"다시 이런 일이 일어난다면, 성 안 소문을 쓸어 담는 그 오지랖 넓은 귀와 가벼운 입을 모조리 꿰매 버리겠다."

열 살도 안 된 소년의 경고에 하인과 하녀들은 열심히 고개를 주억거렸다.

어머니의 마음 하나 헤아려 주지 못하는 하인, 하녀들 따위 모조리 죽여 버리고 싶었지만, 속내를 드러내지 않았다. 거칠어지는 숨을 차분히 가다듬고, 언제나처럼 무표정한 얼굴로 단단히 무장했다.

　귀족은 분노할 수 있지만 화내지는 않는다. 격렬한 불꽃이 가슴속에서 피어오르는 걸 다스려 겉으로 드러내선 안 된다. 우아하고 기품있게. 하얀 얼굴로 웃으며 등 뒤에 칼을 박아 넣을 수 있어야 한다.

　훼일카드민은 가슴속에서 타오르는, 누군가를 향한 건지 알 수 없는 분노를 잠재우려 애썼다.

　그러는 새 자신도 모르게 별궁에 이르렀다.

　애초에 별궁에 오려던 것이 아니었다. 때문에 눈앞에 보이는 별궁 건물에 놀라 눈을 깜빡였다.

　다시 보아도 별궁 같은 건물은 별궁이었다. 자신이 스스로 걸어 이곳에 왔다는 것이 믿겨지지 않았지만 믿을 수밖에 없었다.

　그가 가야 할 곳에는 예법 선생이 아직도 훼일카드민을 기다리고 있을 터. 그에게로 가봐야 했다.

　'어째서 여기로 온 거지?'

　스스로에게 어이없어, 쓸쓸하게 웃으며 고개를 돌렸다. 하지만 몇 걸음 못 가 다시금 몸을 돌려 별궁을 바라보았다.

　"……."

　별궁은 크고 침침한 윈즈 성에서 유일하게 빛나는 작은 꽃밭이 있었다. 거기서 꽃향기가 가득 풍겼다.

　훼일카드민은 한 발 한 발, 별궁 안으로 걸어 들어갔다. 어머니를 생각해서라도 평소에 고개도 돌려보지 않던 곳이다.

금역 아닌 금역에 발을 디디니 기분이 이상했다. 지금이라도 돌아가야 한다는 이성과 달리 앞으로 걸어가는 발의 고집 사이에서 결국 발의 고집이 승리해, 훼일카드민은 별궁의 정원에 들어섰다.

별궁에 딸린 작은 정원은 잘 가꾸어져 있었다. 어머니의 정원과는 다른 느낌이었다.

'어머니……'

로얄린 부인이 가꾸는 정원은 기이한 꽃과 나무로 화려하게 꾸며져 있는 데 비해 별궁의 정원은 투박하다 싶을 만치 수수했다. 값비싼 정원수는 보이지 않았고 꽃과 나무를 원하는 모습으로 깎고 매만진 것 같지도 않았다.

뭘 훔치러 숨어든 도둑도 아니건만 별궁 건물에 가까이 갈수록 발걸음이 조심스러워졌다. 바스락바스락, 나뭇잎 밟히는 소리마저 귀에 거슬렸다.

자신보다 키가 조금 더 큰 풀 나무 앞에서 걸음을 멈췄다.

하하, 호호. 바로 앞에서 남녀의 웃음소리가 들렸다. 굵직한 웃음은 어디선가 많이 들어본 것이었다. 여자의 웃음소리는 어머니의 웃음보다 작고 겸손하게 들리는, 처음 들어보는 것이었다.

훼일카드민은 수풀 사이로 보았다.

포대를 안고 맑게 웃고 있는 갈색 머리 여자와 곁에서 웃고 있는 반짝이는 은발 머리의 남자. 여자가 안고 있는 포대에는 아이가 담겨 있을 것이다.

미나트 부인과 동제후, 그리고 에일린.

셋만의 다과는 햇빛이 쏟아지는 정원에서 단출하지만 따뜻해 보였다. 그 자체로 완벽했다. 바늘이 비집고 들어갈 만한 틈도 보이지 않았다.

훼일카드민은 한 번도, 동제후가 저리도 스스럼없이 웃는 걸 본 적이 없다. 어머니와 함께여도 무뚝뚝했고, 훼일카드민을 자신의 서재에 불러서도 그러했다.

훼일카드민은 그가 웃을 줄 모르는 사람이라 믿어 의심치 않았다. 어머니가 동제후를 시랑하며, 동제후처럼 훌륭한 귀족이 되어야 한다는 말속엔 동제후처럼 차갑고, 냉정해야 한다는 것도 포함되는 건 줄 알았다.

그런데,

그는 어찌 저리 따뜻하게 웃는단 말인가. 어머니와 자신이 없는 이런 조그만 별궁의 정원에서.

'웃을 줄 알면서 어머니와 내 앞에서만 웃지 않았던 건가?

조금 전까지 어머니는 스스로 분을 이기지 못해 자해를 서슴지 않았다. 달려가 손을 잡아주어야만 비로소 안심하며 잠들었다. 그렇게 사랑하고 증오하면서도 동제후를 욕하지 않았다.

그런데 그는 같은 성 안에서 저리도 편안하게 웃고 있다. 어머니가 괴로워하며 심장에 유리 조각을 박는 동안 그는 다른 여자의 곁에서 저리 즐거워하고 있다.

훼일카드민은 이를 악물며 손에 힘을 주었다. 잡고 있던 얇

은 나뭇가지가 뚝, 부러졌다.

작은 소리였지만 아무에게도 방해받지 않았던 작은 천국의 평화를 깨뜨리기엔 충분했다. 원래 남몰래 만들어진 평화가 더 쉽게 깨지는 법 아니던가.

서로를 바라보며 그리도 행복해하던 남녀가 놀라며 훼일카드민 쪽을 바라보았다. 훼일카드민은 수풀을 헤치고 불쑥, 모습을 드러냈다.

그래도 아버지란 걸까. 동제후가 먼저 훼일카드민을 알아보았다.

여자는 포대를 가슴에 꼭 안고 그 자리에 주저앉았다. 훼일카드민보다 동제후가 더 높건만, 그녀는 감히 동제후 앞에서 훼일카드민에게 예의를 보였다.

동제후는 딱딱하게 굳었다. 여자는 몸을 떨었다.

"으앙!"

주변의 분위기가 차갑게 식은 걸 알아채기라도 한 것일까. 그때까지 새근새근 잘 자고 있던 아기가 울음을 터뜨렸다.

피식, 천국의 불청객은 그제야 몸을 돌렸다.

오래 머무를 마음은 없었다. 동제후가 죄를 지은 게 아니라 어쩌면 그에게는 당연한 걸지도 모를 상황을 한낱 작은 소년이 어찌 비난할 수 있겠는가.

등 뒤에서 자신을 부르는 동제후의 목소리는 들리지 않았다. 아마도 우는 아이를 달래느라 정신이 없을 것이다.

웃고 싶어졌다. 웃음이 나왔다. 어머니가 아신다면 분명, 귀

족답지 못하다고 화를 낼지 모르지만 지금은 그냥 웃고 싶었
다.

하하하, 그래서 훼일카드민은 웃었다. 자신의 웃음을 저주
삼아 별궁에 뿌렸다.

그는 언제나 아버지가 아닌 동제후였지만, 지금에 이르러서
는 알지 못하는 타인이 되어버렸다.

훼일카드민은 자신을 기다리고 있을 예법 선생에게 돌아가
지 않았다. 여전히 곤히 잠들어 있을 어머니에게로 갔다.

다시, 손을 꼭 잡아주고 홀쭉한 뺨을 쓰다듬었다.

'어머니, 당신의 잘못은 아버지를 너무 사랑하는 것, 단 하
나입니다.'

훼일카드민은 그녀가 일어나서 환하게 웃어줄 때까지 곁을
떠나지 않았다.

*　　　*　　　*

별궁에 난입한 지 며칠이 지나도 별궁과 동제후는 아무런
움직임도 보이지 않았다. 어쩌면 동제후가 자신을 부를지 모
른다고 기대했던 훼일카드민도 자기 자신의 아둔함에 헛웃음
지며 엷은 기대 한 자락을 털어냈다.

그 뒤로, 더 이상 훼일카드민은 별궁과 접촉하지 않았다. 훼
일카드민은 별궁을 찾지 않았고 미나트 부인과 에일린이 성에

존재하지 않는 양 행동했다. 미나트 부인도 되도록 로얄린 부인과 훼일카드민의 눈에 띄지 않고 조용히 행동했다.

그렇게 몇 년이 하릴같이 지나갔다.

훼일카드민은 훌쩍 자랐지만 여전히 뼈가 얇고 근육이 붙지 않아, 로얄린 부인의 걱정을 샀다. 별궁의 에일린도 꽤 컸다는 소리도 은근히 들었다.

그리고 오늘, 동제후가 오랜만에 훼일카드민을 불렀다. 훼일카드민은 어머니의 재촉에도 서두르지 않았다. 천천히 아침 식사를 하고 어제 다 보지 못한 책을 전부 읽었다. 그런 다음 동제후의 서재로 갔다.

꽤 오랜만의 부자 상봉이었다.

훼일카드민이 깊이 허리 숙여 인사하자, 창가에 서서 그림자에 얼굴을 반쯤 가린 동제후가 말했다.

"그간 잘 지냈느냐."

"가정교사들이 정기적으로 보고하는 줄 알고 있습니다."

"나날이 발전한다는 말은 너를 위해서 있는 말 같더구나."

"감사합니다. 데카리온의 이름에 부끄럽지 않게, 더욱 열심히 갈고닦겠습니다."

의미없는 말이 오갔다.

훼일카드민은 조금, 아주 조금 기대했다. 자신과 별궁에서 잠시나마 마주쳤던 그 일에 대해 말해주기를.

하지만 동제후는 언제나 그랬던 것처럼 훼일카드민에게 아버지가 아니라 동제후였다.

검술 선생이 훼일카드민의 재능을 극찬한 것 같았다. 검에 재능이 있다는 것뿐만 아니라, 이대로 성장하면 제국 최고의 기사인 러세리드 북제후의 아성까지 깨뜨릴 만한 기사가 될지도 모른다고.

수업 시간마다 감탄과 찬사를 쏟아내기에 기사 주제에 입발린 말을 잘하는구나 생각했었다. 그런데 그 매끈한 혀가 동제후의 귓속까지 파고들었다니… 떨떠름했다.

아직 미숙하기 이를 데 없다고 훼일카드민은 겸손하게 굴었다. 훼일카드민은 스스로의 재능에 자신이 있었다. 어쩌면 아부꾼 말대로 될 수 있을지도 모른다고 스스로를 가늠해 보기도 했다. 하지만 자신의 재능과 자신감을 동제후에게 보이고 싶지 않았다.

어린 그의 뛰어남은 아버지의 명예가 된다. 그러나 훼일카드민은 자신이 동제후의 자랑거리가 되기를 원치 않았다.

자신의 노력의 대가가 동제후에게도 돌아간다는 게 싫었다. 동제후가 세간에서 말하는 아버지다운 모습을 갖추길 바라는 게 아니다. 그저, 아버지의 탈을 쓰는 것마저 귀찮아하는 동제후가 싫을 뿐이다.

동제후 또한 어린 아들의 재능에 감격해하는 검술 선생의 말이 진심인지 아부인지 가늠하기 어려운 것일까? 훼일카드민의 겸손에 고개를 갸웃했다.

훼일카드민은 터져 나오는 실소를 예의 바른 미소로 덮어씌웠다.

그는 단 한 번도 훼일카드민이 검을 들고 휘두르는 걸 본 적이 없었다. 아들을 둔 아버지로서도 후계자를 둔 동제후로서도 참 무심한 사람임은 틀림없었다.

자신을 부른 게 정말 그 이유뿐임을 확인하자마자 훼일카드민은 적당한 이유를 붙여 바쁘다고 내색했다. 바쁜 와중 짬을 내 아들을 만나준 동제후에게 감사와 존경의 인사를 드리고 서재를 나왔다.

자신의 거처로도, 어머니에게로도, 공부방으로도 가지 않았다. 발길 닿는 대로 성 여기저기를 걷다가 구석진 정원에 들어섰다. 별궁의 정원과 통해 있는, 하지만 별궁에 속해 있는 건 아닌 정원이었다.

훼일카드민은 튼튼해 보이는 나무에 기댔다. 그제야 참고 있던 분노와 모멸감에 몸이 떨렸다. 오늘의 의미 없는 만남에 동제후가 더 싫어졌다. 그 기분을 도무지 꾹꾹 눌러 사라지게 만들 수 없었다.

그래서 까닭 모를 울분을 인적 드문 정원 구석에서 소리없이 토해냈다.

"……!"

그때 무언가 다리에 턱, 부딪쳤다. 따뜻한 게 덥석 훼일카드민의 다리를 휘감았다.

훼일카드민이 눈을 크게 뜨고 밑을 내려다보았다. 주먹만한 갈색 머리가 보였다. 웬 조그만 아이가 훼일카드민의 다리에 찰싹 달라붙어 있었다.

"에일린?"

훼일카드민은 저도 모르게, 자신이 알고 있는 단 하나의 아이 이름을 입 밖으로 꺼냈다. 윈즈 성에 이만한 아이라고는 단 하나일 터였다.

아이는 고개를 쏙 들었다. 에일린이 아이의 이름이 맞는 듯했다. 아이와 훼일카드민의 눈이 마주쳤다. 아이가 까르르 웃었다.

잔뜩 긴장했던 어깨에 힘이 쫙 풀렸다. 훼일카드민도 어이가 없어 픽, 웃었다.

별궁에서 자신 때문에 엉엉 울었다는 걸 기억하지 못하는 게 당연하지만, 자신에게 스스럼없이 다가와 방긋방긋 웃는 아이의 모습이 믿기지 않았다.

훼일카드민은 아이에게 붙들린 다리를 살짝 들었다. 아이의 손아귀 힘이 세면 얼마나 세겠느냐마는, 아이는 용케 떨어지지 않고 훼일카드민의 다리에 대롱대롱 매달렸다.

꺄아꺄아, 소리를 지르며 웃는 걸 보니 재미있어 하는 게 분명했다.

묘한 기분이 들었다.

어머니를 괴롭혔던 악의 근원이 이렇게 자신에게 매달려 티 없이 웃다니…….

훼일카드민은 아이의 뒷목을 채 들어 올렸다. 아이를 조심히 안아 올려야 한다는 주의 같은 걸 들어본 적이 없었기에 가능한 행동이었다.

훼일카드민도 훼일카드민이지만, 에일린도 에일린이었다. 함부로 다뤄지는 데도 장난을 치듯 좋아했다. 얼굴에 웃음꽃이 가득 피었다.

에일린은 허공에 들린 채로 훼일카드민과 눈이 마주치자, 또 방긋 웃었다.

"……!"

그 순간 훼일카드민은 묘한 기분을 맛보았다. 자신을 둘러쌌던 음침한 기운들이 싹 사라지며 뒷목이 시원해졌다.

꺄아꺄아, 에일린이 조그만 손을 훼일카드민을 향해 뻗었다. 아등바등 거리는 모습이 귀엽기 이를 데 없었다.

아이는 눈이 동그랗고 볼살이 통통하고 콧대가 서지 않았고 입에서는 침이 질질 흘러 내렸다. 전체적으로 하얗고 포동포동해 인형 같기도 하고 새끼 돼지 같기도 했다.

에일린을 안으면 침이 옷에 묻을지도 모른다. 알고 있음에도 훼일카드민은 에일린을 안아보았다.

"…따뜻하군."

심장을 품에 안은 마냥 뜨거운 온기가 순식간에 훼일카드민의 딱딱한 심장에 닿았다.

단지 따뜻하기만 한 건 아니었다. 부드럽고 몽글몽글하고……. 꽉 안으면 터질 것 같았고 허술하게 안으면 놓칠 것 같았다. 에일린이 까르르 웃으면 훼일카드민의 굳은 입가도 부드럽게 녹았다.

어머니의 열기와는 다른 느낌의 온기였다.

에일린의 침이 덕지덕지 옷에 묻었지만 더럽다는 생각은 들지 않았다.

"신기해."

훼일카드민은 손가락으로 에일린의 통통한 볼을 콕 찔러 보았다.

"우웅."

그 행동이 마음에 안 들었는지 에일린이 고개를 도리도리 저었다. 에일린이 싫어하는 게 눈에 보이는데도, 고갯짓하는 모습이 보기 좋아서 훼일카드민은 또 볼을 찔렀다.

"우앙! 엄마!"

에일린이 말을 했다. 훼일카드민은 깜짝 놀라 에일린을 떨어뜨릴 뻔했다.

훼일카드민은 뭔가 신기하고 기이한 것을 보는 마냥 에일린을 내려다보았다.

그리고 진지하게 물었다.

"말을 할 줄 아나?"

"엄마마, 아빠빠!"

"할 줄 아는 말이 그것뿐인가?"

"시러! 시러! 엄마마!"

"……."

훼일카드민은 이것저것 아는 단어를 말하는 에일린을 주의 깊게 살폈다. 잠시 후, 에일린이 말을 할 줄 알지만 아직은 어휘력이 부족하다는 결론도 얻었다.

에일린은 아빠, 엄마란 단어를 수시로 말했다. 훼일카드민이 뭘 물어봐도 아빠였고, 뭘 가리켜도 엄마였다. 이 아이의 세상은 오직 아빠, 엄마로만 이루어져 있는 걸까, 싶을 정도였다.

'이 아이가 날 부를 땐 뭐라 불러야 하지?

문득 든 생각에 떠오르는 단어들을 살피다 고개를 저었다. 에일린도 훼일카드민을 따라 고개를 저었다.

그때,

"아악!"

앞에서 여자의 비명 소리가 들렸다.

훼일카드민은 에일린을 안은 채로 고개를 들었다. 앞에서 두 손으로 입을 막고 있는 여자를 발견한 훼일카드민은 살짝, 미간을 찌푸렸다.

동제후의 후처이자 어머니를 위해 훼일카드민이 싫어하는 여자, 미나트 부인이었다. 그녀는 에일린의 어머니이기도 했다.

그녀는 부들부들 떨며 그 자리에 무릎을 꿇었다.

훼일카드민은 그녀가 자신에게 무엇인가 잘못한 게 있는지 기억나지 않아 잠시 생각에 잠겼다.

"요, 용서해주십시오, 공자님. 아, 아이가 아무것도 몰라 감히 공자님께 큰 실례를 범한 것 같습니다. 부디, 부디, 아무것도 모르는 어린아이니, 너그럽게 용서해 주십시오."

움츠린 어깨 위로 긴 갈색 머리카락이 출렁였다. 훼일카드민은 속으로 혀를 찼다.

‘차라리 당당하게 내 아이에게 무슨 짓을 하느냐고 소리치고, 아이를 빼앗아가지. 아, 그건 내 어머니였으면 가능할 일인가? 일개 하녀에게는 무리인가.’

비명을 지른 여자를 보고 곧바로 미나트 부인을 생각해 내지 못했다. 그만큼 예뻐지고 화려해졌다. 동제후의 후처다운 모습을 갖췄다. 하지만 겉모습이 달라졌을 뿐 속까지 변한 건 아닌 듯했다.

제법 화려한 드레스를 입고 머리도 반쯤 틀어 올려 귀부인 행색을 차렸음에도, 하는 행동은 성의 바닥을 쓸고 유리를 닦는 하녀의 것이었다.

그녀는 자신의 아이를 당당하게 보호하지도 못하고, 그저 선처를 바라며 울먹이기만 했다. 이대로 훼일카드민이 에일린을 안고 가도 그녀는 저항 한 번 하지 못하고 그대로 훼일카드민을 보내리라. 그날 밤 동제후의 품에 안겨 엉엉 울며 도움을 청하긴 하겠지만.

“엄마마, 엄마.”

에일린은 미나트 부인을 알아보았다. 에일린의 부름에 미나트 부인은 더욱 애절한 표정으로 훼일카드민을 올려다보았다.

훼일카드민에게 감히 덤비지 않는 건 동제후의 후처이기는 하지만 자신이 미천한 신분임을 자각하고 있다는 뜻. 주제 파악을 제대로 하고 있다는 의미이니 나쁠 건 없다.

다만 어째서인지 훼일카드민은 그녀의 행동이 마음에 들지 않았다.

"제발 용서를 해주세요. 아이를 돌려주세요."

죄인처럼 수그려 비는 미나트 부인을 계속 보고 있자니 에일린도 뭔가 이상함을 눈치 챘는지 얼굴에서 웃음이 사라졌다. 에일린이 뚫어지게 미나트 부인을 내려다보았다.

그에 훼일카드민은 더 생각할 것도 없이 미나트 부인에게 에일린을 건넸다. 그러자 에일린이 다시 방긋 웃었다.

미나트 부인은 훼일카드민에게 몇 번이고 고개를 숙여 감사의 인사를 했다. 그리고는 도망치듯 먼저 자리를 떴다. 미나트 부인에게 안긴 에일린이 고사리 같은 손을 들어 훼일카드민에게 흔들었다.

훼일카드민은 그 모습을 멍하니 바라보았다. 가슴에, 손에, 다리에 아직도 에일린의 따뜻한 온기가 남아 있는 것 같았다.

"여, 동생… 인 건가?"

슬쩍 온기가 남은 손을 쥐었다 폈다를 반복하며, 혼잣말을 하듯 중얼거렸다. 그러다 고개를 설레설레 저어 여동생이란 단어를 머리에서 털어냈다. 어머니, 로얄린 부인의 모습이 가슴에 선명했다.

*　　　*　　　*

윈즈 성은 황실 다음으로 어마어마한 장서를 자랑한다. 선대 동제후 중 여럿, 지독한 독서가들이 있어 윈즈 성은 큰 도서관을 품을 수 있었다.

훼일카드민은 선조들이 남기신 도서관에 자유롭게 드나들며 끝없는 책의 바다를 맛보았다.

윈즈 성에서 잠자고 먹는 사람들이 많다 한들, 그들이 모두 도서관에 출입할 수 있는 건 아니다. 전문적으로 도서관을 관리하기 위해 고용한 사서 몇과 동제후, 로얄린 부인, 훼일카드민뿐이다. 그 외라고 해봤자 동제후 휘하의 귀족이나 기사들이 전부다.

게다가 그들 중 한가로이 도서관을 들릴 만한 사람은 거의 없다. 훼일카드민과 함께 책을 고르고 이야기를 나눌 만한 또래도 없다.

때문에 훼일카드민이 도서관에서 사서 외의 다른 사람들을 만나보지도 못했다. 그런데 오늘은 조금 달랐다. 훼일카드민은 도서관 문 앞을 서성거리는 아이를 발견했다.

훼일카드민은 어딘지 낯익은 아이를 살폈다. 오래 지나지 않아, 아이가 누군지 짐작했다. 아이는 훼일카드민의 따가운 눈빛에 어깨를 움츠렸고, 훼일카드민에게 조금의 친근감도 나타내지 않았다.

'날 기억 못하는 건가? 하긴, 기억하는 게 더 이상하겠지.'

오랜만에 만났고 아이는 훼일카드민을 기억하지 못했지만, 훼일카드민은 아이를 기억했고 단번에 알아봤다. 아이는 어느새 훌쩍 자란 에일린이었다.

아장아장 걷던 아기가 제법 숙녀 티가 나는 꼬마 아가씨가 되었다. 새삼 시간이 빨리 지나감을 느꼈다.

조금 반가웠다. 하지만 내색하지 않았다.

훼일카드민은 문 앞의 에일린을 무심히 지나쳐 도서관 안으로 들어가 문을 반쯤 열어두었다. 사서가 훼일카드민이 실수한 거라 생각하고 문을 닫으려 했지만 막았다. 안의 공기가 답답하다는, 바로 앞의 커다란 창문이 무색한 이유를 들었다. 사서는 당황하며 훼일카드민과 창문을 번갈아 바라보다가 알았다고 고개를 조아렸다. 전혀 이해한 표정이 아니었지만 훼일카드민은 더 이상 말을 늘어놓지 않았다.

그리고는 열린 문틈을 곁눈질 하며 밖의 에일린을 보았다.

제법 키가 컸다. 사서에게 도서관에 들어가고 싶다고 말하는 걸 보니 말도 곧잘 했다. 사서가 매몰차게 에일린의 도서관 출입을 거부했을 때는 자신이 나서서 허락해 주고 싶었지만 그러지 못했다. 어머니에게 알려지기라도 하면 에일린에게도 자신에게도 재앙이 될 터였다.

대신 훼일카드민은 신경 쓰인다며 사서를 내보냈다. 에일린에게는 냉정하기 이를 데 없었던 사서는 훼일카드민 앞에서 찍 소리도 못했다.

사서가 사라지자 에일린은 슬그머니 도서관에 고개를 들이밀었다. 그리고는 그 무서운 사설을 함부로 다루는 훼일카드민의 눈치를 한참이나 살폈다. 훼일카드민이 계속 고개를 돌려 모르는 척하자 그제야 조심스럽게 도서관 안으로 들어왔다.

'아직 어린데 벌써부터 도서관에 드나들 생각을 하다니, 어

미의 피는 천해도 몸에 흐르는 피의 반은 데카리온임을 증명하는군.'

훼일카드민이 흐뭇해하는 새 에일린은 쪼르르 책장 속으로 사라졌다. 그 뒷모습을 보며 아쉬움 반, 신기한 마음 반, 어지러운 마음을 가슴에 달고 훼일카드민도 도서관을 이리저리 돌아다녔다.

"음?"

뭔가 이상했다. 책을 찾으러 이리저리 돌아다니는데 누군가 졸졸 따라오는 느낌이 들었다. 자리에 우뚝 서 뒤를 돌아보면, 투다닥! 뛰어가는 소리와 함께 아무도 보이지 않았다. 옆의 책장에 배꼼이 빨간 리본이나 귀여운 치맛자락이 보였지만 훼일카드민은 못 본 척 고개를 돌렸다.

다시 책장 속으로 들어가니 뒤에서 조심조심 따라다니는 기척이 느껴졌다.

'뭐 하는 거지?

훼일카드민은 책 속에 얼굴을 숨기며 의아한 마음을 겉으로 드러내지 않으려 애썼다.

에일린은 훼일카드민의 뒤를 졸졸 따라다녔다. 아기 새가 어미 새를 따르는 것 같았다. 그러다가 훼일카드민이 뒤를 돌아보면 에일린은 얼른 옆의 책장으로 숨었다.

몇 번이고 같은 상황이 반복되자, 훼일카드민은 대충 짐작했다. 도서관에 온 에일린의 목적은 책이 아니라 훼일카드민인 듯했다.

간간이 어머니의 넋두리 속에서의 에일린의 이야기를 듣고 짐작하건데, 에일린은 글자를 모를 것이다. 아니, 모른다.

훼일카드민은 지금의 에일린보다 작았을 때부터 가정교사들에게 둘러싸여 살았지만, 에일린의 곁에는 가정교사는커녕 제대로 된 유모도 한 명 없다.

에일린의 삶은 모든 면에서 훼일카드민과 비교가 되지 않았다. 어느 정도의 격차는 당연한 일이지만, 어머니는 그 격차를 조금이라도 더 넓히지 못해 안달이 나 있었다.

훼일카드민의 어머니, 로얄린 부인은 길길이 날뛰며 에일린을 교육시키는 것을 반대했다. 가문의 공녀로서 갖춰야 할 기본적인 교육까지 방해했다. 여자 아이라는 이유를 내세웠지만, 에일린을 훼일카드민의 방해물이라 생각하는 것이 틀림없었다.

어째서 천한 어미를 둔 배다른 여동생이 자신의 위협이 될 수 있단 말인가. 훼일카드민은 어머니의 생각을 이해할 수 없었지만, 기분을 드러내지는 않았다. 어차피 동제후가 적정한 선에서 어머니를 막으리라 생각했다.

그런데 어째서인지 동제후가 에일린의 교육에 대해선 어머니의 성화를 따랐다. 어머니가 미나트 부인과 에일린을 못 잡아먹어 안달할 때마다 단단한 방패처럼 감싸고 돌았으면서.

분에 못 이겨 날뛸 때마다 중얼중얼 내뱉는 말을 기억해 보건데, 어머니는 에일린을 아무것도 모르는 무능아로 만들려는 듯했다. 옳지 않은 일이지만 아무도 막지 못했다. 동제후의 암

묵적인 허락을 받은 어머니를 막을 수 있는 사람은 윈즈 성엔 아무도 없었다.

하녀 출신의 미나트 부인이 글자를 알아 에일린에게 알려줄 리 만무하니. 에일린은 제대로 된 교육을 받지 못하고 있을 것이다.

'이 아이가 혼자 도서관을 찾을 이유가 전혀 없다는 거로군. 그런데 어째서 날?'

에일린은 그때, 정원에서의 일을 기억할까? 천만에. 훼일카드민은 고개를 저었다.

에일린과 헤어진 뒤, 도서관으로 와 제일 먼저 아기 키우는 법에 관한 책들을 몇 권 읽었다. 아기를 자신이 했던 것처럼 함부로 들어서는 안 된다는 것도 알게 됐다. 아기가 대략 몇 살 때부터 말하는지도 보았다. 아기가 고작 두세 살 때의 일을 나중에 기억하지 못한다는 것도 확인했다.

'이해할 수 없는 상황이야.'

이런저런 생각을 하며 읽을 책 두어 권을 고른 훼일카드민은 여느 때처럼 의자가 있는 쪽으로 걸어갔다. 훼일카드민이 앉아 책을 파라랑, 펴자 등 뒤에서 아이의 발자국 소리가 들렸다.

에일린이 아무 책이나 뽑아와 훼일카드민 옆에 앉았다. 글자를 모르면서 책을 거꾸로 들고 열심히 읽는 체했다. 그 모습이 참으로 진지한데도 귀엽기 이를 데 없었다.

에일린의 모습을 뚫어지게 바라보던 훼일카드민은 고개를

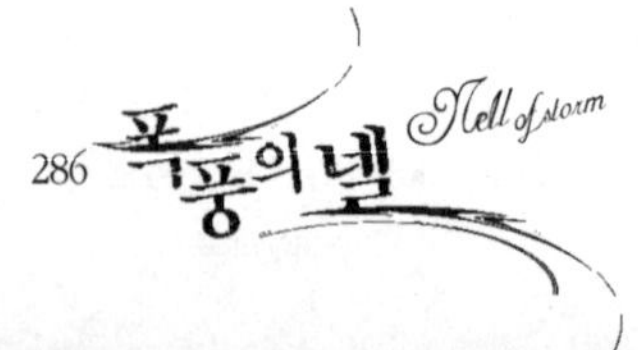

돌렸다.

어깨가 들썩이며 웃음이 났다.

드러내어 즐거워하면 안 된다고 배웠음에도 참을 수 없었다. 훼일카드민은 에일린 몰래 큭큭, 웃었다.

잠시 후, 훼일카드민이 자리에 일어났다. 그러자 에일린도 거꾸로 들고 읽던 책을 내려놓고 훼일카드민을 다시 종종 따랐다.

훼일카드민이 손에 닿을 듯 말듯 한 선반의 책을 꺼내 몸을 돌릴 때 에일린이 덥석 훼일카드민의 옷자락을 잡았다.

드디어 인가! 훼일카드민은 그 자리에 멈춰서 아래를 보았다. 뭔가 복잡한 표정을 하고 선 아이가 훼일카드민을 똑바로 올려다보며 입술을 오물거렸다.

"……."

"……."

에일린이 말문을 열 때까지 한참이 걸렸다. 훼일카드민은 진득하게 에일린이 말하기를 기다렸다. 평소 성의 하인, 하녀들이 그러했다면 단번에 그를 내쳤을 것이다. 하지만 에일린은 훼일카드민에게 그들과 비교도 되지 않을 만큼 무거웠다.

아빠, 엄마밖에 말하지 못하던 아이가 스스로 걸어와 자신에게 말을 걸다니. 뭔가 묘한 기분도 없지 않았다.

"오라버니."

조그만 목소리에 훼일카드민은 자신의 귀를 의심했다.

"저기요, 오라버니……."

에일린에게서 꿀맛 나는 소리가 들렸다.

"……."

전혀 예상치 못했던 말에 훼일카드민은 표정 관리도 잊고 입을 벌렸다.

공자님, 훼일카드민 님, 등의 존칭을 부르리라 생각했다. 오라버니라니, 그게 무슨 의미인가? 머리가 멍해져서 머리로만 알고 있던 단어를 가슴으로 받아들이는 데에는 시간이 걸렸다.

지금 훼일카드민은 '천한 것이 감히!' 라고 소리치며 에일린을 밀쳐야 옳지만, 훼일카드민은 그러지 않았다. 대신 에일린 앞에 다리를 잡고 앉아 눈높이를 맞추며 다시 물었다.

"나를 뭐라고 불렀지?"

"오… 라버니요."

"다시 한 번 말해봐."

"응, 오라버니."

"또 말해봐."

"오라버니?"

"……."

"오라버니이."

에일린이 배시시 웃었다. 아이는 훼일카드민의 눈을 피하지 않았다.

가슴이 덜컥 내려앉았다. 아니, 시큼하게 아파왔다. 아니, 아니다. 아프지는 않았다. 기분이 이상해졌을 뿐이다. 뭔가,

뭔가……. 뜨거운 무언가가 울컥 솟아 가슴을 적시는 느낌이
다.

복잡한 속내를 정확히 정리하고 정의내리지 못했다. 하지만
단언하건데 나쁘지 않다. 쾌감이라고 이름 붙여도 될 만큼 좋
은 기분이다.

그런데 누가 이 아이에게 오라버니라는 단어를 알려주고,
그게 자신임을 가리켜준 걸까. 심약한 미나트 부인일 리는 없
다. 별궁의 하인이나 하녀가 근처를 지나는 훼일카드민을 가
리키며 말해준 걸까? 그럼 에일린이 들은 오라버니는 좋은 말
과 함께였을까, 무서운 말과 함께였을까. 궁금했다. 그 입을
찾아 벌하려는 건 아니었다. 오히려 상을 주었으면 주었지.

'뭐, 그런 건 차차 알아보기로 하지.'

훼일카드민은 입술로 웃으며 에일린에게 물었다.

"왜 날 부르는 거지?"

붙잡아 앉혀놓고 반나절 내내 오라버니라고 노래 부르게 하
고 싶다. 하지만 그건 무리다. 할 수 없는 일이다. 알고 있다.

훼일카드민은 이성을 되찾고 차분한 목소리로 물었다.

로얄린 부인을 잘 보필하지 못하는 얼간이 하인, 하녀들을
상대할 때와는 비교도 되지 않을 만큼 부드러웠다. 칼날을 숨
긴 목소리라고 하인, 하녀들이 떠들어대는 훼일카드민의 모습
과는 전혀 달랐다.

훼일카드민은 그런 스스로를 눈치 채지 못했다.

"나 그림책 읽고 싶어요!"

에일린이 눈을 빛내며 말했다.

"그림책?"

"엄마가 바빠요. 옛날이야기를 해주지 않아요. 그런데 그림책에 재미있는 이야기가 들어 있대요. 그림책 찾아서 이야기 꺼낼 거예요. 이번엔 내가 엄마한테 말해줄래요."

"그래서, 그림책을 찾으러 여길 왔다는 건가?"

"응, 응! 그런데 여긴 책이 너무 많아요. 두꺼운 책들뿐이야."

에일린이 시무룩한 얼굴로 중얼거렸다.

"그래도."

다시 활짝 웃으며 고개를 들었다.

훼일카드민은 에일린의 표정 변화가 재미있었다. 어쩜 저리도 수많은 감정을 여과없이 드러낼 수 있는지 신기하기만 했다.

"오라버니를 만났으니까 다행이에요. 헤헤. 오라버니."

에일린이 몸을 비비꼬며 말했다.

"에일린한테 그림책을 찾아주세요."

"그림책을 찾아 달라?"

"응!"

"여기서?"

"여기가 책이 제일 많다고 엄마가 그랬어요."

훼일카드민은 잠시 대답을 미루고 주변을 휘휘 둘러보았다. 확실히 윈즈 성에서 이곳이 제일 책이 많다. 아니, 대부분의 책

이 도서관에 모여 있다고 말해야 옳을 것이다.

하지만,

'이 도서관에서 그림책을 찾아 달라?'

데카리온 가문의 자랑인 윈즈 성 도서관에 '그림책'이란 게 존재할까? 없을 거다. 있을 리 없다. 설사 있다 해도, 수 년, 수십 년간 찾는 이 없이 먼지만 먹었을 그것을 찾을 수 있을까? 찾는 일이 결코 만만치는 않을 것이다.

훼일카드민은 뭐라 말해주어야 할지 난감했다.

"……."

최대한 아이가 마음 상해하지 않도록 말을 고르는 동안, 에일린이 자신의 어머니에게 하듯 훼일카드민에게 매달려 징징댔다. 그림책을 찾아달라고 떼를 썼다.

훼일카드민의 얼굴에 난감한 기색이 스쳤다. 누가 자신에게 이렇게 매달리는 것도, 떼를 쓰는 것도 처음 있는 일이었다. 이럴 땐 어떻게 행동해야 하는 건지, 책에는 쓰여 있지 않았다.

오라버니, 오라버니. 에일린은 오랫동안 얼싸 안고 지냈던 오누이처럼 훼일카드민에게 친근하게 다가왔다. 훼일카드민은 아무렇지도 않게 불쑥, 자신의 마음을 두들기는 에일린이 신기하고도 어색했다.

하지만 기분이 나쁘거나 화가 나지는 않았다.

자신을 오라버니라 부르는 에일린을 가만히 내려다보았다. 에일린은 한참을 떼쓰다 기운이 빠지자 잠잠해졌다.

그제야 좋은 볼거리를 다 관람한 훼일카드민이 고개를 끄덕였다.

"그래, 한 번 찾아보마."

"와아! 오라버니 최고!"

에일린이 좋아하자 훼일카드민도 좋아졌다. 수많은 책장 중 어디에 그림책이 있을지를 생각하자 막막해지긴 했지만.

이성적인 판단 하에 무모하다 싶은 결정은 내리지 않는 것이 귀족의 논리이다. 훼일카드민은 처음으로 그 귀족 논리를 잊고, 에일린과 함께 책의 바다를 떠돌았다. 있는지 없는지 모를, 있다면 어디에 박혀 있을지 알 길 없는 그림책을 찾기 위해서.

어째서일까?

에일린의 작은 손을 잡고 걸어가며 스스로에게 물어보았다. 이 기분 좋은 울림에 취한 걸까. 물음에 심장이 두근두근 뛰었다.

한참 뒤, 폴짝 폴짝 뛰어다니던 에일린은 얇은 책 한 권을 발견했다. 구석에 반쯤 접혀 꽂혀 있던 걸 에일린이 발견해 훼일카드민에게 들고 왔다.

훼일카드민이 먼지를 닦자 책의 본 모습이 드러났다. 겉이 다 낡고, 종이도 오래돼 보이는 책은 에일린의 기대대로 그림책이었다.

사서의 실수일까, 아니면 선조 중 누군가가 이걸 읽었던 걸까. 기대하지 않게 그림책을 찾게 된 것이 놀라웠다.

안을 훑어보니 제본도 엉망이고, 종이도 질이 안 좋았다. 무엇보다 문법이 아주 오래 전의 것이어서 읽기가 나빴다. 삽화도 많지 않았다.

'제대로 된 그림책 한 권이 없다니, 한심하기 이를 데 없지 않은가. 이게 황성 버금간다는 최고의 장서 수준인가?'

엷게 한숨을 내쉬던 훼일카드민은 픽 웃으며 고개를 저었다.

'아니, 아니지. 있다는 게 더 신기한 일이겠지.'

훼일카드민은 낡고 오래된 그림책이나마 에일린에게 건네주었다. 에일린은 활짝 웃음꽃 핀 얼굴로 그것을 받아 들어 머리에 얹고 종종 걸음으로 의자로 가 앉았다. 훼일카드민이 느긋한 걸음걸이로 뒤따라 에일린 옆에 앉자, 에일린이 대뜸 훼일카드민에게 그림책을 내밀었다.

"나 읽으라는 건가?"

그림책을 읽고 즐거워한 기억은 없다. 기억나지 않는 어렸을 때 유모가 그림책을 읽어줬을지도 모르나 훼일카드민이 스스로 그림책을 읽은 적은 없다. 글자를 떼자마자 읽은 건 눈이 뱅글뱅글 돌아갈 정도로 어려운 책들이었다. 에일린 나이 때즈음에도 그림책은 구경도 못했다.

훼일카드민에게 그림책을 건넨 사람은 에일린이 처음이다.

'이 나이에 아기들이나 읽는 그림책을 추천받다니.'

묘한 기분으로 그림책을 받아 들었다.

"읽어주세요, 오라버니이."

"어?"

다행히 에일린은 훼일카드민에게 읽으라고 건네준 것이 아니었다.

"에일린은 읽을 줄 몰라요. 그러니까 오라버니가 읽어주세요."

에일린이 순진무구한 얼굴로 훼일카드민을 올려다보았다. 반짝반짝 빛나는 눈동자는 샛별 같았다.

훼일카드민은 그림책의 표지를 읽어보았다. 오래된 문법이지만 수월히 읽혔다. 독서 선생이 권해 읽은 책 중에는 이같이 오래 전의 책들도 더러 있었다.

"아기 오크 삼형제?"

제목부터 훼일카드민이 그간 읽어온 책들과는 뭔가 달랐다.

'우스꽝스러운 제목을 붙이다니, 질이 낮은 책이군.'

책 제목이 불쾌했다.

"와아, 재미있겠다!"

하지만 좋아하는 에일린을 보니 마음이 바뀌었다.

'그림책이란 아이들이 읽는 책이니, 아이들의 흥미를 유발할 만한 유치한 제목을 쓰고 내용을 담은 건가? 나쁘지 않군.'

책은 게으른 첫째 형 오크, 잔꾀만 부리는 둘째 형 오크, 성실한 막내 오크가 배고픈 드래곤에게 잡아먹히지 않기 위해 싸우는 내용이었다.

누군가에게 책을 읽어주는 건 처음이다. 하지만 훼일카드민은 최선을 다했다.

차분하고 단조로운 목소리로 책을 읽었고, 아기 오크 삼형

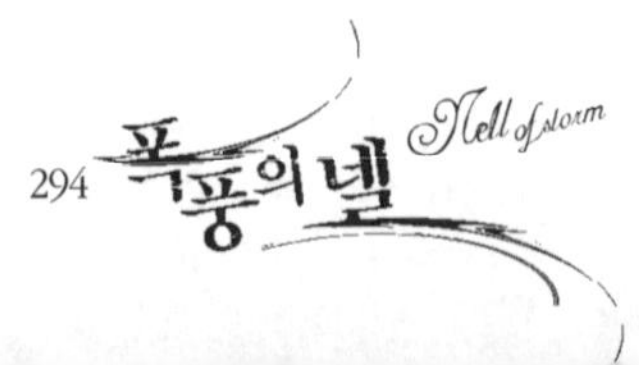

제나 드래곤의 대사를 실감나게 읽지 못했다. 그래도 좋은 건지, 에일린은 '꺄악' 거리며 들어주었다.

에일린이 좋아하니 기분이 좋아졌다. 목이 말랐지만 중간에 이야기를 멈추지 않았다.

커다란 창으로 밝은 햇살이 쏟아져 훼일카드민과 에일린을 감싸주었다. 훼일카드민은 오랜만에 편안했다. 어머니에 대한 걱정도, 가문의 후계자로서의 압박도 이 순간만큼은 생각나지 않았다.

언제까지나 이 시간이 계속 되기를 바라, 끝이 보이는 이야기가 아쉬워졌다. 그림책의 이야기가 영영 끝나지 않았으면 좋겠다는 생각이 들었다.

하늘이 훼일카드민의 이기적인 소원을 들은 것일까. 훼일카드민은 소망했던 마음과는 다른 상황 때문에 그림책을 끝까지 읽어주지 못했다.

"훼일카드민!"

유리가 깨지는 듯 찢어지는 목소리가 들렸다.

"……!"

풀어져 있던 신경이 바짝 당겨졌다. 어깨가 굳었다.

"훼일카드민!"

목소리가 다시 훼일카드민을 불렀다. 손발이 차가워졌다. 온몸의 피가 어딘가의 구멍으로 콸콸 빠져나가는 듯했다. 그 구멍은 확신하건데 가슴에 크게 나 있을 것이다.

손에 든 그림책이 떨어졌다.

"어… 머니."

훼일카드민이 뻣뻣한 고개를 돌려 문을 보았다. 훼일카드민이 반쯤 열어놓았던 문은 활짝 열려 있었고, 윈즈 성에서 가장 고귀한 귀부인이 서 있었다.

그녀는 화가 많이 나 있었다. 아니, 분노하고 있었다. 창처럼 날카로운 눈빛은 고스란히 훼일카드민에게로 향했다.

에일린은 훼일카드민을 알면서 로얄린 부인은 모르는 듯했다. 화가 잔뜩 난 아줌마의 등장에 고개를 갸웃거리면서 훼일카드민의 팔에 매달렸다.

훼일카드민이 얼른 떼어내려 했지만 늦었다. 에일린은 훼일카드민의 팔에서 떨어지지 않았다. 그걸 본 로얄린 부인의 눈에서 불길이 일었다.

자신이 자는 동안 계속 옆에 있어 달라 부탁하였더니, 착한 아들 훼일카드민은 그러겠다고 하였다. 대신 어머니가 잠잘 동안 옆에서 읽고, 읽을 책을 갖고 오겠다며 잠시만 기다려 달라고 말했다. 로얄린 부인은 침대에 가만히 누워, 훼일카드민이 책을 들고 돌아오기를 기다렸다.

훼일카드민이 생각보다 늦었다. 늦어도 너무 늦었다. 그래서 수면제에 취해 졸린 몸을 가까스로 가누어 도서관에 도착했다.

재미있는 책을 찾아 선 채로 책 속에 흠뻑 빠져 있으리라 생각했다. 그런 훼일카드민의 어깨를 부드럽게 쓸어주며, 훼일카드민을 책 속에서 끌어내 함께 돌아가야지. 로얄린 부인은

그리 기대했다.

그런데 도서관에서 로얄린 부인이 예상하지 못한 일이 벌어지고 있었다.

천한 것이 낳은 천한 것이 훼일카드민을 꼬여내고 있다. 천박하게 웃고, 부끄럼도 모른 채 훼일카드민에게 매달려 있다.

"감히 내 아들을!"

로얄린 부인은 참을 수 없었다.

그녀는 훼일카드민에게서 강제로 에일린을 떼어냈다. 싫어, 싫어. 에일린은 눈물이 그렁그렁한 얼굴을 한 채로 훼일카드민에게서 떨어지지 않으려 했다.

그럴수록 로얄린 부인의 화를 부채질하는 거라는 것을 어린아이가 알 리 없었다.

"싫어어어!"

"천한 것이 감히!"

로얄린 부인은 가까스로 에일린을 들어내 바닥에 내팽개쳤다. 에일린은 천 조각으로 만든 인형처럼 바닥에 대굴대굴 굴렀다.

"으아아앙!"

에일린이 울음을 터뜨렸다.

"어머니, 진정하세요."

훼일카드민은 로얄린 부인을 진정시키려 애썼다.

잠깐, 정신이 나갔었다. 현실을 잊고 있었다. 그 뼈아픈 실책이 걷잡을 수 없는 상황을 부른 것이다. 자신이 잠깐 느슨해

훼일카드민 데르 류 데카리온 297

져 일어난 지금의 상황을 어떻게 해서든 막아야 한다. 훼일카드민은 비참한 책임감을 느꼈다.

"놔요, 놔!"

로얄린 부인의 팔을 붙잡고 그녀의 어깨를 쓸어 내렸다. 차분한 목소리로 로얄린 부인에게 진정하라, 진정해 달라 그리 부탁했다.

하지만 로얄린 부인은 순한 양이 되지 않았다. 오히려 더 격해져서 아이에게 달려들려 했다. 수면제의 효과 따윈 분노에 날아가 버린 듯했다.

"어머니!"

"훼일카드민!"

훼일카드민은 아직, 성인을 이겨낼 만큼 크지 않다. 하지만 몇 년간 마음의 병에 시달리고 있는 로얄린 부인은 아직 소년인 훼일카드민의 힘을 당해내지 못했다.

마른 나뭇잎처럼 파삭 마른 로얄린 부인의 어깨를 껴안으며, 훼일카드민은 새삼 자신이 저지른 죄의 무게를 느꼈다.

윈즈 성에서 이 메마르고 애달아 버린 귀부인의 유일한 편은 그녀의 아들, 훼일카드민이 유일하다. 그런 그녀에게 잠시나마 등을 보인 것이다.

실수다, 아니 죄를 지은 것이다.

훼일카드민은 스스로에게 구역질이 났다. 온몸의 핏물을 다 게워내고 싶었다.

"놓으란 말입니다. 감히, 조그만 게 벌써부터 내 아들에게

꼬리치다니!"

"아닙니다. 그런 게 아닙니다. 제발 진정하세요, 어머니."

로얄린 부인은 가슴속에 남보다 깊은 샘을 가지고 있다. 샘이 넘치지 않도록 주변에 단단한 돌을 쌓아 올렸건만, 그것들은 큰 홍수에 쓸려 버렸다.

그 뒤로 조금만 비가 내리고, 땅이 흔들려도 샘은 넘쳤다.

그 샘을 진정시키는 물지기가 훼일카드민이다. 유일하게 샘이 넘치지 않도록 할 수 있는 물지기가 잠시 물동이를 내려놓고 샘을 잊었으니 그 죄를 어찌하랴.

"놔요, 놓지 못하겠어요? 당장 날 놓으란 말입니다! 훼일카드민!"

"어머니, 화를 내지 마시고 진정하세요."

훼일카드민과 로얄린 부인이 실랑이하는 새 에일린이 일어섰다. 훼일카드민은 내심 에일린이 도망쳐 주기를 바랐다. 그게 그나마 이 상황을 진정시킬 수 있는 가장 좋은 방법이었다.

하지만 로얄린 부인의 등장이 훼일카드민의 뜻이 아니었던 것처럼 에일린도 훼일카드민의 마음대로 움직이지 않았다.

"오라버니이."

에일린이 엉엉 울며 훼일카드민의 다리에 매달렸다. 훼일카드민은 어릴 적 향수에 젖을 새도 없이, 자신이 막을 수 없을 만큼 분노한 로얄린 부인을 맞닥뜨려야 했다.

"뭐라고? 오, 라버니? 오라버니? 오라버니라고?"

사람의 감정이 겉으로 표현될 수 있다면 로얄린 부인의 머

리는 활활 타오르는 불꽃이 됐으리라, 훼일카드민은 믿어 의
심치 않았다.

"어머니!"

훼일카드민이 더 이상 말릴 수 없었다.

"네가 감히 내 아들을 오라버니라고 불러? 너 따위가! 감히
내 아들에게, 내 아들을!"

로얄린 부인은 갈퀴 같은 손으로 에일린을 낚아채 바닥에
떨어뜨렸다. 그리고는 보송보송한 에일린의 뺨을 때렸다.

찰싹, 찰싹.

끔찍한 비명과 함께 에일린의 얼굴이 좌우로 마구 돌아갔
다.

"어머니!"

"날 방해하지 마세요. 훼일카드민, 너도 네 아비와 똑같아.
내 앞에선 아무렇지 않은 척하면서 뒤로 이런 천한 것과 만나
면서 날 기만하다니!"

표독스러운 눈빛이 훼일카드민을 향했다. 한 번도 본 적 없
는 어머니의 모습에 훼일카드민은 저도 모르게 뒤로 한두 걸
음 물러났다.

그녀는 언제나 훼일카드민에게만 차고 넘치게 상냥했다. 훼
일카드민을 꽁꽁 안아 감쌌다. 훼일카드민이 무슨 잘못을 해
도 우아하게 야단치고 타이를 뿐, 이렇게 진심으로 화를 낸 적
은 단 한 번도 없었다.

로얄린 부인이 얼마나 배신감을 느끼는지 알 수밖에 없었다.

"감히 내 앞에서 이런 천한 것의 편을 드는 겁니까!"

이 이상 훼일카드민이 에일린의 편을 들며 자신을 말리면 용서하지 않겠다는 태도였다. 당장 혀를 깨물고 쓰러질 듯 필사적인 로얄린 부인의 모습에 훼일카드민은 할 말을 잃었다.

분을 이기지 못해 부들부들 떨면서 훼일카드민을 노려보던 로얄린 부인이 다시 그 분노를 에일린에게 돌렸다.

"이게 다 네 더러운 어미 년 탓이다! 너는 왜 태어나 내 아들까지 내게서 빼앗아가려는 거냐. 어서 말해봐라. 네 어미의 수작이냐? 내게서 훼일카드민까지 빼앗아가려고 하는 거냔 말이다!"

양 뺨이 퉁퉁 불어 오른 에일린은 흐느끼지도 못했다. 눈물만 줄줄 흘리며 구원을 바라듯 훼일카드민을 보고 있었다.

"보지 마! 내 아들을 그 더러운 눈으로 보지 말라고!"

로얄린 부인이 에일린의 목을 잡고 흔들었다. 그 말랑한 목을 꺾을 태세였다.

"오, 라버니……."

어째서 몇 번 만나지도 않은 오라버니를 저리도 부르짖는 것일까. 오라버니가 자신을 구해주리라 믿는 것일까.

훼일카드민은 알 수 없었다.

에일린이 오라버니 소리를 낼 때마다 로얄린 부인은 경기하며 더 모질게 에일린을 때렸다. 그러면 에일린은 어서 구해달라며 또 오라버니를 불렀다.

에일린의 눈물이 바닥을 가득 적셨다. 어머니의 악 쓰는 소리가 도서관 책들 속 고요한 이성을 모두 깨뜨렸다. 문 밖에 우르르 몰려들어 발만 동동 구르는 하인, 하녀들의 불안한 눈빛이 훼일카드민의 머리를 얼렸다.

웃기지도 않는 희극. 아니 헛웃음이 쓰게 배어나오는 비극이다. 순식간에, 상황이 이리도 변해 버렸다.

"……."

웃음이 나왔다.

그리고 스스로에게 물었다. 너 지금 뭘 하고 있는 거냐.

알고 있다. 지금 자신이 어떻게 행동해야 하는지를. 에일린이 정말 어머니의 손에 죽기 전에, 에일린이 자신을 구원자로 믿고 눈을 감기 전에, 이 지독한 악몽을 잘라내야 했다. 싹둑.

천천히 로얄린 부인에게 걸어가 옆에 무릎을 꿇고 앉았다. 로얄린 부인의 어깨를 잡고 귓가에 조용히 속삭였다.

"어머니, 제가 저 따위 천한 것에 마음을, 정말 마음을 쓴 것 같으세요?"

우뚝 하늘 높이 치켜 든 로얄린 부인의 손이 멈춰 섰다. 훼일카드민은 그 손을 잡아끌어 내렸다.

"저는 훼일카드민 데르 류 데카리온. 어머니의 아들이며 차기 동제후입니다. 데카리온 가문의 유일한 후계자지요. 저런 천한 것에게까지 마음을 둘 만큼 어리석지 않습니다."

"훼일카드민?"

로얄린 부인이 눈을 크게 뜨고 훼일카드민을 바라보았다.

"오… 라버니."

 폭풍의 넬

끙끙대며 아파하고 있으면서도, 에일린은 훼일카드민의 말을 모두 주워들었다. 에일린이 고개를 들어 눈물이 그렁그렁한 눈으로 훼일카드민을 보았다.

"감히 저것이!"

로얄린 부인이 오라버니 소리에 예민하게 반응했다. 훼일카드민은 입술로 웃으며 고개를 저었다.

"어머니, 어찌 천한 것을 직접 상대하시려 하십니까."

"하지만 저게 감히 너를 오라버니라 부르고 있지 않니, 감히!"

"저도 그게 신기해 잠깐 옆에 두고 보았을 뿐입니다."

훼일카드민의 말에 로얄린 부인의 눈꼬리가 비쭉, 하늘로 솟았다.

"물론, 금세 흥미를 잃었지요. 안 그래도 저것을 내치고 어머니께로 돌아가려던 참이었습니다."

"…정말이니?"

로얄린 부인이 흔들리는 눈동자로 훼일카드민의 진위를 살폈다. 훼일카드민은 로얄린 부인에게 부드럽게 웃어보이며 고개를 끄덕였다.

흔들리지 않는 눈동자, 우아한 미소, 차분한 목소리. 그녀가 좋아하는 동제후를 닮은 훼일카드민의 귀족다운 모습이다.

도서관에 막 들어서서 보았던, 훼일카드민의 풀어진 웃음 따위는 거짓이다.

그래, 거짓이었던 것이다.

그럼 그렇지, 그래야 내 아들이지. 그래야 나의 훼일카드민이지.

로얄린 부인은 웃으며 훼일카드민의 어깨에 머리를 기댔다. 훼일카드민은 어머니인 로얄린 부인을 아이 달래듯 다독여 주었다.

"어, 어째서……."

그 모습을 고스란히 지켜본 에일린은 믿을 수 없다는 눈으로 황망히 훼일카드민을 바라보았다. 훼일카드민은 에일린을 보며 차갑게 웃었다.

"꼬마야, 어머니께서 자비로운 마음으로 너를 용서하시니 어서 내 눈앞에서 사라져라."

"오, 라……."

"천한 것이 아둔하여 말도 제대로 못 알아듣는 모양이군."

훼일카드민이 문밖에 모여 서 있는 하인, 하녀들에게 명령했다.

"당장 저 아이를 지가 있어야 할 자리에 가져다 둬라."

에일린을 물건 취급했다. 그제야 로얄린 부인의 입가에 만족감이 어렸다.

웬 하인 한 명이 득달같이 달려와 옆구리에 에일린을 끼고 사라졌다. 에일린은 문밖에 나설 때까지 고개를 들고 훼일카드민을 쳐다보았다. 그 눈물진 눈빛은 갑자기 변한 태도를 매도하듯 따가웠지만 훼일카드민은 절대 돌아보지 않았다.

다만 쿵쾅거리던 심장이 대구루루, 바닥 어딘가로 굴러간

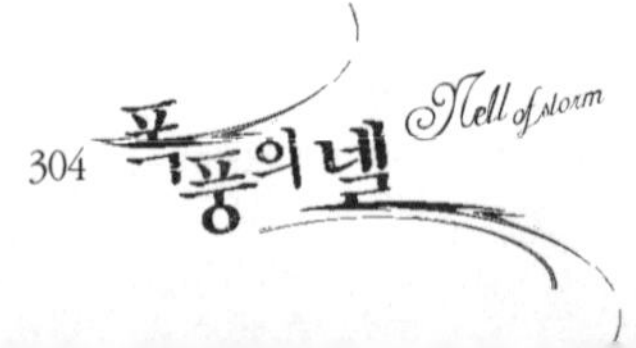

것을 느꼈다. 주위를 둘러보고 더듬어 찾을 생각도 하지 않았다.

그 심장은 원래부터 훼일카드민에게 쓸모없는 것이었다.

며칠 뒤 밤,

훼일카드민은 남몰래 별궁의 하인을 불러들였다. 하인은 갑작스런 호출에 벌벌 떨며 나타났다. 평소 별궁의 궂은일을 하며 에일린과도 잘 놀아주고, 글자도 제법 안다는 하인이었다.

훼일카드민은 남몰래 사람을 시켜 사온 그림책 꾸러미를 하인의 앞에 던졌다.

부들부들한 표지와 빳빳한 새 종이로 제본되어 있었다. 삽화도 많고, 아이가 이해하기 쉽게 쉬운 글자로만 쓰여 있다. 고위 귀족가의 아이나 가질 수 있는 고급스런 책이었다.

하인은 이 요상한 하사품에 뜬금없어 했다. 훼일카드민은 그런 그에게 함부로 입을 놀리지 말라 단단히 주의를 준 뒤, 에일린에게 자주 읽어주라고 명령했다.

후우, 하인이 꾸러미를 안고 물러난 뒤 훼일카드민은 깊게 한숨을 내쉬었다.

눈물로 젖은 에일린의 얼굴이 눈에 아른거려 사라지질 않았다.

'너는 분명 나를 많이 원망하겠지.'

눈을 질끈 감아 에일린의 모습을 떨치고 어둠 속에 몸을 묻었다.

‘어쩔 수 없어. 그래, 어쩔 수 없어.’

*　　　*　　　*

에일린은 그 뒤, 훼일카드민과 마주쳐도 머뭇거리며 따르지 않았다. 오라버니란 말도 들을 수 없었다. 그런 말이 오갈만큼 이야기를 나누어보지도 못했다.

훼일카드민이 에일린에게 손을 내밀라치면, 어디서고 귀신같이 로얄린 부인이 나타나 눈을 치켜떴다. 그러면 훼일카드민은 뭔가를 바라고 고개를 든 에일린을 외면했다.

그렇게 시간이 많이 흘렀다.

에일린은 로얄린 부인의 심기에 거슬릴 만큼 무럭무럭 자랐고, 훼일카드민은 살짝 미간을 찌푸리는 표정마저 잃었다. 더 없이 귀족답게 어떤 상황에서도 당황하지 않고 이성적으로 아랫사람들을 호령할 수 있는, 우아하고 기품있는 귀족이 됐다.

어렸을 때의 기억을 가지고 있는 건지, 아니면 그저 안 좋은 느낌만을 품고 있는 건지. 날이 갈수록 에일린은 훼일카드민을 향해 적대적인 감정을 드러냈다. 로얄린 부인이 미나트 부인을 괴롭히면 괴롭힐수록, 훼일카드민이 무표정한 얼굴로 그 모습을 방치하면 할수록, 에일린의 멍든 가슴엔 더 심한 분노가 깃들었다.

그걸 빤히 알고 있음에도 훼일카드민은 에일린을 탓하지도, 자신의 태도를 바꾸지도 않았다. 에일린의 불량스러운 태도를

혼낼 수 있음에도 그러지 않았다. 그건 훼일카드민으로서 할 수 있는 최대의 호의였지만 에일린은 자신을 무시한다고 생각하는 듯했다.

그 오해를 차근차근 풀어줄 생각은 하지 않았다. 눈을 내리깔면서 멀찍이 떨어지려는 에일린의 모습에 가슴 한구석이 따끔거렸지만 상관없었다.

에일린은 자랄수록 말이 없어지고 눈빛이 캄캄해졌다. 자신과 어머니의 처지에 대한 분노는 훼일카드민을 향했다. 동생의 분노를 받으며 같은 시간을 보낸 훼일카드민은 제국 최고의 기사가 탐낼 정도의 인재로 자라났다.

훼일카드민의 입발림 소리를 잘하는 검술 선생은 러세리드 북제후의 제자쯤 되는 사람인 듯했다. 그리도 훼일카드민의 검술에 찬사를 아끼지 않더니, 러세리드 북제후에게 연락을 하였다.

러세리드 북제후는 누가 뭐래도 제국 최고의 기사다. 숱한 전쟁에서 단 한 번도 패배하지 않은 무패의 전적을 자랑했다. 승리의 기사라 찬사 받는 그가 이끄는 오딘의 기사단은 제국 황실의 어떤 기사단보다 명성이 높았고, 그 명성만큼이나 뛰어났다.

검술 선생의 편지 속 찬사가 얼마나 대단했던지 러세리드 북제후가 훼일카드민에게 관심을 가졌다. 훼일카드민이 원한다면 자신에게로 와 검술을 배우지 않겠냐고 권하기까지 했다.

　동제후도 그리하길 바랐고 로얄린 부인도 좋아했지만 훼일카드민은 정중히 거절했다. 어머니가 걱정되는 것도 큰 이유였지만, 데카리온 동제후가 될 자신이 동등한 위치의 다른 제후의 밑으로 들어가 검술을 배운다는 것이 그르다 생각했다.

　동제후가 정치에 관심이 없어 수도 아라디함에서의 데카리온 가문의 입지가 많이 좁아졌다. 그래서 데카리온 가문이 종종 러세리드 가문과 비교되곤 했다. 이런 상황에서 러세리드 북제후에게 자신이 고개를 숙이면 안 된다고 생각했다.

　훼일카드민의 이런 마음을 안 건지, 러세리드 북제후는 노여워하지 않았다. 거절치 말고 잠시 뒤로 미루는 것으로 하자며 언제고 짬이 되는대로 자신에게 와 달라고 부탁했다.

　차기 동제후가 될 훼일카드민이란 공자가 꽤나 뛰어나다더라. 이런 식으로 퍼져 있던 소문은 이 일을 계기로 제국 곳곳에 쐐기를 박았다. 데카리온 가문의 훼일카드민 공자는 아들이 없는 러세리드 북제후가 탐낼 만큼 대단한 소년이라더라.

　청혼담이 쏟아졌고 로얄린 부인의 입가에서 웃음이 떠나갈 날이 없었다.

　그와 비슷한 시기에 아직 한창 나이의 동제후가 비실 비실대며 자리보전했다. 유일한 방패요, 반석이었던 동제후가 쓰러지자 별궁의 미나트 부인은 성의 하인, 하녀들에게 무시당하기 시작했다. 로얄린 부인이 질투에 미쳐 날뛰는 횟수도 점점 줄어들었다.

　윈즈 성은 폭풍 전 고요 같은 적막에 잠겼고, 유일한 소음은

로얄린 부인의 웃음소리였다.

동제후는 쇠약해 자리보전을 하고서야 온전히 로얄린 부인의 것이 되었다. 로얄린 부인은 미나트 부인을 동제후의 침실로 들이지 않았다. 여차하면 동제후가 시름시름 앓는 걸 미나트 부인의 탓으로 돌릴 기세였다.

마음대로 동제후를 찾을 수 있는 건, 로얄린 부인과 훼일카드민뿐이었다.

훼일카드민은 침침한 침실에 홀로 누워 시름하는 동제후를 내려다보았다. 옆의 은은한 등불 덕에 창백한 동제후의 얼굴이 드러났다.

젊어서나 나이 들어서나 상사병을 몰고 다녔던 아름다운 동제후도 병마 앞에서마저 미모를 뽐내진 못했다. 빛나던 은발은 백발처럼 힘없이 늘어졌고, 조각상처럼 선이 굵었던 얼굴은 핏기없이 창백해 말라 비틀어졌다.

동제후는 훼일카드민이 찾아온 것도 모른 채 자고 있었다. 동제후에게서 시어빠진 포도주 냄새가 났다.

숨소리는 고르지 않았고 얼굴에 식은땀이 흘렀다. 악몽을 꾸는지, 아파서 그런 건지 간간이 신음을 내뱉었지만 훼일카드민은 어떤 도움도 주지 않았다.

남자면서 사교계의 꽃이라 불렸던 남자.

강하고, 아름답고, 달콤한 포도주 냄새가 났던 남자.

자신의 아내를 사랑하지 않았던 남자.

권력이나 정치, 가문 따위에 관심을 가지지 않았던 남자.

아버지 취급을 받지 못했고, 원하지도 않았던 남자.

언제나, 너무나 멀었던 남자.

훼일카드민은 그 남자의 목을 쥐었다. 딱딱한 장작을 잡는 느낌이었다. 조금만 힘을 주면 쉽게 부러뜨릴 수 있을 것 같았다.

"으음……."

그는 무엇이 그리도 괴로운지 연신 몸을 뒤척였다. 평소 관심 한 점조차 두지 않았던 아들에게 목이 졸려 죽는 꿈을 꾸고 있는지도 몰랐다.

훼일카드민은 그렇게 한참 동안 움직이지 않고 있다가 후우, 숨을 내쉬며 손을 풀었다.

어차피 죽을 남자다. 조금 더 고통스러워하다 죽도록 놔두는 게 그를 더 괴롭힐 수 있는 방법이다.

훼일카드민은 자신의 왼쪽 가슴을 두들기며 그렇게 일렀다.

훼일카드민은 동제후 곁을 떠나 문을 반쯤 열었다. 환한 밖으로 나가려다, 침대에 누워 있는 동제후를 돌아봤다. 홀로 죽어가는 동제후의 곁에는 이렇게 밖에 복수할 수 없는 어머니, 로얄린 부인의 악에 바친 웃음소리가 저주처럼 떠도는 것 같았다.

등불이 흔들릴 때마다 같이 흔들리는 창백한 얼굴엔 훼일카드민과 비슷했다. 훼일카드민이 그를 닮은 것이다.

훼일카드민은 확인하듯 동제후의 얼굴을 확인하고는 미련 없이 고개를 돌리고 밖으로 나갔다.

　이것이 훼일카드민과 동제후의 마지막 만남이었다. 훼일카드민은 동제후가 죽었다는 소식을 들을 때까지 다시 발걸음하지 않았고, 동제후는 고열에 괴로워하다 훼일카드민이 들르고 일주일 뒤 조용히 숨을 거뒀다.

　데카리온 동제후 가문 역사상 가장 화려한 스캔들을 몰고 다녔지만 정치적으로 아무런 업적이 없어 단지, 제국의 마지막 동제후 훼일카드민 데르 류 데카리온의 아버지로만 역사에 남은 카리스란 오드 류 데카리온의 마지막이었다.

＊　　　＊　　　＊

　"조금 쉬었다 다시 하세요."

　깨끗한 수건을 두 개 든 공녀가 빙그레 웃으며 다가왔다.

　진검을 휘두르며 죽일 듯 서로에게 덤벼들었던 두 사람은 기다렸다는 듯 긴장을 풀고 뒤로 물러섰다.

　"허허헛."

　흰 수염이 덥수룩한 남자가 수건을 받아들며 웃음을 터뜨렸다. 제국 최고의 기사라 칭송받는 러세리드 북제후였다.

　"이제는 내가 못 당해내겠어. 떠도는 소문이 오히려 자네를 깎아내리고 있군. 이리 뛰어나다니."

　"과찬이십니다."

　그와 검을 부딪쳤던 소년이 살짝 고개를 숙이며 답했다. 청년이라고 불러야 할 법한 소년은, 훼일카드민이었다.

훼일카드민은 가슴을 들썩이며 거친 숨을 몰아쉬면서도 얼굴엔 힘든 기색을 조금도 드러내지 않았다. 공녀가 얼굴을 붉히며 내미는 수건을 받아 얼굴을 닦으면서도 서 있는 곧은 자세가 흐트러지지 않았다.

"고맙습니다, 카젤리안 공녀."

훼일카드민이 공녀를 향해 감사 말을 건넸다. 그러자 공녀의 얼굴이 홍시처럼 붉게 달아올랐다.

"아, 아닙니다."

공녀는 수건을 돌려받지도 않은 채 후다닥, 달아나듯 돌아갔다.

"허허허, 우리 딸이 자네 앞에만 서면 저리 부끄러워하는구먼."

북제후가 연신 웃음을 터뜨리며 훼일카드민의 어깨를 턱턱 내리쳤다. 훼일카드민은 공녀의 뒷모습을 바라보다 고개를 돌렸다.

동제후가 죽었으니 다음 대 동제후는 당연히 훼일카드민이 되어야 한다. 하지만 훼일카드민의 나이가 아직 어리고, 황궁에서 일정 기간을 보내지도 못해 보류되어야 했다.

차기 제후가 될 후계자는 일정 기간 황궁에서 지내며, 가까이에서 황제의 시중을 들어야 했다.

어린 나이에 황제와 가까이 할 수 있다는 것은 큰 명예이다. 황궁에서 지내며 예의범절을 익힐 수 있고, 황실 사람들과 가까워질 수 있는 이도 있다. 하지만 단지 차기 제후에게 명예로

움을 수여하기 위해 만들어진 관습은 아니었다.

제후가 될 어린 후계자에게 황실의 권위를 보여주기 위해서였으며, 더불어 어린 후계자를 볼모처럼 잡아둠으로써 제후 가문을 견제하기 위함이었다.

황실의 권위가 나날이 약해지고 있다지만, 황실은 이 관습을 지키려 애썼다. 이 수습 기간을 거치지 못한 제후 가문의 후계자는 결코 제후가 될 수 없었다.

그래서 당분간 숙부가 동제후 자리를 대리하기로 하고, 훼일카드민은 러세리드 북제후의 밑에서 얼마간 수학하는 것으로 황궁에서 황제의 곁을 보필해야 하는 제후 후계자의 임무를 대신했다.

훼일카드민같이 재능있는 제자를 키워보고 싶다고 북제후가 황제에게 주청한 덕분이었다.

어머니가 걱정되고, 에일린이 걱정되고, 윈즈 성이 걱정됐지만, 훼일카드민은 내색하지 않고 상황을 받아들였다.

북제후 밑에서 훼일카드민의 실력은 일취월장했다. 동제후와 북제후 사이에 구두로 약속해 두었던 양 가문의 혼사 또한 진행됐다. 바로 훼일카드민과 카젤리안 공녀의 혼인이었다.

훼일카드민이 동제후가 되면 카젤리안 공녀와 정식으로 약혼식을 가지기로 했다.

훼일카드민에게 카젤리안 공녀는 에일린을 떠올리게 하는 매개였다. 카젤리안 공녀는 에일린과 닮은 점이 전혀 없었지만, 활짝 웃는 모습만큼은 꼭 닮았다.

　그래서 혼사를 진행하는 것에 특별히 반대하지 않았다. 왕래가 없던 데카리온 가문과 러세리드 가문의 교류는 정략적으로 나쁘지 않았다.

　어쩌면 자신과 결혼해 카젤리안 공녀가 에일린처럼 그 밝은 미소를 잃게 될지도 모른다는 걱정은 있었지만, 가문을 위해서는 어쩔 수 없었다.

　"비가 올 것 같구먼."

　북제후가 우중충한 하늘을 올려다보며 말했다. 훼일카드민도 우르릉, 비구름 몰려오는 소리에 하늘을 보았다.

　"오랜만의 비인데 많이 좀 내려주었으면 좋겠군. 허허, 비도 올 것 같은데 오늘은 이쯤 하는 게 어떤가."

　"예, 감사합니다."

　북제후는 함께 저녁 식사를 하자고 언질 해둔 뒤, 카젤리안 공녀가 사라졌던 길을 따라 앞서 걸었다.

　훼일카드민은 축축해진 수건을 어깨에 걸치고 북제후의 뒤를 따랐다.

　그때였다.

　"……!"

　북제후와 검을 나눴던 공터 주위에 벽처럼 둘린 수풀 사이로 어른어른 익숙한 얼굴이 보였다. 훼일카드민이 윈즈 성을 떠나기 전 로얄린 부인의 곁에 붙여놓았던 자였다.

　훼일카드민은 샛길로 빠져 그에게로 갔다.

　그는 말을 할 줄 몰랐다. 훼일카드민이 앞에 서자 꾸벅 고개

를 숙이는 것으로 인사를 대신했고, 다급하게 손짓 발짓을 해 자신이 온 이유를 알렸다.

하인은 매우 다급해 보였다. 그가 어찌 이리 서두르는지 손 짓 발짓을 용케 알아본 훼일카드민의 얼굴이 창백해졌다.

"어머니께서, 미나트 부인을?"

고개가 떨어져라 끄덕여 대는 하인의 얼굴엔 한 치의 거짓 도 없었다. 아니, 그는 훼일카드민에게 거짓을 고할 이유가 없 었다.

벙어리 하인의 얼굴 위로 말갛게 웃는 에일린의 미소가 덧 그려졌다.

"안 돼! 어머니, 어째서?"

훼일카드민은 곧바로 몸을 돌려, 자신의 말이 쉬고 있을 마 구간으로 달려갔다. 하인을 신경 쓸 겨를은 없었다.

잘 말린 건초를 씹으며 편히 서 있던 흑색 말은 훼일카드민 이 달려오자, 주인을 알아보고 반가워했다. 훼일카드민은 북 제후나 마구간지기에게 사정을 말하지도 않고 말 위에 올라탔 다. 아무 안장이나 손에 잡히는 대로 얹었다. 놀란 말의 엉덩 이를 세게 치며 발길질했다.

히힝!

주인의 급한 마음을 알아주는 것일까. 느긋한 식사를 방해 받아 화가 난 것일까.

말이 길게 울며 앞발을 높이 치켜들더니 달리기 시작했다.

안장은 잘 고정되지 않아 덜그덕 덜그덕 흔들렸고, 북제후와의 검술 연습에 지친 몸은 격렬한 승마를 견디지 못해 삐걱 삐걱 비명을 질렀다. 그래도 훼일카드민은 이를 악물고 좀 더 빨리 달리라고 말을 닦달했다.

해지는 하늘을 등 뒤에 두고 달렸다. 하늘이 어둑해지고, 끝내 시꺼먼 구름이 서로 맞부딪쳤다.

툭— 툭— 장대비가 쏟아졌다.

바로 앞이 보이지 않을 정도로 지독한 비였다. 하늘이 북제후의 소박한 소원을 들어주려는 듯했다.

빗속에서 말도 힘겨운지 울음을 토했다. 훼일카드민은 말을 달래며 지친 자신을 추슬렀다.

"어머니, 어째서 이러십니까. 제가, 훼일카드민이 이리 부족함 없이 동제후의 후계자가 되었고, 곧 동제후가 될 터이고. 부족함 없는 귀족이 될 터인데 무엇이 그리도 불안하신 겁니까."

훼일카드민의 독백이 빗소리에 쓸렸다.

오늘, 훼일카드민의 우려가 확신으로 변했다.

어머니가 남모르게 독을 구해 미나트 부인과 에일린을 해하려 한다. 그것은 옳지 못한 일, 필요하지 않은 일이다. 어떻게 해서든 막아야 한다.

머릿속에 떠오르는 가장 불행한 생각은, 에일린이 피를 토하며 쓰러지는 것이다. 미나트 부인이 어찌 되든 별로 중요하지 않았다.

훼일카드민에게 지금 중요한 건, 어머니가 에일린을 해하려 한다는 것뿐이다.

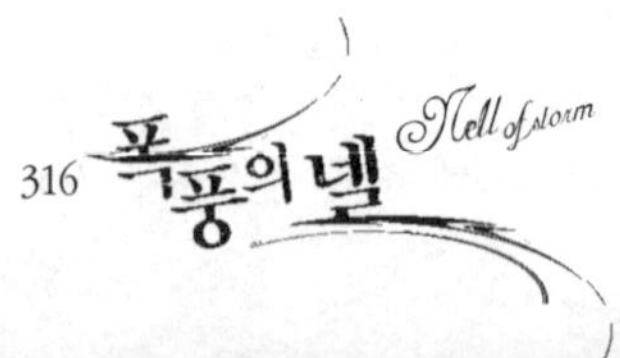

고작 몇 번 마주친 것에 불과한 에일린이 신경 쓰이는 건, 데카리온 가문의 주인 될 사람으로서 귀한 핏줄을 아끼는 마음일까? 제국 귀족으로서의 긍지와 품위를 유지하기 위함일까? …에일린이 단 하나뿐인 여동생이니까 그런 걸까.

훼일카드민은 빗속을 뚫고 윈즈 성에 도착했다.

혹시나 하는 마음에 벙어리 하인을 심어두면서, 윈즈 성의 몇몇 하인들에게도 말을 해두었다. 하인들은 차기 동제후인 훼일카드민의 명령을 잊지 않았다. 윈즈 성의 성문 앞에 서자, 성문의 철창에 기댄 에일린이 보였다. 지쳐 보였지만 죽지 않고 살아 있었다. 모습이 엉망이고 피까지 묻어 있었지만 그 자신이 다친 건 아닌 듯했다.

훼일카드민을 보고 경계하는 에일린의 모습은 물에 흠뻑 젖은 들고양이 같았다. 자신을 믿지 못하는 에일린을 보니 빗속을 뚫고 말을 달린 수고가 다 허사로 느껴졌다.

속이 울렁거리고 머리가 웅웅 울렸지만, 티를 내진 않았다. 않으려고 노력했다. 얼굴이 딱딱하게 굳어 있는 걸 스스로도 알고 있었지만 차라리 그게 낫다고 생각했다.

에일린을 억지로 끌어내 타고 온 말에 태웠다. 자신만큼이나 지친 말을 다독이며 간절히 부탁했다.

'부디, 에일린을 부탁한다.'

어머니의 손길에서 겨우 도망친 여동생을 지친 말에 태워 홀로 도망 보내야 하는 심정은 생각보다 아팠다.

흠뻑 젖어 추웠다. 에일린의 모습이 멀리 사라져서야 긴장이 풀리고 몸이 덜덜 떨렸다. 훼일카드민은 조금 전 에일린이 서 있던 자리에 쓰러지듯 주저앉았다.

윈즈 성 안으로 들어가 어머니가 벌린 상황을 정리해야 한다. 그리고 갑자기 자신이 사라져 당황하고 있을 북제후에게도 연락을 전해야 하고 그리고, 그리고…….

으슬으슬 떨리는 몸이 따뜻해지고 편안해졌다. 여기서 잠들면 안 된다고 생각했지만 몸이 생각을 따라주지 않았다.

훼일카드민은 깜박깜박, 무거운 눈꺼풀을 감았다 들어 올리며 에일린이 사라진 곳을 바라보았다.

*　　　*　　　*

눈을 감으면 그때, 흠뻑 젖어 움츠러들었던 작은 어깨가 생각난다. 하지만 눈을 떠서 보면 힘차게 떠나가는 크고 단단한 등이 보인다.

지켜주지 못했지만 지켜야 한다고 생각했던 동생은 훌쩍 커버렸다. 멀어져 가는 뒷모습은 이제 와 지켜주겠다고 나선 훼일카드민이 늦어도 많이 늦었음을 새삼 실감나게 했다.

황태자비 간택을 핑계로 에일린을 찾으며 자신했다. 이제는 에일린을 지켜줄 수 있노라고, 제국의 어떤 공녀보다 가장 존귀한 여인으로 만들어주겠다고.

하지만 에일린은, 아니 넬은 그것을 원하지 않았다. 작고 웃

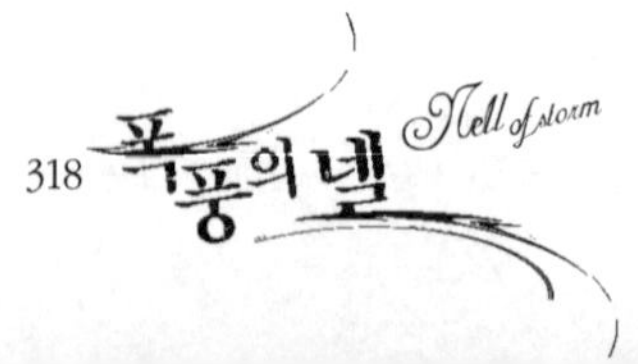

음이 많았던 여동생은 너무도 커버렸다. 더 이상 그의 보호가 필요하지 않을 만큼.

넬은 뒤도 돌아보지 않고 떠났다. 넬과 동료들의 뒷모습이 멀어져 보이지 않을 때까지 훼일카드민은 자리를 지켜 배웅했다.

"……."

자유, 자유. 단 한 번도 욕심내 보지 않은 너무도 가벼운 단어. 넬은 그것을 원한다고 했다.

훼일카드민이 마련해 준 화려하고 무거운 권좌는 자유란 걸 원하는 넬에게 맞지 않았다.

"질투였을까. 도망가지 못하면서, 그럴 용기도 없으면서. 도망치려 발버둥치는 자를 질투하고 그 길을 막아선 거였을까."

훼일카드민은 먼 하늘을 보며 말했다.

"아니면, 너를 핑계 삼고 싶었던 건지도……."

'이 지독한 자리에 지쳐, 너를 끌어 들이려 했던 건지도 모른다. 어째 됐건, 너는 내게 있어 첫 온기였으니까. 그리고 아마…….'

입 안이 썼다.

'마지막 온기가 되겠지.'

몸을 돌려 거대한 황궁을 바라봤다.

황궁은 훼일카드민을 굽어보며, 차가운 한기로 칭칭 둘러맸다. 다시는 도망칠 생각을 하지 못하도록.

뒤돌아서면 아직 에일린의 뒷모습이 보일까. 빠르게 멀어져 가는 아쉬움 한 점 없이 도망가듯 날아가는 폭풍에게 힘껏 소리칠 수도 있지 않을까.

달달한 유혹의 손길이 그 차가운 한기를 파고들며 턱을 간질였다. 하지만 훼일카드민은 그리 하지 않았다. 뒤돌아보지 않았다. 뒷목을 간질이는 달콤한 유혹을 흘려보냈다.

철옹성처럼 굳건히 서서 훼일카드민을 내려다보는 오만한 위엄, 제국의 수백 년 역사와 함께 해온 낡은 권위. 그것이 그가 짊어져야 하는 운명이었다.

훼일카드민 데르 류 데카리온. 데카리온이라는 제후, 제국을 지탱해야 하는 귀족의 가면. 죽어서도 벗어던지지 못할 무거운 의무.

'이것이 그의 전부이고, 삶이고, 운명임을 잊어선 안 되는 거겠지.'

넬이 떠나가는데 레니언이 다가왔다. 훼일카드민의 다짐이 옳다고 말하듯 황궁이 레니언을 뱉어냈다.

황태자 전하가 부른다며 어서 오시라고 손을 흔드는 레니언을 보며 훼일카드민은 설풋 미소 지었다. 강철에 가려 누구도 보지 못할 미소였다.

2

레니언과 함께 황궁으로 걸어 들어갔다. 에일린을 황궁에 소개하기 위해 걸었던 복도를 이제는 혼자 걸어야 했다.

커다란 문이 활짝 열리고, 홀 안으로 걸어 들어갔다. 구름처럼 몰려든 귀족들의 웅성거림이 들렸고, 상석에 앉은 클라이츠가 보였다.

한쪽 무릎을 꿇고, 클라이츠에게 인사하고 숙였던 고개를 들었다. 태양처럼 화려하고 뜨거운 금발, 자신을 바라보는 차가운 눈. 황태자 클라이츠가 보였다.

*　　　*　　　*

에일린을 떠나보내고, 훼일카드민은 고열에 끓어 앓았다. 빗속을 헤치고 오랫동안 말을 달려서 몸이 지친 거였지만, 그 이유만은 아니었다. 훼일카드민은 로얄린 부인의 극진한 간호를 받아 끙끙대면서 자신의 변화를 어렴풋이 눈치 챘다.

뱃속에서 뜨거운 열이 훅훅 달아올라 온몸을 집어 삼키려 하였다. 이마에 머무르는 열은 뱃속의 것에 비하면 아무것도 아니었다.

뜨거운 불덩이가 몸 안을 헤집고 돌아다녔다. 내장이 갈가리 찢기는 듯한 고통에 비명도 지르지 못하고 정신을 잃었다 깼다를 반복했다.

그리고 하혈을 했다.

"꺄아아악!"

훼일카드민이 흘린 땀에 축축하게 젖은 시트를 직접 갈아주겠노라며, 두 팔을 걷어붙인 로얄린 부인이 비명을 지르며 그 자리에 엉덩방아를 쪘다.

밖에서 대기하고 있던 하녀들이 우르르 들어오려고 했으나, 로얄린 부인이 그들에게 어서 나가라고 소리쳤다. 예전 미나트 부인으로 인한 광란 상태와 비슷한 모습에 놀란 하녀들은 영문도 모른 채 다시 문밖으로 쫓겨났다.

"어… 어니……."

열에 달떠 제정신을 못 차리던 훼일카드민은 스스로 생각해도 기특한 정신력으로 무거운 눈꺼풀을 들어 올렸다.

"아아, 아아!"

로얄린 부인은 평소와 달리 훼일카드민에게 다가오지 않았다. 훼일카드민이 힘겹게 손을 내밀어도 잡아주지 않았다. 대신 어쩔 줄 몰라 하며, 겁에 질려 지척지척 뒤로 물러났다.

사랑한다, 노래를 부르는 아들을 어찌 저리 두려워하는가. 훼일카드민은 멍한 머리로 피식, 웃으며 눈을 돌렸다. 그리고 확인했다. 어머니를 겁에 질리게 만든 그것을.

훼일카드민의 하체가 검붉은 피로 물들어 있었다. 어디를 이리 심하게 다친 거냐고 호들갑을 떨 만한 피칠갑이었다.

여느 어머니 같았으면 축하해야 할, 혹은 걱정해야 할 모습이다. 그런데 로얄린 부인은 못 볼 것을 본 마냥 도망치려 했다.

"……."

'이것 때문입니까, 어머니.'

자신의 몸이 남들과 다르다는 자각은 어렸을 때부터 있었다. 자신과 똑같은 남자라는 하인들의 모습을 보면 자신과 많이 달랐다. 아직 자신이 어려서 그런 거라는 순진한 생각은 오래가지 않았다. 자신의 몸이 어린 하녀들과 별반 다르지 않음을, 아버지가 아니라 어머니와 꼭 같음을 어찌 영영 모를 수 있겠는가.

어머니는 병적으로 자신을 감싸고돌며 목욕 시중이나 옷시중을 다 자신이 맡았다. 하인이나 하녀, 다른 사람들이 자신의 몸을 건드리는 걸 정말 싫어했다.

그렇게 어머니는 감추고 싶었던 것이다.

자신이 여자라는 것을.

데카리온 동제후 가문의 장자, 훼일카드민 데르 류 데카리온이 사실은 여자라는 것을.

훼일카드민이 남자임을 믿어 의심치 않는 어머니와 세상을 두고 훼일카드민은 남자였고 남자가 됐다.

나는 남자라고 믿어야 했다.

그런 마음이 강하게 작용했는지 보통 여자 이이들이 언제쯤 시작한다는 초경을 그 나이가 훌쩍 지났는데도 하지 않았다. 이대로 쭉, 하지 않고 자신의 몸이 남자의 몸으로 허물 벗듯 변하는 게 아닐까? 우스개 생각도 간절히 해보았건만.

몸은 여자임을 주장하며 변화했다.

간간이 아랫배가 아파오는 것은 그가 여자임을 증명하는 것이었고, 여자가 되었음을 알리는 것이었다.

"아, 아니야. 이건, 이건……."

'늦은 감이 없잖아 있지' 라며 담담히 인정하는 훼일카드민과 달리 로얄린 부인은 자신의 눈을 의심했다. 못 본 척 외면하려 했다.

훼일카드민은 반쯤 감긴 눈으로 어머니의 모습을 가만히 바라보았다. 그녀의 울음 섞인 부정의 말이 날카로운 화살이 되어 훼일카드민의 심장을 찢었다.

당연한 일이다. 훼일카드민은 그리 생각하며 이불에 얼굴을 묻고 이불 밑으로 두 손을 집어넣었다.

차갑고 단단한, 길쭉한 것이 손에 잡혔다. 검술을 배우면서

324 폭풍의 넬

부터 항상 베개 밑에 넣어 두었던 단검이었다.

훼일카드민은 소리나지 않게 칼집을 뽑고, 양손으로 칼날을 쥐었다. 날이 잘 선 칼은 손바닥으로 파고들었다.

따가웠다. 아프진 않았다. 어머니가 찢어놓은 심장이 더 아팠다. 달뜬 열 덕분이기도 했다. 칼날이 손뼈에 닿는 느낌이 날 때까지 칼날을 놓지 않았다. 손이 얼얼하다 못해 느낌이 사라지고 나서야 칼날을 놓았다.

"어, 머니……."

쉰 목소리로 어머니를 불렀다. 어느새 울고 있던 그녀는 눈물을 흘리며 훼일카드민을 바라보았다.

훼일카드민은 양손을 내보였다. 그녀가 놀라 두 눈을 휘둥그레 떴다.

"너무 아파서, 차라리 다르게 아프면, 조금 덜 아프게 느껴질 것 같아서, 그래서 일부러 손에 상처를 냈습니다."

몸에 힘이 없고 시야가 흐려졌다. 말하는 것 자체가 고통이었지만 띄엄띄엄하게나마 말을 이었다.

'바지를 적신 피는 손의 상처에서 흐른 피가 묻은 것이다'라고 말했다.

급조한 변명답게 허술하기 이를 데 없었다. 말하는 훼일카드민, 그 자신조차도 조악한 변명이라는 것을 알고 있었다.

하지만 더불어 확신했다. 어머니는 이 서툰 면죄부를 기쁘게 받아들일 거라는 걸.

"훼일카드민! 스스로의 몸에 상처를 내다니, 귀족답지 못한 행동입니다!"

어머니는 기다렸다는 듯 훼일카드민이 내민 면죄부를 덥석 받아 들었다.

그녀는 금세 활기를 되찾았다. 훼일카드민의 상처를 살피고 호들갑을 떨었다. 자신이 상처를 치료해 주겠다고 야단법석을 떨었다.

따끔거리는 손에 닿는 어머니의 손길을 마지막으로, 훼일카드민은 정신을 잃었다.

*   *   *

배가 아프다.

처음 맛보는 고통은 영 익숙해지지 않았다. 남들이 몰라야 하는 고통인지라 홀로 참아내야 하기에 더 아픈 건지도 몰랐다.

도와주겠다는 어머니를 뿌리치고 홀로 목욕탕에 들어와 거울 앞에 섰다. 뜨거운 물에서 모락모락 솟아오르는 김 때문에 뿌옜지만 흐릿하게나마 얼굴과 몸을 비추어주었다.

어느새 봉긋 솟은 가슴은 눈을 비비고 다시 보아도, 거울을 닦아도 그대로였다.

훼일카드민은 두 손으로 입을 단단히 틀어막고 거울 앞에서 무너졌다. 구역질이 났다.

할 수만 있다면 몸을 밋밋하게 잘라내고 싶다. 아니면, 이

몸뚱이를 볼 수 없게 두 눈을 파버리고 싶다. 둘 중 무엇도 가능하지 않기에 너무도 분하고, 억울하고, 서러웠다.

'나는 훼일카드민. 하지만 결코 훼일카드민은 될 수 없다. 어머니가 바라고, 아버지가 당연하게 알고 있는 훼일카드민은 내가 아니다. 나는 그저 훼일카드민인 척하는 것뿐이다. 그럼, 나는 누구지? 나는 어디에 있어야 하는 거지?

조그만 불씨가 타올랐다. 자기 존재의 부정은 매캐한 연기를 피워 올렸다.

'내가 있을 자리는 없다. 그저, 훼일카드민의 가면을 써야만 설 수 있는 훼일카드민의 자리가 바로 나일뿐.'

웃음이 나왔다.

'이름은 그 존재를 증명하는 것. 하지만 나는 이름이 없다. 훼일카드민은 내가 아니라, 보이지 않는 누군가를 증명하는 것.'

웃고 싶었다.

'나는 그저, 존재하지 않는 훼일카드민의 이름을 덮어쓴 것뿐이다.'

그런데 얼굴 근육이 마음대로 움직여 주지 않았다.

'이름없는 아이가 존재없는 이름을 덮어쓰고 사는 것이다. 평생을… 그렇게.'

뜨거운 김이 바닥에 가라앉고 가라앉아, 바닥이 미끌미끌해질 때까지 훼일카드민은 눈물을 삼켰다. 울면 눈이 부을 테니 마음대로 울 수도 없었다.

훼일카드민은 아랫배를 부여잡고 휘청거리면서 몸을 닦았
다. 붕대를 감은 손이 물에 젖고, 피가 배어나 엉망이 되었지만
아랫배의 고통에 비하면 아무것도 아니었다.

스스로에게 세례 하듯 목욕을 끝낸 훼일카드민은 자신의 상
태를 누구에게도 티내지 않았다. 그리고 은밀히, 벙어리 하인
을 불렀다.

여자의 태를 엉망으로 만들 수 있는 약을 구해오라고 했다.
놀라는 하인에게 태연히 말했다. 북제후의 영지에서 하급 귀
족 가문의 계집을 건드렸는데, 이 계집이 그걸 빌미로 아이를
가졌다면서 소란을 떨고 있다고.

훼일카드민의 냉소에 벙어리 하인이 고개를 끄덕이고는 사
라졌다. 그는 채 이틀도 지나지 않아 가루약이 든 종이 뭉치를
들고 나타났다.

훼일카드민은 그걸 받아든 즉시, 열병이 옮는다고 변명하여
주변 사람들을 모두 물리쳤다. 어머니도 당분간 찾아오지 말
라 부드럽게 돌려 말했다.

그리고 약을 먹었다.

손이 떨렸고 눈물이 났다. 이렇게까지 할 필요가 없다고, 형
체없는 목소리가 고래고래 소리를 질렀지만 약을 먹었다.

이렇게 해야 했다. 아니, 이렇게 하려 이날을 기다렸다.

다가올 통증을 예감하고, 배를 감싸 쥐고 침대에 누웠다.

얼마 지나지 않아 하혈했을 때와는 비교도 안될 만큼 아프
기 시작했다. 하늘이 노랗게 변해 빙글빙글 돌았다. 검과 창과

화살 수백 수천 개가 아랫배를 꿰뚫어 해쳤다. 비명조차 나오지 않았다. 남아 있던 미열마저 놀라 달아나 버렸다.

아파서, 서러워서, 무서워서, 눈물이 났다.

스스로, 자신이 남자가 아니라 여자의 몸을 가지고 있다는 걸 자각하고, 누구에게 물어야 하는지 알 수 없었다. 아버지는 자신이 남자라 알고 있을 것이다. 어머니는……. 자신이 여자의 몸임에도 남자로 살아와야 했던 원인일지도 모른다.

하지만 훼일카드민은 어머니에게 말해서는 안 된다고 생각했다. 로얄린 부인은 훼일카드민을 남자로 믿고 있었다. 그러니 어머니에게 따져 물을 수도 없었다.

그래서 훼일카드민은 자신을 받아냈다는 산파를 은밀히 찾았다. 산파는 훼일카드민을 받아낸 날을 마지막으로 은퇴했고, 원래 살던 마을이 아니라 다른 마을로 이사 갔었다. 거기서 또 이사 가고, 이사를 가고, 이름까지 바꿔 살고 있었다.

훼일카드민이 찾아가자, 산파는 훼일카드민을 알아봤다. 단지 알아본 것뿐만이 아니었다. 눈물을 흘리고 엎드려 용서를 빌었다.

산파는 말했다. 어머니, 로얄린 부인이 지독한 난산 끝에 훼일카드민을 낳았다고.

그녀는 지친 와중에도 태어난 아이의 성별을 물었고, 여아라는 말에 세상이 끝난 것처럼 고통스러워했다고 했다. 미친 사람처럼 눈을 번들거리는 모습이 무섭고, 또 가련하여……. 산파는 로얄린 부인의 간청을 거절하지 못하고 태어난 아이가 남자라고 동제후에게 고했다고, 그리 말했다.

산파의 말에 훼일카드민은 두 눈을 감아버렸다.

용서해 달라는 산파의 눈물은 뜨거웠다. 산파는 자신의 눈물로 훼일카드민의 신발을 적셨다. 가시밭길을 걸어 피투성이가 된 훼일카드민의 발을 눈물로 부볐다.

산파는 훼일카드민의 지금까지의 삶과 앞으로의 삶에 사죄했다. 훼일카드민은 그녀의 울음에 가슴을 쥐어뜯었다.

나는 누구인가.

나는 무엇인가.

어째서 나는, 여자로 태어났고 남자가 되어야 하는가.

어머니는 어찌하여 남아를 바랐고, 여아로 태어난 나를 이리도 모진 삶 속으로 밀어 넣었는가?

난 왜 그 운명을 버리지 못하고 이 고통을 택했는가.

누구를 향해 쏟아내야 하는지 알 수 없는 분노와 증오, 모진 말들이 핏줄을 타고 온몸을 떠돌았다. 안에서 썩고 썩어 문드러진 괴로움을 토해낼 곳이 없었다.

어머니를 원망할 수도 없다. 그러기엔 그녀가 너무 가련하다.

아버지를 증오한다. 하지만 그것으론 부족하다.

어머니처럼 배다른 동생을, 아버지의 관심을 빼앗아간 그 하녀 출신의 여인을 괴롭히면 마음이 편할까? 아니, 그건 아니다. 아버지는 처음부터 자신에게, 어머니에게 관심이 없었음을 안다. 가련한 어머니만 모를 뿐이다.

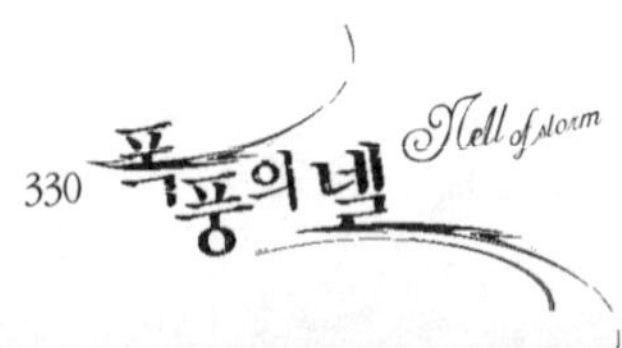

그들은 죄가 없다.

나도 죄가 없다.

그럼 이건 누구의 계략이요, 모략이란 말인가. 누굴 위한 형벌이란 말인가.

"어머니!"

뱃속을 난자당하는 듯한 고통 속에서 훼일카드민이 찾은 건, 자신이 아니면 쉽게 잠도 자지 못하는 어머니였다. 정신이 가물가물해지는 와중에도 실소가 터졌다.

사랑하는 어머니, 사랑을 할 줄 아는 어머니, 그래서 가련한 어머니. 그녀가 지금 자신의 고통을 알아주련가? 이렇게 아파하고 있음에, 훼일카드민이 그녀에게 그리했던 것처럼 그녀도 훼일카드민의 손을 잡아줄까?

아니, 그럴 리 없다.

그녀에게 훼일카드민은 남자 아이다. 여자 아이로서 괴로워하는 훼일카드민 따윈, 그녀의 눈에 들지 못할 것이다.

그런데,

"어머니!"

보이지 않는 구명줄을 찾아 손을 휘저으며 부르게 되는 구원자는 어머니였다.

크윽, 이를 악물고 신음을 참자 이번엔 눈물이 뚝뚝 떨어졌다. 슬퍼서 나는 게 아니라 아파서 나는 눈물이었다. 악다문 잇 사이에서 피가 새어 나오듯, 질끈 감은 두 눈에서 피눈물이 흘렀다.

오지 않을, 훼일카드민의 지금 고통을 모를 어머니를 훼일카드민은 부르고 또 불렀다.

여자로 태어나 남자로 자랐고, 여자로서의 삶을 포기하는 고통 속에서 기대 의지할 수 있는 건 아무것도 없었다. 훼일카드민은 자시 자신을 움켜잡고, 그렇게 여자로서의 자신을 죽였다.

*　　　*　　　*

저택에 불이 났다. 훼일카드민이 가신들을 이끌고 영지를 시찰하던 중 들른 별장이었다. 불길은 사납게 날뛰며 저택을 꿀꺽 삼켜 버렸다.

사람들이 불길을 피해 저택을 뛰어나왔다. 무사히 도망쳐 나온 사람들은 한숨 돌린 후, 화재 진압을 위해 주위를 둘러보았다. 최고 명령권자인 동제후, 훼일카드민의 명령을 받기 위해서였다.

그런데,

훼일카드민이 보이지 않았다.

사람들의 표정이 다급해졌다. 그들은 불안에 떨며, 하지만 그 불안을 외면하며 동제후를 부르짖었다. 누군가가 훼일카드민이 서재에 있을 거라고 소리쳤다.

사람들의 눈이 불타는 저택을 향했다.

“아아악!”

"각하!"

심약한 귀족들 몇이 그 자리에 주저앉는 동시에 화재에 놀랐을 때보다 더한 경악이 사람들을 휘어 감았다.

사람들은 하인, 하녀, 기사를 가릴 것 없이 발을 동동 구르며 동제후를 부르짖었다.

"각하! 각하! 어서 나오십시오!"

"뭘 하는가, 어서 불을 꺼라! 각하를 구해내야 한다!"

하인, 하녀들이 서둘러 물을 길어 뿌렸지만 그 정도에 가라앉을 불길이 아니었다. 기사들도 귀족들도 체면이고 뭐고 다 던져 버리고 물동이를 들었지만 불길은 그들의 절실한 마음을 비웃었다.

자신이 윈즈 성의 한 부분이라고 말하듯 하늘 높이 타오르는 불꽃은 그야말로 불의 탑이었다.

"각하!"

보다 못한 작센 자작이 물동이를 머리 위에 엎었다. 찬물로 흠뻑 젖은 작센 자작은 저택 안으로 뛰어들려고 했다. 주변에 서 있던 기사들이 기겁하며 작센 자작을 말렸다.

"지금 들어가시면 위험합니다!"

"자작, 진정하십시오!"

"놔라, 놓으란 말이다! 지금, 지금 저 안에 각하께서!"

작센 자작이 몸부림치며 막아서는 손길을 벗겨내려 했지만 기사들은 안간힘을 쓰며 작센 자작을 막았다.

"각하! 각하!"

힘에 부친 작센 자작이 그대로 바닥에 쓰러지며 주먹으로 바닥을 쳤다.

"각하!"

"주인님!"

"어서 나오십시오, 각하!"

애타는 마음이 담긴 부름은 너울대는 불길을 넘어, 서제에 앉아 있는 훼일카드민에게까지 닿았다.

훼일카드민은 사방이 타오르는데도 태연했다. 매캐한 연기에 숨 쉬기가 답답해지고 뜨거운 열기에 온몸이 녹아내릴 듯 괴로웠지만 전혀 그래 보이지 않았다.

의자에 앉아 등을 기대 불타는 앞을 바라보며, 훼일카드민은 작게 한숨을 내쉬었다.

"피곤하군."

들리는 건 탐욕스러운 불꽃이 아구 아구, 자신의 아름다운 저택을 먹어치우는 소리와 각하를 부르짖는 밖의 사람들 목소리뿐이다. 그 두 소리를 귀담아듣는 것마저도 귀찮았다.

"자신의 분신을 풀어놓은 건가, 서제후."

영문을 모를 이 화재가 누구의 짓인지 충분히 짐작이 갔다. 한창 밀고 당기며 싸우고 있는 서제후의 짓이 틀림없다.

동제후령과 남제후령 사이에 강이 하나 흐른다. 키시나 강이라고 부르는데, 제법 넓고 깊어 두 제후령 사이의 경계로 삼은 지 오래다.

그런데 얼마 전, 이 강에서 사금이 채취됐다. 남제후령 측의

어부가 우연히 발견한 것이었다. 남제후는 급히 조사단을 파견했고, 소식을 전해들은 훼일카드민도 작센 자작을 위시한 조사단을 꾸렸다. 두 제후의 조사단 모두 무심히 흐르게 놔두었던 키시나 강에 상당한 양의 금이 묻혀 있는 것을 확인했다.

남제후는 먼저 발견한 것은 자신이라고 주장하고, 어째서인지 서제후에게 금 채취를 일임했다.

동제후, 훼일카드민은 그걸 가만히 두고 보지 않았다. 키시나 강은 제후령의 경계. 적어도 키시나 강의 절반은 동제후령에 속한다.

훼일카드민은 소유권을 주장했다. 이에 서제후가 벌컥 성을 내어, 중앙의 허락도 받지 않고 훼일카드민에게 전쟁을 선포했다.

동제후령과 서제후령 사이에 긴 남제후령은 졸지에 전쟁터가 되었고 두 제후의 군대가 부딪쳤다.

훼일카드민은 작센 자작의 지혜를 빌어 미리 황제에게 허락을 받고 신임을 얻은 뒤 서제후의 군대를 무찔렀다. 훼일카드민은 전쟁에서 승리함으로서 황제의 신임을 받고, 아버지 대에 위축됐던 데카리온 가문의 위상도 되찾았다.

다혈질에 공명심 높은 서제후는 훼일카드민의 힘을 업은 황제에게 처벌 받았다. 훼일카드민에게 많은 배상금을 지불해야 했다.

그런 치욕을 가만히 당하고만 있을 서제후가 아니었다.

훼일카드민은 어렵지 않게 짐작해 냈다.

하지만 귀족답지 않게 이런 보복이나 하는 서제후에게 분노
가 일지 않았다. 점점 뜨거워지는 열기에 생명의 위협을 느꼈
지만 어떻게 해서든 빠져나가야겠다는 생각도 들지 않았다.

그저, 이 기회에 모든 걸 놓아버리고 푹 쉴 수 있을지 모른
다는 안이한 마음이 앞섰다.

'윈즈 성의 마지막 죽음으로 이 정도면 충분한 것 아닌가?

아무도 없지만 누군가에게 물어보았다. 딱히 대답을 듣고
싶은 건 아니었다.

전대 동제후가 죽고, 미나트 부인이 죽고, 에일린이 도망치
고 얼마 지나지 않아 로얄린 부인도 죽었다.

자살이었다.

하지만 살인이었다.

스스로 자신의 태를 짓밟아 버린 뒤 며칠 지나지 않아 이른
새벽이었다. 엷게 잠든 훼일카드민은 문득 이상한 느낌이 들
었다. 저절로 잠이 깼다.

가슴이 시리도록 저미고 울컥, 괜한 울분에 눈시울이 뜨거
워졌다. 그래서 저도 모르게 어머니에게로 갔다.

모두가 죽고 도망치고, 음침한 윈즈 성에 남은 건 훼일카드
민과 로얄린 부인뿐이었다. 자신 말고 남은 또 다른 윈즈 성의
생존자를 보고자 방문을 열었을 때, 훼일카드민의 두 다리는
힘을 잃었다.

어머니가 천장에 대롱대롱 매달려 있었다. 어머니는 숨을
틀지 않은 천 조각 인형처럼 힘없이 흔들렸다. 그 가느다란 목

에 흰 실크가 매였다. 고개는 푹 꺾였고 혀가 길게 풀려 있었다.

입이 쩍 벌어지고 혀가 나와 있었는데도, 어머니는 괴로워 보이지 않았다. 훼일카드민이 본 모습 중에 가장 편안하고 아름다워 보였다.

훼일카드민은 하녀나 하인들을 부르지 않았다. 엉금엉금 기어가 어머니의 바로 밑에 무릎을 꿇고 앉았다. 두 손을 높이 들었으나 축 늘어진 어머니의 손이나 발, 어디 끝에도 닿지 않았다.

"죽어서도 내게 손을 내밀어주지 않는 군요, 어머니."

히죽, 그녀를 올려다보며 웃었다.

"결국 이렇게 혼자 도망쳐 버리는군요."

단숨에 얼굴에서 미소가 사라졌다.

훼일카드민은 새삼 보았다. 어머니의 좁은 어깨 위에 사뿐히 앉아 있는 한 여인을. 은은한 보랏빛으로 빛나는 그 여인은 아름다웠지만 추악했다. 따뜻해 보였지만 차가웠다. 그녀는 긴 머리를 풀어내려 훼일카드민의 목을 조르고 빙긋 웃었다.

처음 보는 여자였지만 훼일카드민은 그녀가 누군지 알 것 같았다.

여자가 천천히 훼일카드민에게 내려왔다. 그녀는 훼일카드민의 이마에 살짝 입을 맞췄고, 아침 이슬처럼 사라졌다.

훼일카드민은 그제야 눈물을 흘렸다. 어머니의 죽음 때문이었다. 여인의 존재 때문이었다.

그리고 훼일카드민의 윈즈 성 서재에 갑주 한 벌이 나타났다. 누구의 손길도 닿지 않은, 누구도 가져다 놓지 않은 것이었다.

"……."

그 뒤로도 훼일카드민은 훼일카드민이었다. 태어나면서부터 정해진 운명대로 살아야 했다.

세상엔 특권만 가진 귀족이 너무도 많았다. 그들을 아래에 두고, 옆에 두고, 위에 두고, 의무를 가진 귀족으로서 버티는 건 생각보다 쉽지 않았다.

단지 자기 자신이 훼일카드민임을 증명하기 위해 짊어져야 하는 운명은 무거웠다.

그 무게를 외면하고 방탕하고 특권만 누렸던 전대 동제후처럼 살 수는 없었다. 다른 귀족들처럼 태평하게 살 수는 없었다.

그들과 자신은 다르다. 남자로 태어날 수 없었기에 더욱 귀족다운 귀족에 목을 매야 했다. 여자로 태어났지만 남자로 자라나 남자가 돼야 했다. 그들보다 반 발 뒤쳐져 달렸기에, 뒤쳐져서 헛되지 않으려면 계속 뛰어야 했다.

어미가 기도하듯 달달 외웠던 진정한 귀족이 되어야 했다.

그렇지 않다면 엉망진창 뒤죽박죽인 삶이 너무도 억울하니까, 허무하니까, 비참하니까.

누구도 의심하지 않는 강력한 동제후가 되고 제국을 평화롭게 지켜내는 기둥이 되어야 했다.

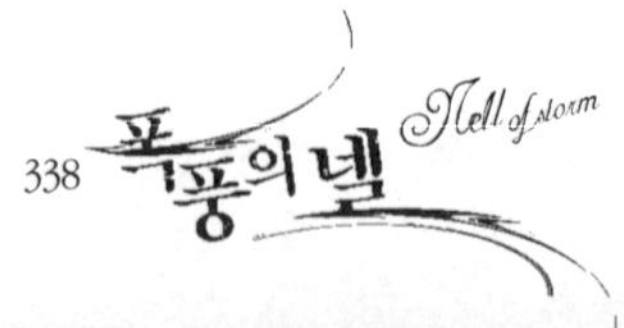

훼일카드민이라는 운명을 짐 지워준 사람들은 이미 다 죽었다. 그들은 모두 죽어 도망치고, 그림자처럼 홀로 남아 운명과 의무를 짐 진 채 살아가는 건 목적없는 항해였다.

하지만 귀족으로서, 훼일카드민으로서 살도록 만들어진 훼일카드민에게는 다른 길은 없었다.

그리고 이제, 지쳤다.

내리감은 두 눈을 다시는 뜨고 싶지 않다. 주인을 닮아 탐욕스러운 불길이 이 정도의 작은 소원쯤은 들어주리라. 자신을 향해 달려드는 불꽃의 뜨거운 열기를 느끼며, 훼일카드민은 믿어 의심치 않았다.

그런데,

우웅, 울었다.

손을 들어 눈가를 만져 보았다. 자신의 것은 아니었다.

눈을 떠 앞을 보았다. 오직 자신 혼자뿐이라 생각했던 불의 저택에 다른 무엇이 있었다. 은은하게 빛나는 그것은 훼일카드민과 마주하였다.

서제 구석에 가만히 놓여 훼일카드민의 가슴을 쿡쿡 찔렀던 갑주였다.

어머니의 죽지 않은 마음이 담긴 그것은 훼일카드민에게 손짓했다. 아직 죽어서는 안 된다고, 좀 더 완벽하고 아름답고 화려한 데카리온 동제후가 되어야 한다고.

"어, 머니……."

훼일카드민은 넋을 잃고 바라보았다.

불길 속에서도 아무렇지 않게 굳건한 모습에 눈을 뗄 수 없었다.

애써 잊었던 갑주가 눈앞에 서자, 서글픈 욕심이 생겨났다.

손을 내밀면, 그래서 저것을 입으면……. 그러면 모든 게 해결될 것이다.

데카리온 가문의 젊은 주인, 제국을 사 등분해 짊어진 동제후, 훼일카드민 데르 류 데카리온이 되는 것이다. 지금까지처럼 어설프지 않고, 지금처럼 지치지 않고. 어머니가 원했고, 자신이 짊어질 수밖에 없었던 운명을 계속 이어나갈 수 있다. 아니, 이어나가야 한다.

갑주가 말했다. 어서 날 잡으라고, 입으라고.

"하하… 하하하하!"

이글거리는 불꽃 바다 속에서 광소가 터져 나왔다. 동제후를 부르짖는 바깥사람들의 고함이 새삼 귀를 때렸다. 눈가에 은빛 눈물이 흘러내렸다.

나는 살고 싶은 건가?

이만큼 피곤하고 아팠으면서, 그러면서도 더 살고 싶은 걸까. 어째서, 어째서…….

자기 자신을 비웃으며 훼일카드민은 자리에서 일어서 철갑옷 앞에 섰다.

우지끈, 하는 소리와 함께 방금 전 훼일카드민이 앉아 있던 곳에 불기둥이 떨어져 산산조각이 났다.

온 세상은 불바다, 숨 막혀 오는 뜨거운 열기 안에서 훼일카

드민과 철갑옷 단 둘 만이 온건히 존재했다.

콜록쿨록, 온몸을 그을린 훼일카드민의 폐까지 연기가 들어 찼다. 훼일카드민은 심하게 기침하며 빛나는 갑주에 손을 댔다.

차가웠다.

갑주는 얼음장처럼 차가웠다.

훼일카드민은 두 손으로 철투구를 들어 머리에 썼다.

툭, 마지막 한 방울이 철투구에 맺혀 하얗게 얼어붙었다.

'이게, 내가 이 세상에서 흘리는 마지막 눈물이 될 것이다.'

갑주를 입고 불꽃에 비친 자신을 보았다. 차갑고 강한 강철을 두른 모습은 동제후 훼일카드민이었다.

그가 그 모습으로 불길을 뚫고 밖으로 뛰어나갔을 때, 세상 어느 사람도 은발 머리의 선이 가늘었던 어린 동제후를 기억하지 못했다. 세상은 철갑옷을 입고 철투구를 쓴, 강인한 동제후를 기억했다.

바람이여, 불어라.
나는 너를 버텨 굳건히 설 터이니.

『폭풍의 넬』 5권 완결

The Return of Doomed Mercenary
저주용병 귀환기

초등학생이 반드시 읽어야 할 좋은 책 49권

각 학년별로 초등학생이 반드시 읽어야할 좋은 책을
선정하여 통합논술의 기본이 되는 '올바른 독서법' 을
일깨워 줍니다.

교과서와 함께하는
초등학교 통합논술

초등1학년 | 값 12,000원 / 초등2학년 | 값 9,500원 / 초등3학년 | 값 11,000원 / 초등4학년 | 값 9,500원 / 초등5학년 | 값 9,500원 / 초등6학년 | 값 11,000원

♣ 혼자 할 수 있어요.

엄마가 책 읽는 방법을 가르쳐 주어도 좋아요.
독서지도하는 선생님이 가르쳐 주어도 좋답니다.
"초등 교과서와 함께하는 **통합논술 시리즈**"는
아이 스스로 독서할 수 있도록 꾸며진 책이에요.
엄마와 선생님은 요령만 가르쳐 주시면 된답니다.

♣ 교과서의 중요한 내용이 총정리되어 있어요.

각 학년별로 중요한 교과 내용이 함께 수록되어 있어요.
초등학생은 교과서 내용을 충실하게 공부해야 합니다.
아울러 그와 병행한 독서가 대단히 중요하지요.
"초등 교과서와 함께하는 **통합논술 시리즈**"는
두 가지 방법 모두 알려준답니다.

♣ 이 책은 훌륭하신 선생님들이 함께 쓰신 책이랍니다.

동화작가 선생님들이 쓰셨어요. 소설가 선생님도 쓰셨답니다.
국어 논술독서지도 선생님들도 함께 쓰셨지요.
"초등 교과서와 함께하는 **통합논술 시리즈**"는
엄마의 마음으로 모든 선생님들이 함께 꾸민 책이랍니다.

입소문을 통해 아는 분은 다 알고 계십니다!
올 한해 공인중개사 최고의 화제작!

1~2권 합본 | 이용훈 지음
3~4권 합본 | 이용훈 지음
5~6권 합본 | 이용훈 지음
용어해설 | 이용훈 지음

수험생 기본 필독서
만화 공인중개사

제목 : 만화공인중개사 쓰신 분에게 감사드립니다.

학원을 두 달 다녔어요. 근데 과연 그 숫자 외우기 그런 게 몇 문제나 나올까 생각을 했어요.
아니라는 생각이 드네요. 학원강의를 뒤로하고 서점을 갔어요. 내 머리에 가장 이해될 수 있는
책이 없나 하구요. 거기서 만화를 발견했어요. 무조건 세 번 봤어요. 3개월 걸렸어요. 문제집을 보라고
했는데 그건 시행을 못했어요. 근데 합격을 했네요.
어떻게 감사의 말을 해야 될지……
도서관에서 만화책 들고 다니니까 사람들이 비웃더라구요. 만화책으로 공인중개사를 공부한다고
미친 사람처럼 보더라구요. 근데 그거 다 감수하고 했던 내가 자랑스럽습니다.
어떻게 감사의 말을 해야 할지… 정말 감사합니다.
부디 행복하세요. 제 나이 41살에 좋은 스승을 만난 것 같습니다.
엎드려 감사드립니다.

-본사 홈페이지에 독자분이 올린 메일 中 에서 발췌-